庫

32-340-1

魔法の樽

他十二篇

マラマッド作
阿部公彦訳

岩波書店

Bernard Malamud

THE MAGIC BARREL

1958

with "The Prison" from *The Complete Stories*

The Complete Stories by Bernard Malamud
published 1997 by Farrar, Straus & Giroux, New York

目　次

はじめの七年

靴屋のフェルドは苛立っていた。せっかく物思いに耽《ふけ》っているのに、助手のソベルときたらこちらの気持ちにはまるで無頓着、向こうの作業台でひっきりなしに勢いよくハンマーを振り下ろしている。目で合図しても、禿《は》げた頭を靴型にうつむけて作業していて気がつかない。フェルドはしょうがないとばかりに肩をすくめて、半ば霜に覆われた窓に視線を戻した。窓の向こうでは、ぼんやりと霞《かすみ》がかって先が見えなくなるほど、二月の雪が降りしきっている。あちこち移ろう外の白い霞をながめても、彼がつまらぬ青年期を過ごした雪深いポーランドの村を不意にしみじみと思い出しても、頭から離れないのは大学生のマックスのことだった(吹雪の中をとぼとぼ大学に向かうその姿を今朝目にしてから、フェルドはマックスのことばかり考えてしまう)。立派な青年だと思った。彼が日々どれだけの苦労をして――冬も猛暑の中も――教育を受けようとしているかを考えるだけで感心した。消えることのなかった思いがあらためて思い出される。自分に娘ではなく、息子がいたなら。しかし、そんな思いも雪の中に消し飛んでいく。フェルドの長所は何よりも、現実と向き合うことができるという点にあった。とはいえ、彼としても行商人の子であるマックスがこつこつと勉強するさまと、我が子ミリアムが教育などに興味を持たないさまとを比べぬわけにはいかなかった。たしかにミリアムはいつも本を手にしてはいたが、せっかく大学にいけそうだというのに、それを拒み、仕事につくと言い張った。フェルドはミリアムにどうか行ってくれと頼み、子供を大学にやることのできない父親が世にどれだけいることかと諭《さと》したが、自立したいのだと彼女は言った。それに、と彼女は反論した。教育といっても、どっちみち本を読むということだ。それならこつこつと古典を読んでいるソベルが今まで通り指南してくれる、という。父親はこの答えをきいてたいへんがっかりした。

降りしきる雪の中から人影が現れ、戸が開けられた。カウンターのところでその男は、濡れた紙袋からぼろぼろの靴を取り出し、直して欲しいと言った。はじめフェルドはそれが誰なのか見分けがつかなかったが、それから、顔ははっきり見えなかったものの、決まり悪そうに靴をどうして欲しいのか彼が説明するのを聞いているうちに、そこに立っているのがあのマックスであることがわかり、はっとして胸を高鳴らせた。

必死に彼の話を聞こうとしたにもかかわらず、この千載一遇の機会は彼にとってはまさに耳を聾《ろう》さんばかりのもので、その言葉はまるで耳には入ってこなかった。

はじめてこの考えを抱いたのがいつだったのか、彼は正確には思い出せなかった。というのも、ミリアムと付き合ってみないかとマックスに言おうと思ったのは一度かぎりではなかったからである。しかし、言い出せなかった。もしマックスが嫌だと言ったら、二度と顔を合わせられなくなる。そうでなくともミリアムは最近、自立がどうのといちいち言いたがるし、余計なことをしないでと怒って喚《わめ》きださないとも限らない。だが、これはまたとない機会だった。単なるきっかけと考えればいい。どっちみち別のところで出会っていたら二人は友達になっていたかもしれないのだ。それなら彼らを結びつけるのはフェルドの任務、いや義務と言ってもいい。それ以上ではない。地下鉄でたまたま出会うとか、街中で共通の友人を介してたまたま知り合うかわりに、あたりさわりのない形で手を貸してやるだけだ。とにかく一度、彼をミリアムに会わせて話をさせよう。そうすれば、きっと興味を持ってくれる。ミリアムだって、所詮、事務仕事をしてるだけだ。ふだんは口先だけの営業係とか、ろくにものも知らない発送係くらいにしか会う機会はない。立派な教養ある青年と知り合って悪いことはないだろう。あるいは彼と知り合えば、彼女も大学に行きたいと思うようになるかもしれない。そうでなくとも――そこで靴職人フェルドの思いはいよいよ核心にたどり着くのだった――しっかりと教育を受けた男と結婚して、より良い人生を歩むのはいいことだ。

靴の不具合についてマックスの説明を聞くと、フェルドは左右どちらの底にも大きな穴があるのには気のつかないふりをし、チョークで大きな×の印をそれぞれの靴の底につけた。釘が見えるほどすり切れたゴムの踵には○と書く。それから、しまった、×と○が逆だったか、などと思ったりもした。マックスが値段を訊くと、フェルドはえへんと咳払いをしてから、ソベルが激しくハンマーを打つ音にかき消されないように声を張りあげて、脇の戸から廊下に出てくれないか、と言った。マックスは意外そうだったが、言われたとおりにした。フェルドもそのあとから出て行く。しばらく二人は何も言わなかった。ソベルのハンマーの音がやんだのだ。まるで、あの音が始まるまでは二人とも何も言わないと決めていたかのようだった。そうしてまた激しい音が鳴り出すと、フェルドはマックスに、どうして話をしたかったかを手短に告げた。

「君が高校に通い出してからというもの」フェルドは薄暗い廊下の灯りの下で言っ

た。「毎朝、学校に行くのに地下鉄の駅まで歩いていく君の姿を見ては、この青年は立派だ、こんなに勉強熱心だ、とひとり呟いていたんだよ」

「どうも」マックスは何を言われるのかとやや構えた口調になった。背が高いわりに、異様なほど痩せている。顔のつくりはいちいち尖っていて、とくに鼻はクチバシのようだった。だらっと踝《くるぶし》まである長いだぶだぶのコートには、降りかかった雪が溶けはじめていた。さながら、骨張った肩にぼろ切れを巻きつけているようだった。びしょ濡れの古びた茶色い帽子は、修理に持ってきた靴と同じくらいぼろぼろだ。

「俺も店をやってる人間だ」フェルドは自分の戸惑いを隠すためにやおら言った。「だから、どうして君にこんな話をするのかきちんと説明しておきたいと思う。うちには娘がいる。ミリアムって娘で、十九歳だ。気立てもとてもいいし顔も可愛い、道を歩いているとみんなが振り返るくらいだ。頭もいい。いつも本を読んでいる。それで君みたいにちゃんと学校に行っている子なら、いずれこんな女の子に興味を持つんじゃないかなと思ったわけだ」そこまで言うと彼は少し笑い、さらに何か言おうとしたがやめておいた。

マックスは鷹のような目つきをしてうつむいた。彼が黙りこんでいたそのひとときは、何とも重苦しかったが、それから「十九歳って言いましたか？」と訊いてきた。

「そうだ」

「もしよろしければ写真など見せてもらえますか？」

「ちょっと待ってくれ」フェルドは作業場に戻り、急いでスナップ写真を持ってきた。マックスはそれを灯りにかざした。

「なかなかいい子ですね」と言った。

フェルドは黙っていた。

「しっかりした子ですか？　軽率なところはない？」

「すごくしっかりしてるよ」

また少し間をおいてから、マックスは、会ってみてもいい、と言った。

「これがうちの番号だ」フェルドは急いで紙切れを渡した。「電話してやってくれ。六時にはミリアムも仕事から戻る」

マックスは紙切れを折りたたみ、すり切れた財布にしまった。

「靴の方ですけど」マックスが言った。「おいくらでしたっけ？」

「気にしないでもいいよ、大丈夫」

「だいたい、どれくらいかなと」

「一ドルと……半。一ドル五十だ」フェルドは言った。

すぐにフェルドはしまったと思った。ふつうはこれだけの修理なら二ドル二十五となるところだ。通常通りの値段にしておくか、もしくはただでいい、と言ってしまうべきだった。

その後、店に戻るとすさまじい音がするのでびっくりした。いったい何事かと見ると、ソベルが靴ではなく靴型を激しく打っている。靴型は壊れ、鉄の部分が床に落ちてはずみ壁にあたった。しかし、怒ったフェルドが怒鳴りつける間もなく、助手のソベルは帽子とコートをフックからむしり取って、雪の中に飛び出していった。

こうしてフェルドは、娘とマックスのことがどうなるだろうと楽しみにしつつあったところで、かわりに大きな悩みを抱えることになってしまった。あの神経質な助手なしでは、彼はどうにもやっていけそうにない。一人で店を切り盛りしていたのはもう何年も前のことだ。フェルドはしばらく前から心臓を患っていて、無理をするのは危険だった。五年前には発作が起きて、これはもう店を競売にかけそこから得られるわずかばかりの金でやりくりしていくか、あるいは悪辣な店員の意のままになって早晩ひどい目に遭うか、どちらかしかないと思ったこともある。しかし、彼がちょうどそんな絶望に襲われていた晩、ポーランドからの難民のソベルがどこからともなく現れ、仕事はないかと言ってきたのだった。彼はがっしりした体格だったが、身なりはぼろぼろで、金髪だった髪は今やすっかり抜け落ち、顔はたいへん地味で、悲しい本を読むとやさしい青い目は涙に暮れがちだった。若いのに年老いて見える——誰もこの男が三十だとは思わなかっただろう。靴直しのことは何も知らないと正直に告白したが、仕事さえ教えてくれれば自分はのみこみは早いし給料も少なくていいとも言った。同胞のユダヤ人なら赤の他人よりはずっと安心だとフェルドは彼を雇うことにしたが、それが六週間もしないうちにフェルドと同じくらいしっかりと靴を直せるようになった。まもなく店の仕事もこなせるようになってフェルドの負担は大幅に減った。

フェルドは彼になら何でも任せられると思っていたし、実際そうしもした。一、二時間だけ店にいてすぐ家に帰ることもしばしばで、ソベルなら最後の一セントまでしっかり管理してくれるはずと、現金をそっくりレジに残しておいたりもした。不思議なのは、彼に実に欲がなかったことである。欲しいものはわずかだった。金には興味がない――興味があるとしたら本だけ、とも見えた――そしてその本を、一冊ごとにミリアムに貸すのだ。それと一緒に、下宿屋での一人きりの孤独な夜にソベルが記した、よくわからないコメントが大量にくっついてもくる。その分厚いコメント集をのぞきこんではフェルドは肩をすくめたが、娘の方は、十四歳のときからずっと、そのコメントの一ページ一ページを神聖なものとして、まるで神の言葉が書きつけられているかのように読んでいくのであった。ソベルを引きとめておくためには、フェルド自身が気をつけて、彼に求める以上のものを受け取らせるよう按配する必要があった。それでもフェルドは、ソベルにもっと強く言って応分の報酬をもらうように働きかけなければと自責の念にとらわれるのであった。よそに行くなり自分で店を持つなりすればもっと稼ぎはよくなるぞ、と本心から言ってやったこともないではない。しかし、ソベルの方は、ややぶっきらぼうに、よそに行くつもりはない、と言うだけだった。フェルドはしばしば、いったい何がいいんだろう、どうしてここに居続けるんだろう、との問いを立ててみたが、最終的には、きっと難民として酷い目に遭ったせいで世の中を恐れているのだろうという結論に至っていた。

あの靴型の一件でソベルの振る舞いにすっかり怒り心頭に発したフェルドは、一週間ほど彼が下宿屋に閉じこもるにまかせておいた。そのせいで彼の身体も不調をきたすほどこたえたし、店の経営にも打撃はあったにもかかわらず。しかし、妻と娘から相当きつい調子で何とかしないとだめだと言われると、ついに彼はソベルに会いにいった。ごく最近も似たようなことはあった。ちょっとした行き違いがあって――何しろフェルドがソベルに言ったのは、ミリアムの目が疲れて充血しているようだからあんまり本を貸してくれるなということだけだったのに――助手たるソベルはふくれっ面で店から出ていってしまったのだ。このときもいつもと同じで、ことは無事おさまった。フェルドが話しに行くと、ソベルはおとなしく戻ってきて仕事についたのだ。しかし今回は、雪の中をソベルの下宿までとぼとぼ歩いていってみると――ミリアムをかわりにやってもよかったのだが、フェルドはそれがどうしても嫌だった――、ぶっきらぼうな下宿のおかみさんが玄関まで出てきて、鼻にかかった声でソベルはいないと言った。フェルドはこれは嘘に違いないとも思った。難民に行くところなどないではないか、と。が、自分でもよくわからない理由で彼は――おそらく寒さと疲労のためだろう――どうしても会わせろ、とまでは言わなかった。そのかわりに家に帰って、新しい助手を雇ったのである。

フェルドはこうして問題を片付けたが、かならずしもすべてがうまくいったわけではなかった。前と比べるとやらなければならないことは増えたし、だから、たとえば朝ゆっくり寝ていることもできなかった。新しい助手のために、彼が起きて店をあけなければならなかったのだ。この助手は口数の少ない肌の色の濃い男で、作業しながら耳障りなきしむような音を立てる。ソベルのときのように鍵を預ける気にはならなかった。しかも、修理の方はそれなりにやることができたが、革の等級とか価格についてはまるで知識がないので、買い付けはフェルドが自分でやらざるを得なかった。毎晩、店じまいするときにはレジの金を勘定し、鍵をかける必要があった。しかし、まあいい、とも思っていた。彼の頭はマックスとミリアムのことで一杯だったのだ。マックスはミリアムに電話をかけてよこし、こんどの金曜の夜には会うことになっていた。フェルドにしてみれば、ほんとうなら土曜の方がよかった。土曜のデートとなれば、相当なイヴェントだからだ。ただ、金曜がいいと言ったのはミリアムだと聞いて、彼は余計な口出しはしないことにした。何曜日にデートしようと、どうでもいいことだ。問題はその後だ。お互い気に入って、仲良くすることになるだろうか？　彼はそれがはっきりするまで、ため息ばかりついていた。マックスのことをミリアムと話し合ってみたいと思うこともあった。ああいうタイプは好きになれそうかと訊いてみたかったのだ――これまでにフェルドが実際に言ったのは、マックスはいい青年だね、ということ。それから、娘に電話をかけてみてくれとマックスに言ったことぐらいだった。一度、どう思う、と訊きかけたことはあったのだが、ミリアムは――もっともな反応と言えるが――わかるわけないでしょ、と声を荒げたのだった。

ついに金曜日がやってきた。フェルドは気分がすぐれず床にふせっていたから、妻はマックスが来ても夫に付き添って寝室にいることにした。玄関のドアをあけたのはミリアムだったが、ふたりの話す声は両親にも聞こえた。マックスはしゃがれ声だった。ふたりで外に出かける前に、ミリアムはマックスを寝室まで連れてきて入り口のところで両親と対面させた。背が高く、わずかに猫背。分厚くてみすぼらしいスーツを着ていた。見るからに落ち着いた様子でフェルドとその妻に挨拶をした。うまくいきそうだと思えた。ミリアムの方も、一日働いた後なのに、潑溂としてきれいだ。彼女の身体は大柄で、整った造りをしていた。顔は明るくて感じがよく、柔らかい髪がその顔にかかっている。これなら第一級のカップルだとフェルドは思った。

ミリアムが戻ってきたのは十一時半を過ぎてからだった。母親はすでに寝ていたが、フェルドはベッドから起き出してバスローブを羽織ると、キッチンに行った。驚いたことにミリアムは食卓に向かって座り、本を読んでいた。

「それで、どこに行ったんだい?」フェルドはやさしく訊いた。

「散歩」ミリアムは答えた。顔はあげない。

「彼に言っておいたんだ」フェルドは咳払いをしながら言った。「あまり金は使わなくていいよ、とな」

「別にどうでもいいわ」

靴職人フェルドは湯を沸かして茶をいれると、カップに注いで厚切りのレモンを添え、食卓に持ってきて腰をおろした。

「それで」彼は茶に口をつけてから息をついた。「どうだった?」

「よかったわよ」

フェルドは黙りこんだ。ミリアムも父親のがっかりした様子に気づいたようだった。

「一度だけじゃ、よくわからないものよ」と付け加えたのもそのためだ。

「また会うのか?」

ページをめくりながらミリアムは、マックスはまた会いたがってる、と言った。

「いつだい？」

「土曜日」

「で、何と言ったんだ？」

「何と言ったか？」ミリアムはそう聞き返すとしばし間をおいた――「いいわよって言ったわ」

それからミリアムがソベルのことを訊いてきた。フェルドはそれに対し、どうしてこんなことを言ったのかよくわからないのだが、あの助手は別の仕事を見つけた、と答えた。ミリアムはそれ以上は何も言わず、本に読みふけった。フェルドには罪悪感はなかった。とにかく土曜にデートすることになって良かったと思っていたのだ。

その翌週、フェルドはミリアムに何やかやと尋ねかけては、マックスのことを聞き出した。驚いたのはあの青年が医者にも法律家にもなる気がなく、会計学で学位をとろうと経営学《ビジネス・コース》の課程に入っているということだった。これには少しがっかりした。フェルドは会計学など所詮帳簿管理にすぎないと考えていたから、どうせなら、もっと「立派な」仕事をめざしてくれればいいのにと思ったのだ。しかし、会計学がなんたるものかを調べてみると、どうやら公認会計士ともなれば相当の名士だということがわかった。フェルドは土曜日に向けてすっかり上機嫌になった。ただ、土曜は忙しくほとんどずっと店にいたので、マックスがミリアムを迎えにきたときには顔を合わせることはなかった。妻によると、そのときの二人の様子にはとりたてて目につく点はなかったとのこと。マックスが呼び鈴を鳴らし、ミリアムはコートを着て彼と出かけていく――それだけのことだった。フェルドはそれ以上は訊かなかった。妻はそもそも観察眼のある方ではない。そのかわり彼は新聞を膝においてミリアムの帰りを寝ないで待っていた。手元の新聞もろくに読まなかった。これからのことを考えると、それどころではなかった。ふと目覚めると、ミリアムがそこにいて、くたびれた様子で帽子を取っているところだった。声はかけたものの、どういうわけか急に、その晩のことを尋ねるのがためらわれた。しかし、ミリアムが自分からは何も言わないものだから仕方なく、どうだったか、と訊いた。はじめは当たり障りのないことを言っていたミリアムだったが、どうも気が変わったのか、しばらくしてから「つまらなかった」と言った。

フェルドはしばらくはひどく失望して何も言えなかったが、何とか気を取り直しその理由を訊くと、彼女は即座に「だって、あんまり物質主義《マテリアリスト》だから」と言った。

「どういう意味だい、その言葉？」

「魂がないのよ。あの人、物にしか興味がない」

フェルドはミリアムの言ったことについてしばらく考えて、それから「また会うのか？」と訊いた。

「別に誘ってこなかったけど」

「もし誘われたらどうする？」

「会わないわ」

フェルドは口出しはしなかった。しかし、日にちがたつにつれ、何とか考えを変えてくれないものかという思いが段々強くなった。青年が電話をよこしてくれないか、と願った。まだ人を見る目のないミリアムなどにはわからないような良いところがマックスにはある、と思った。しかし、電話はかかってこなかった。実はマックスは違うルートで学校に通うようになっており、もはやこの靴修理店を通りかかることもなかった。フェルドはひどく落ちこんだ。

そしてある日の午後、修理に出していた靴をマックスが取りに来た。靴職人は、わざわざ他の靴とは別に棚に載せてあったその靴をおろした。修理はフェルド自身がやった。底も踵もしっかりと頑丈に直してある。よく磨かれ、新品のものよりかえって見栄えがするほどだった。マックスの喉仏はそれを見るとごくりと上下した。目には輝きはなかった。

「いくらですか?」マックスが訊いた。フェルドとは目を合わせなかった。

「前に言ったとおり」フェルドは沈鬱な声で言った。「一ドル五十セントだよ」

マックスはフェルドに二枚のしわくちゃの紙幣を渡し、引き替えに真新しい五十セント玉を受け取った。

マックスは行ってしまった。ミリアムのことは何も言わなかった。その晩、例の新しい助手が店の金に手をつけていたことがわかった。フェルドは心臓発作を起こした。

発作は軽いものだったが、フェルドは三週間もふせっていた。ミリアムがソベルを呼びに行くと言うと、フェルドは体調が悪いにもかかわらず、そんなことはぜったい許さんと激しい口調になった。しかし、心の底ではそうするしかないとわかっていた。仕事に戻った初日はあまりにへとへとで、仕方ないという気持ちになって、夕食後にふらつく足取りでソベルの下宿を訪れた。

これはきついと思いながらフェルドはやっとのことで階段をのぼり、ドアをノックした。ソベルが出てきて、中に入れてくれた。みすぼらしい小さな部屋で、通りを見下ろす窓がひとつあるだけだった。幅の狭い簡易ベッドと、低いテーブルと、壁に沿って堆《うずたか》く積み上げられた本の山がいくつか。つくづくソベルは変わった男だとフェルドは思った。ろくに教育も受けてないのに、こんなにたくさんの本を読んでいる。前に彼に尋ねたことがある。どうしてそんなに本を読むんだ、と。彼は答えることができなかった。どこか大学にでも通ったことはあるのか、と訊くと、首を横に振る。自分は知りたくて本を読むのだ、とソベルは言った。しかし、何を知りたいんだ、どうして、とフェルドが畳みかけても、ソベルは説明できなかった。やはりどこか変だからこんなに本をたくさん読むのだ。

フェルドは腰をおろして、呼吸を整えた。助手は大きな背中を壁にむけたまま、ベッドの上に座っていた。ソベルのシャツもズボンもきれいだった。ずんぐりした指は、靴直しの作業台を離れてみると、妙に青白く見える。顔はやせこけて血の気がなく、まるで、いつか店から飛び出して以来ずっとこの部屋にこもっていたかのように見える。

「いつ戻ってくるつもりなんだ?」フェルドは訊いた。

驚いたことにソベルは、「二度と戻りませんよ」と強く言った。

そしてベッドから急に飛びあがると、裏ぶれた通りを見下ろす窓のところに行って、「戻ってもしょうがないでしょう?」と声を荒げた。

「給料をあげてやるよ」

「そんなもの!」

フェルドもソベルが金には興味がないことがわかっていたので、何とも言いようがなく途方に暮れてしまった。

「どうして欲しいんだ?」

「別に」

「俺はお前を自分の息子のように扱ってきたじゃないか」

ソベルは猛烈な口調で反論した。「じゃあ、どうしてどこの馬の骨かもわからない連中に声をかけてミリアムとデートさせたりするんです。どうして私のことを考えないんです」

靴職人の手脚は凍りついたようになった。声がかすれて、話すことができない。それから、何とか咳払いをして、しゃがれた声で言った。「店で雇ってる三十五歳の靴直し職人と自分の娘とを、いったいどうやって結びつけろって言うんだ?」

「どうして私があんたのところでずっと働いてきたと思うんです?」ソベルは大きい声を出した。「こんなしけた給料で五年も自分の人生を捧げたのは、あんたが食うにも住むにも困らないようにするためだとでも思うんですか?」

「それじゃあ、何のためだ?」フェルドが言い返した。

「ミリアムのためですよ」抑えの効かなくなったソベルは言った。「あの娘《こ》のためです」

しばらくすると、靴職人は言った。「俺はきちんと給料を払ってきたぞ」それから、また黙ってしまった。興奮のただ中にあっても、フェルドの頭は冴え渡っていた。たしかにソベルがそんなふうに思っていたことは自分もずっとわかっていた。はっきり言葉にしたことこそなかったけれど、感づいてはいたし、だから怖れてもいた。

「ミリアムは知ってるのか?」フェルドはざらついた声でぼそぼそ言った。

「ええ」

「言ったのか?」

「いや」

「じゃ、どうして知ってるんだ?」

「どうして知ってるかですか?」ソベルは言う。「あの娘《こ》にはわかる。あの娘は私という人間のことがわかっているし、私の気持ちもわかるんです」

フェルドははっと悟った。ソベルは何かずる賢い手で、本やらメモやらを使って、好きだということをミリアムに知らせたのだ。何たる策略かとフェルドは猛烈な怒りを感じた。

「ソベル、お前は狂ってる」フェルドは苦々しく言った。「ミリアムが、お前みたいに年取った醜い男と結婚するわけがない」

ソベルの顔は怒りのあまりどす黒くなった。そして罵《のの》りの言葉を吐いたが、それから身体をわなわなかせながらついに耐えきれずに目に涙を溢れさせ、激しく嗚咽し始めた。フェルドに背を向けて窓のところに立ち、拳を握りしめ、肩をふるわせながらむせび泣いた。

その様子を見ているうちに、フェルドの怒りも収まった。慰めの言葉をかけてやりたくなった。彼自身の目にも涙が浮かんだ。何というめぐりあわせだろう、何と悲しいことだろう。難民だったこの男。もういい年だ。苦労のあまり頭は禿げ、すっかり老けこんでいる。命からがらヒトラーのガス室から逃れてきた。その男が、はるばるアメリカまでやって来て、自分の年齢の半分にも達しない娘のことを好きになるなんて。来る日も来る日も、五年もの間、作業台に向かい、切ったり叩いたり、娘が女へと成長するのを待っていたのだ。思いのたけを口に出してすっきりすることもかなわず、抗うこともできず、自暴自棄になるしかなかった。

「醜いっていうのは、言い過ぎだった」フェルドはつぶやくように言った。

それからフェルドは、さっき「醜い」と言ってしまったのはソベルのことではなく、ソベルと結婚した場合のミリアムの人生のことだとわかった。自分の娘が何とも言えない悲哀の中に引きこまれていくような気がした。まるでミリアムがもうソベルの花嫁であるような、結局、靴直し職人の妻となるしかないような、そして彼女もまた、自分の母親が歩んだのと同じ程度の人生を歩むしかないのだという思いである。ミリアムのためにフェルドが夢見てきたもの――辛い仕事と心痛で心臓を酷使し痛めつけて得ようとしたもの――そういうより良き人生への夢はもはや消えうせた。

部屋は静かだった。ソベルは窓際に立って本を読んでいた。おもしろいことに、本を読むソベルの姿は若々しく見えた。

「あの子はまだ十九だ」フェルドは弱々しく言った。「結婚するには若すぎる。もう二年、二十一になるまで、あの子には何も言わないでくれ。それからなら、好きにしていい」

ソベルは答えなかった。フェルドは立ち上がって部屋を出て行った。階段を下りるときのフェルドの足取りはゆっくりだったが、いったん建物の外に出ると、凍えるような寒さで道には粉雪が降り積もっていたにもかかわらず、その足取りが力強くなった。

ところが翌朝、沈鬱な気持ちで店を開けるために出て行ったフェルドは、店に来る必要がなかったことを知った。彼の助手がすでに靴型を前にして座り、愛をこめて革にむけハンマーを打ち下ろしていたのだった。

死を悼む人々

　卵の検査係をしていたケスラーは、今は独り身で年金で暮らしている。もう六十五を過ぎていたものの、腕前としては乳製品の卸《おろし》業者がそれなりの給料で雇ってもおかしくない。卵の仕分けとなれば、ケスラーの手早さと正確さはたいしたものだったのである。ただ、気難しくて何かと問題を起こすと見られていて、仕事がなかった。それで引退し、年金でつましく暮らすことになった。住んでいたのは、マンハッタンの東側にある古びたアパートの最上階の、家賃の安い狭い部屋だった。下の住人はわざわざ階段をのぼって何階も上に住む彼を訪れたりはしなかった。ひとりでいることが多い。でも、今までだってずっとそうだった。家族がいたこともあるが、いつも面倒なことばかりの妻や子供にはうんざりだった。それで、あるとき、家族を捨ててしまった。それきり会っていない。会おうなどとは思わなかったし、向こうからも会いたいと言ってくることはなかった。それから三十年。彼らがいったいどこにいるかもわからなかったし、そんなことを考えることすらなかった。

十年も住んでいるのに、ケスラーのことはアパートの他の住人はほとんど知らなかった。同じ五階には、彼の部屋の両隣に、三人の中年の息子と老いた母親というイタリア人の家族と、ホフマンという名の、子供のいない不機嫌なドイツ人夫婦とがいたが、あいさつしてくることはない。ケスラーの方でも、木製の狭い階段をあがったりおりたりするときにたまたま彼らと出くわしても、頭もさげなかった。表でケスラーと会うと、どこかで見た顔だとわかる住人もいたが、同じブロックのよその建物に住んでいるのだろうくらいに思っている。誰よりもケスラーのことを知っていたのは、小柄で背中の曲がった管理人のイグナスだった。ふたりは前に何度か、ピノクル（花札に似たトランプのゲーム）で対戦したことがあったのだ。ただ、負けるのはたいがいゲームに弱いイグナスの方だったので、しばらくするとわざわざ階段をのぼってケスラーの部屋まで行くことはなくなってしまった。何しろ部屋がすごい臭いだから、と妻には言った。あのがらくた家具をならべた部屋にいると気分が悪くなるというのだった。イグナスがケスラーの悪口を同じ階の住人たちに言いふらすと、みんなケスラーを汚い老いぼれとして疎んじるようになった。ケスラーには何が起きたかわかったが、相手にはしなかった。

ある日、イグナスとケスラーとの間で口論が起きた。ケスラーがゴミがあふれる油だらけの紙袋をバケツを使わずにそのままダムウェイター（ゴミなどを各階に運搬する小型エレベータ）に乗せたのが事の発端だった。売り言葉に買い言葉で、二人はお互いを激しく罵《ののし》りはじめ、最後はケスラーがイグナスの目の前で扉をばたんと閉めてしまった。イグナスは五階から下まで階段を駆けおり、じっと黙る妻を前に大声でケスラーをなじった。ちょうどそのとき、家主のグルーバーがたまたまアパートにいた。グルーバーは太っていていつも心配顔、服といえばだぶだぶのものばかりという男である。このときは水道管の修理具合を点検しに来ていたのだが、ぷんぷん怒ったイグナスは、いかにケスラーが厄介のタネになっているかをこの家主に伝えた。鼻をつまむ仕草までしながらケスラーの部屋の臭いのひどさを描写し、こんな汚い男見たことがないと言った。グルーバーにはイグナスが大げさに騒いでいることはわかったが、金回りが悪くなったストレスが引き金になって血圧がとんでもない高さにまで上がっていたので、すぐさま「出て行かせよう」と言った。戦争からこの方、ちゃんとした書面の賃貸借契約を交わした住人などいなかったので、ケスラーを追い出したことで何か言われても、望ましくない住人だからということで十分言い訳は立つとグルーバーは思った。イグナスに安ペンキで壁を塗り替えさせれば、今のケスラーの家賃より五ドル高い賃料で他の人間に貸せるじゃないかなどという胸算用もした。

その晩、夕食をすませると、イグナスは勝ち誇った足取りで階段を上り、ケスラーの部屋の扉をノックした。ケスラーは扉を開け、そこに誰がいるかを見ると、ぴしゃりとまた扉を閉めてしまった。イグナスは扉越しに声をあげた。「グルーバーさんが、出て行けとのことだ。あんたにいて欲しくないんだ。あんたのゴミでアパート中が臭くなる」沈黙が続いた。イグナスは自分の言葉の威力を確かめるように待った。五分たっても何の音もしなかったが、イグナスはその場を動かず、老いぼれユダヤ人のケスラーが鍵をかけた扉の向こうでわなわなと震えている様を想像していた。イグナスは再び口を開いた。「月初めまで二週間の猶予がある。そこで出て行かなければ、グルーバーさんと俺とであんたを追い出すことになる」すると扉がゆっくり開いた。どうしたことか、ケスラーの佇まいはイグナスに恐怖を感じさせるようなものだった。ドアを開けるさまは、さながら死体が棺の蓋をあけるように見えたのだった。ただ、見かけは死人そのものでも、声は生きていた。喉から張り上げられる声は恐ろしく甲高く、これでもかとばかりにイグナスに罵倒の言葉を浴びせた。目は血走り、頬はこけ、顎髭《あごひげ》の先端が震えていた。叫びながら、どんどん体がしぼんでいくようだった。イグナスはもう立ち退きの件はどうでもよくなってしまったが、これほど散々言われたのはさすがに腹に据えかね、「この薄汚いクソじじい、とっとと出て行きやがれ。迷惑なんだよ」と声をあげた。激高したケスラーはこれに対し、そんなに追い出したかったら、俺をぶっ殺して引きずり出せばいい、と応じた。

十二月一日の朝、イグナスの郵便受けには、汚い紙に包まれたケスラーの二十五ドルが入れられていた。イグナスはその晩グルーバーが家賃を回収しに来たときにそれを見せた。グルーバーはしばし呆然とその金を見つめていたが、まもなく怒りに顔をゆがめた。

「出て行くように言え、と言ったろ」

「そうなんですよ、グルーバーさん」イグナスは言った。「そう伝えました」

「まったく図々しい」グルーバーは言った。「鍵をくれ」

イグナスが合い鍵の束を持ってくると、グルーバーははあはあ息をつきながら長い階段を辛そうに上っていった。踊り場ごとに休憩したが、階段を上る辛さと溢れる汗とで、グルーバーの苛立ちはつのるばかりだった。

最上階までくると、ケスラーの部屋の扉をこぶしで叩いた。「家主のグルーバーだ。開けろ」

返答もないし反応する気配もなかったので、グルーバーは鍵を差し込み回した。ケスラーは扉のところにタンスや椅子をおいてバリケードにしていた。グルーバーは肩を扉に当てて押し、やっとのことで中に入ることができた。間取りは二間と半分で、薄暗い。ケスラーはすっかり血の気の失せた顔で、キッチンの入り口に立っていた。

「出て行けと言ったはずだ」グルーバーは声をあげた。「出て行け。さもないと警察を呼ぶぞ」

「グルーバーさん」ケスラーが言った。

「くだらん言い訳はいいから、とにかく言うとおりにしろ」グルーバーは室内を見渡した。「まるでがらくた屋だ。便所みたいな臭いじゃないか。掃除するのに一ヵ月はかかるな」

「これは夕飯に料理したキャベツの臭いですよ。待ってください、窓を開けるから。すぐ臭いはなくなります」

「あんたが出て行きさえすれば、臭いなんかしなくなる」グルーバーはふくらんだ財布を出すと、十二ドル分を取り出し、五十セントを加え、タンスの上に金を置いた。「十五日まで、あと二週間待つ。そうしたら出て行け。さもなくば強制立ち退きだ。あれこれ言い訳はいい。とにかく出て行ってくれ。誰もあんたのことを知らないところに行けば、住むところは見つかるだろう」

「待ってくれ。グルーバーさん」ケスラーは必死に言った。「あっしは何もしてません。だからここにいます」

「血圧があがるじゃないか」グルーバーは言った。「十五日までに出て行かなかったら、オレが自分の手であんたをおっぽり出してやるからな」

グルーバーは背を向けて難儀そうに階段をおりていった。

十五日になると、またイグナスの郵便受けには十二ドル五十セントが入っていた。イグナスはグルーバーに電話をかけ、そのことを伝えた。

「立ち退き命令をとってやる」グルーバーは声を荒げた。金は受け取れない旨の通告をケスラー宛に書いて、扉の下から入れておくようにとイグナスには言った。イグナスは言われたとおりにした。ケスラーはまたその金を郵便受けに入れてきたが、イグナスもまた通告を書いて扉の下からすべりこませた。

一日たってから、ケスラーの元に強制立ち退きの知らせが届いた。金曜日の午前十時に裁判所に出頭して、賃貸物の管理不行き届きおよび損壊を理由とした立ち退き命令に不服の場合は異議申し立てをするように、というようなことが書いてあった。正式な立ち退き命令を見てケスラーはすっかり動転してしまった。今まで裁判所など行ったことがない。結局、指定の日にケスラーは姿を現さなかった。

その日の午後、執行官がふたりの筋骨たくましい助手とともにやってきた。イグナスはケスラーの部屋の鍵をあけてやり、執行官たちが中に踏みこむと、大急ぎで階段をかけおり地下室に身を潜めた。ふたりの助手は、ケスラーが泣き言を言って騒ぎ立てるのにもかまわず、淡々とぼろぼろの家具を外に運び出し、表の歩道にならべた。本人をかつぎ出したのはそれからだった。ケスラーが鍵をかけてトイレに閉じこもってしまったので、まず鍵を壊して無理矢理引きずり出さなければならなかった。ケスラーは声をあげ、もがき、他の住人に助けを求めたが、みな、玄関の外に集まって、じっと見ているだけだった。ふたりの助手は老いたケスラーの腕とひょろひょろの脚とをしっかりと抱え、身体をばたつかせてうめき声をあげるのにもかまわず、階下へと運んできた。そうして表にならべたぼろぼろの家財道具の一つの椅子に座らせたのである。執行官は上階でイグナスから受け取った差し錠でドアが開かないようにし、書類に署名してイグナスの妻に渡した。そして助手とともに車に乗り込み、その場を去った。

ケスラーは歩道で、破けた椅子に座っていた。雨が降っていて、その雨がやがてみぞれに変わったが、ケスラーは座ったままだった。通行人は積み上げられたケスラーの持ち物を避けていった。みんなケスラーをじろじろと見つめたが、ケスラーの方は呆然とするばかりだった。帽子もかぶらず、コートも着ていない。その上に雪が降り積もって、ケスラーはまるで運び出された家具のひとつのように見えたのだった。まもなくケスラーと同じ最上階に住む痩せたイタリア人の老婆が、二人の息子とともにぱんぱんの買い物袋を下げて帰ってきた。家具の中にケスラーがいるのを見ると彼女は叫び声をあげはじめた。イタリア語で何か喚《わめ》いているのだが、ケスラーは我関せずといったふうだった。腰の曲がった彼女は小さく萎《しぼ》んで見えたが、細い腕をふりまわしてあれこれ仕草をし、しまりのない口元に怒りを表していた。息子たちが彼女をなだめようとしたが、彼女は声をあげつづけた。何人かの住人が、なにごとかと出てきた。ついに二人の息子が他にどうしようもなくなって、買い物袋をその場に置き、ケスラーを椅子から担ぎ上げて上の階まで運んでいった。やはりケスラーと同じ階に住むホフマンが、小さな三角形のやすりで南京錠を開けると、ケスラーは立ち退かされたばかりの部屋にまた運び込まれた。イグナスは怒りの声をあげ、罵りの言葉を浴びせたが、三人の男たちは下までおりていって、ケスラーの椅子も、壊れかけたテーブルも、たんすも、それから古びた金属製のベッドも運びあげた。家具はぜんぶ寝室に入れられた。ケスラーはベッドの端に座り、泣いた。しばらくして、イタリア人の老婆がトマトソースと粉チーズをかけた温かいマカロニをスープ皿に山盛りにして差し入れ、それから、みな去っていった。

イグナスはグルーバーに電話をかけた。食事中だったグルーバーは、食べ物がのどにつかえそうになった。「くそ、あいつら、ぜんぶ追い出してやる」と喚いた。帽子をかぶり、車に乗りこむと、雪溶け道をアパートに向かった。頭にはあれこれ心配事があった。高い修繕代。あのアパートを維持するのはたいへんなのだ。いずれ倒壊するかもしれない。どこかでそういう話を読んだことがある。突然、建物の表側が剝《は》がれて、打ちつける波みたいに通りに降ってくる。ケスラーに食事の邪魔をされたことが腹立たしかった。アパートに着くと、グルーバーはイグナスから鍵束をひったくり、踏板のたわんだ階段を上っていった。イグナスも後からついてこようとしたが、お前はすっこんでろ、と言われたので、見えないように後からこっそり上がることにした。

グルーバーは鍵を回し、ケスラーの暗い部屋に踏みこんだ。チェーンをひっぱって電灯をつけると、ケスラーがベッドの端に弱々しく腰をおろしていた。足下の床に、冷たくなったマカロニの皿があった。

「どういうつもりだ?」グルーバーは声をあげた。

ケスラーは身動きしなかった。

「法律違反なんだぞ? 不法侵入だ。違法行為だ。何とか言え」

ケスラーは黙っていた。

グルーバーは大きな黄色いハンカチで額をぬぐった。

「なあ、聞けよ。あんたの損になるんだぞ。ここにいるのがわかったら、あんた、教護院（浮浪者や軽犯罪者を収容する施設）行きだ。あんたのためにと思って言ってやってるんだ」

すると何と、ケスラーが涙に潤《うる》んだ目でこちらを見ている。

「あっしがあんたに何をしたっていうんです?」ケスラーはおいおい泣き出した。

「十年も住み続けて、毎月ちゃんと家賃を払ってきた人間をどうして追い出すんです？ ねえ、あっしが何をしたって言うんです？ どこの世界に理由もなく他人を傷つける人がいますか？ あんたはヒトラーかユダヤ人かと言ったらどっちですか？」ケスラーは拳で自分の胸を叩いていた。

グルーバーが帽子を脱いだ。じっと耳を傾け、はじめは何と言っていいかわからないようだったが、それから口を開いた。「いいか、ケスラー。別にあんた個人に恨みがあるわけじゃないんだ。俺はこのアパートの家主だ。この建物はもうぼろぼろだ。修繕費も青天井だ。住人にも協力してもらわないとだめなんだ。それができない人には出て行ってもらう。あんたは建物も大事にしないし、管理人とも喧嘩する。だから出て行ってくれと言ってるんだ。明日の朝、出て行ってくれ。そうしたら、もう何も言わないから。だけどもし出て行かないなら、また立ち退き命令をもらってくる。また執行官に来てもらうからな」

「グルーバーさん」ケスラーが言った。「あっしは出て行かないよ。殺してもらったっていい。でも出て行くつもりはない」

グルーバーが怒りとともに立ち去ろうとしたので、扉のところにいたイグナスは慌てて逃げていった。翌朝、ひと晩あれこれ考えたグルーバーは、市の執行官の事務所を訪れるべく車で出かけた。道すがらタバコを買うために菓子屋に立ち寄ったのだが、そこまで来てもう一度ケスラーと会って話す気になった。考えがあったのだ。ケスラーを公営住宅に入れてやろう、と思ったのだった。

グルーバーはアパートまで運転していくと、イグナスの部屋の扉をノックした。

「例のあのじいさんはまだいるか？」

「わかりませんね」イグナスは落ち着かない様子だった。

「わからないとはどういうことだ」

「出て行った様子はないんですよ。でも、さっき、鍵穴からのぞいたときは、何も動くものが見えなかった」

「じゃ、どうして合い鍵でドアを開けなかったんだ？」

「なんか怖くて」イグナスはびくびくしながら答えた。

「何が怖い？」

イグナスは何も言おうとしなかった。

グルーバーもどきっとしたが、表には出さなかった。鍵を摑むと階段を一歩一歩上り、ときどき早足になった。

ノックをしても反応はなかった。鍵を開けるとき、汗が噴き出した。しかし、ケスラーはそこにいた。生きている。寝室の床に靴も履かずに座っていた。「なあ、ケスラー」グルーバーは言った。頭はくらくらしたが、ほっとしていた。「いい考えがあるんだ。俺のいうとおりにしたら、あんたももう心配する必要はなくなる」

グルーバーは自分の考えを話したが、ケスラーは何も聞いていなかった。下を向いたまま、身体を左右に揺らしている。グルーバーがしゃべり続けるわきでケスラーが想起していたのは、雪降る中、歩道に座っていて心に去来した思いだった。自分のひどい人生が思い出された。若い頃、自分が家族を捨てたこと。自分は妻と罪もない三人の子供たちを放り出したのだ。何らかの形で彼らを養ってやろうと試みることさえなかった。それからというもの――ひどいことだが――その安否を確かめようとさえしなかった。この短い人生で、よくもこれだけひどいことをしたものだ。そう考えると、心にぐさりと突き刺さるものがあり、昔のことが次々に思い出されてきた。ケスラーは声をあげ、爪で身体をかきむしった。

グルーバーはケスラーが苦しむ様子を見ていて恐ろしくなった。もう追い出すのはやめようか、と思った。そして見ていてわかったのは、ケスラーがそこにうずくまり、喪に服しているということだった。そこに座りついたケスラーは、飲まず食わずのせいですっかり血色も失せ、前後に身体を揺らしている。髭も名残り程度にしか生えていない。

何かがおかしい——何だろうとグルーバーは考えてみて、耐えがたい気持ちになった。逃げた方がいいと思った。ここから出て行かないと。だが、自分が階段を五階から一階まで転げ落ちていくさまが想像できた。階段の一番下で、傷だらけになっている自分の姿を想像するとうめき声が出た。だが、彼はまだケスラーの寝室にいた。ケスラーが祈りを唱えている。誰か死んだんだ、とグルーバーはつぶやいた。訃報がとどいたのかもしれない。でも直感的に、そうでないような気がした。それから、グルーバーは大きな衝撃を受けた。この男はグルーバーのことを悼んでいる。死んだのはグ、グ、グ、グ、グルーバーの方なのだ。

グルーバーは苦しい思いになった。汗がしたたり落ちる。自分の中に抑えつけられた巨大で重たいものがあり、それがせりあがってきて頭が吹き飛ばされそうだった。丸々一分ほどは、まちがいなく脳卒中の発作だと思った。だが、さんざん苦しい思いをした後に、やっと症状が治まると、ひどく気分が落ちこんだ。

しばらくして部屋を見まわすと、すっかり片付いて、太陽が降り注ぎ、良い香りがする。グルーバーはケスラーに対する自分の扱いがひどかったことに、耐えがたいほどの後悔の念を抱いた。いたたまれない気分で声をあげ、ケスラーのベッドからシーツを引きはがすとそれを自分の太った体に巻きつけ、床に崩れ落ち、自身、喪に服する人となったのだった。

夢にみた彼女

ミトカが自分のどうしようもない小説の原稿を、裏庭にあるルッツ夫人の錆《さ》びたゴミ焼き缶の真っ黒い底で焼いてしまった後、心やさしいルッツ夫人はあの手この手で彼を慰めようとしたけれど、そして彼の方もベッドに寝転びながら床に足音が鳴り強烈な香水の臭いがすると、さびしい女がひとり家中をうろついているのだなとひしひし感じたが(昔から、何かの起きるきざし)、彼はすべてを拒み、鍵をくいっと回して自分を部屋に幽閉した。真夜中になってからやっと出ていってお茶とクラッカーをつまみ、缶詰のフルーツを開けたりするくらい。こんなことが何週間にもわたって続いた。

秋の暮れ、二十を越える出版社の間を一年半にわたってずっとさ迷ったあげく小説は戻ってきて、もうそれ以上の旅に出ることはなかった。ミトカはその原稿を秋の落ち葉の燃えるゴミ焼き缶に投げ入れ、長い管で息を吹きこんでかき混ぜながら奥の方の原稿にもしっかり火が燃え移るようにした。頭の上ではいくつかのしなびたリンゴが、葉を落とした木にまるで片づけ忘れたクリスマスの飾りのようにぶら下がってい た。ミトカが息を吹きこむと燃え上がった火の粉がリンゴまで舞い上がる。しなびたリンゴは単に失敗作(たっぷり三年かかったのだ)を表しただけでなく、ミトカの希望のすべて、本に注ぎこんだ自信満々の着想のすべてだった。ミトカは感傷的な人間ではなかったが、まるで(丸々二時間かかったこともあり)自分の中に永遠に埋めることのできない穴を焼いてしまったように感じた。

火の中にはさまざまな大きさの紙ゴミを束にして放り込んだ(いったいどうして、とっておいたのかわからないようなものだ)。そこにはエージェントに送った手紙の控えや向こうからの返信も含まれていたが、大部分は印刷された断り状で、編集の女性からのコメントがタイプされているのは三通ほどだった。そうしたコメントには、原稿を返さざるを得ないのはいろいろな理由があるけれど、何より問題だったのは象徴の使い方で、何のことかわかりにくいのです、などと書いてある。また原稿をお待ちしています、と書いてきたのは一人だけだった。ミトカは糞喰らえと思ったが、それで原稿が受け入れられるわけではない。実はミトカはこの原稿が戻ってくるまでの間、一年をかけて新しい作品に取り組んでいた。だが、前に書いた原稿が戻ってきて両者を読み返してみると、使っているのは同じような象徴なのだ。しかも前よりかえってわかりにくい。それで彼は新しい原稿も放り出してしまった。たしかに、ときおりベッドからおりて何か新しいことを書きつけてみようとはしたが、何も言葉が出てこない。それにミトカは、自分の言葉が何か深い意味を持ちうるなどという考えが信じられなくなっていたのだった。よしんばそんなことがあったとしても、その言葉にこめられた真実やドラマがマディソン通りに高々とそびえるビルにオフィスを構える出版社の査読係に伝わるとは思えなかった。そういうわけで彼は、ルッツ夫人のあからさまな嘆きにもかかわらず、何ヵ月も何も書かなかった。もう書くのはやめると誓った。そんな誓いには意味がないのもわかっていた。誓おうと誓うまいとどっちみち彼には何も書けなかったのだから。

ミトカは色褪《あ》せた黄色の壁紙の部屋にひとりじっと籠もった。自分が手に入れた下手な色彩のオロスコ（メキシコの象徴主義の画家。一八八三―一九四九）の複製が、塗料のはがれかけた暖炉の上に画鋲《びょう》でとめられている。メキシコ人の農夫たちが腰をかがめて苦難にあえいでいる様を描《が》いた絵だった。そうして腫れた眼で通りの反対側の屋根にある奇怪な鳩の彫刻を見つめたり、ぼんやりと通りを行く自動車を――人ではなく――目で追ったりしていた。よかれあしかれ彼はひたすら眠り、悪夢を見、おぞましくて思わず目を覚ましたりしたあげく、じっと天井に目をやるのだった。空とは似ても似つかない天井である。それでもミトカには、まるでそこから雪が降ってくるように思えたのだった。遠くから音楽が聞こえてくると耳を傾け、たまには歴史や哲学の本を開いてみることもあったが、それが想像力を刺激して執筆のことを考えてしまったりするとミトカはすぐにバシンとその本を閉じてしまった。ときには自分に、ミトカ、こんなことじゃだめだ、何とかしないと自分がダメになるぞ、と警告することもあったが、どうにもならなかった。彼は痩せ、衰弱し、あるとき着替えながら痩せ細った自分の太ももを目にしたときなど、泣けるなら泣きたいような気分になったのだった。

ルッツ夫人自身もものを書いていた。自分ではろくな作品は書けないが文章を書く人間には興味があって、自分に財政的な余裕がないときでも、そういう人間をめざとく見つけては自分の家に住むよう仕向けたのである(ちょっとしゃべっただけで、そのあたりを嗅ぎつける能力はたいしたものだった)。ルッツ夫人はミトカの身に起きていることもよくわかっていて、日々何かと世話を焼こうとしたがうまくはいかなかった。階下のキッチンに下りてこさせようと、さもおいしそうに昼食を描き出してみせる。ミトカ、ね、いろいろあるのよ、温かいスープにやわらかくて白いロールパン、子牛の脚のゼリー寄せ、トマトソースを添えたライス、セロリの芯、ジューシーな鶏の胸肉——牛だっていいのよ——それからお好きなデザートも。ルッツ夫人はさらに、封筒に分厚いメモを入れてドアの下から差し入れたりもした。そこには彼女の少女時代のことやルッツ氏と結婚してからの痛ましい人生のことなどが細かく書き連ねられている。ミトカに対しては、幸せになって頂戴ね、と結ばれるのである。かと思うと、ドアの前にいろいろなものを置いていく。たとえばミトカが目もくれない古い本ばかりの彼女の本棚からの何冊。あるいは掲載された小説のページに「あなたの方が上手よ」などと書きこみをした雑誌。自分が購読している「文章ジャーナル」も、最新号が届くと、まず彼に読ませるためにそこに置くのである。しかし、この日はそのどれもうまくいかず、ドアは閉まっていた(ミトカの声が聞こえない)。ルッツ夫人はホールに隠れて一時間も、ミトカのドアが開くのを待ったのである。それでついに、いかつい膝を床につき興味津々の目で鍵穴から中を覗いた。ミトカはベッドに横たわっていた。

「ミトカ」ルッツ夫人は悲しそうな声をあげた。「あなた、すごく痩せちゃったじゃないの。まるで骨だけ。たいへんだわ。下におりてきて、ものを食べて」

ミトカは身動きしなかった。そこでルッツ夫人は別の手を使った。「新しいシーツを持ってきたの。ベッドメークをして、空気を入れ換えるわ」

ミトカは低い声で、あっちに行ってくれ、と言った。

ルッツ夫人は何とかしようとした。「あなたと同じ階にベアトリスっていう女性が入ったわよ。すごい美人。彼女も文筆稼業よ」

何も言わなかったが、ルッツ夫人にはミトカがちゃんと聞いているのがわかった。

「若々しくて年の頃は二十一か二、腰がきゅっと締まっていて、胸はたっぷり。かわいい顔をしてる。この子のパンティが物干し紐にさがっているところをご覧なさいよ、まさに色とりどりの花よ」

「その子は何を書くんだ?」ミトカは重々しく訊いた。

ルッツ夫人は思わず咳きこんだ。

「広告文みたい。だけど書きたいのは詩だって」

彼は顔をそむけて無言になった。

ルッツ夫人はホールにお盆を置いていった。そこには温かいスープが載せてあり、その匂いを嗅ぐと彼はどうかなりそうだった。それからシーツが二枚、枕カバー、きれいなタオルが何枚か、そして今朝の「グローブ紙」が置いてある。

　がつがつとスープをむさぼるように飲んだミトカはほとんどリネン類まで口に突っこみそうになってから「グローブ紙」を開いたが、そこには読むべきことが何も書いてないのがあらためてわかっただけだった。見出しを見ても「やっぱり何もない」との思いを持つだけだ。くちゃくちゃに丸めて窓から捨てようとしたとき、社説のページに「オープン・グローブ」という欄があるのを思い出した。もう何年も見ていない欄だった。かつてミトカは五セント払ってこの新聞を買っては震える手でまず「オープン・グローブ」欄を開いたものだ。読者にひらかれたページ。固い決意を持った書き手のためのページである。制限字数は千単語、賞金は五ドルという形で短編の投稿を募集していた。今となっては忌まわしい思い出だが、ここで何度も文章を掲載されたおかげで——半年たらずのうちに十以上の短篇が載ったのである(それで青いスーツと二ポンド(一ポンドは四五四グラム)のジャムを買った)——彼は小説を書き始めたのだった(ご愁傷さま)。そして作品の失敗は二度続き、それからこの無気力とおそろしい自己嫌悪とが彼に襲いかかったのである。そう、あの「オープン・グローブ」だ。歯を食いしばると、虫歯がしみた。だが、必ずしも甘美さと無縁とは言い切れない過去の栄光の思い出——活字になった彼の文章には、その度ごとに二十五万の潜在的な読者がいた。しかもそのすべてがひとつの町に住んでいる。ミトカが載っていると誰だって知っているのだ(バスの中で、カフェのテーブルで、公園のベンチでみんなが彼のものを読んでいる、ミトカは魔法使いよろしくあちこちに潜行し、人々の笑いや涙をチェックする)。編集者からは賛辞を連ねた手紙が届き、まさかというような人からのファンレターもあった——名声とは猫なで声であり、キャンキャンなついてくる声であり、そうだ、そうだの声だった。思い出にふけりながらミトカはひととき潤《うる》んだ目をその欄に向け、それから掲載された文章に読みふけった。

作品はぐっとくるものだった。一人称で語るマデレン・ソーンという少女——自分のことは何ヵ所かで描写しているだけだが、彼女の像は鮮明に浮かび上がった——年の頃はおそらく二十三くらい、細身だがやわらかな肉付きをしていて、顔には知性が浮かんでいる——まさにいばら《ソーン》の名にふさわしい。とにかく彼女は今、そこに現れ、喜んだり怖がったりしながら階段をばたばたと駆けている。彼女も間借り人で、小説に取り組んでいた。毎晩少しずつ、事務仕事でへとへとになったあとに。一ページ一ページ、キレイにタイプしてはベッドの下に入れた箱に収める。第一稿がもうあと一章で終わるというところまで来たある晩、マデレンは箱を引き出しベッドに寝転んで原稿を読み直した。どんなものだろうかと。一ページ一ページ、読み終わるごとに床に落として、最後は眠りに落ちた。これではだめかもしれない、いったいどれだけ直しが必要なのだろう(読んでいくうちにどんどん不安が増えていく)。そのとき、空に昇った太陽の陽射しが目に入って彼女は飛び起きた。目覚まし時計を仕掛けるのを忘れていたのだ。タイプした原稿をベッドの下にひとまとめに押しこんで顔を洗い、服を着替え、髪を梳かした。階段を駆け下り、表に飛び出していく。

仕事の最中は、なぜか調子がよかった。小説が頭の中でうまくつながっていく。マデレンは直すべき箇所を書き留めた——たいした作業ではない——思い描いていたとおりうまくいきそうだ。家に帰る。気分が良かった。手には花。一階で下宿の女将《おかみ》さんに会った。こちらに手招きして満面に笑み。ね、今日、何をしてあげたかわかる?新しいカーテンにおそろいのベッドカバー、暖かい方がいいと思って敷物まで新調したのよ。それから、何と天井から床までぴかぴかに掃除もね。なんてことを。マデレンは階段を駆け上がった。床に這いつくばってベッドの下を探す。空の箱があるだけ。翳《かげ》った光のように階下へ。ベッドの下にあった、タイプした原稿はどこ？　話しながら手をのどに当てていた。「ああ、床にあったあれのこと？　ゴミかと思ったから捨てておいたわよ」マデレンは必死に声を抑えながら、「ゴミに出したの？　回収はたしか木曜よね？」「いいえ。今朝、樽で燃やしたのよ。煙で一時間くらい、目が痛くなったわ」幕。ああ、と声をあげてミトカはベッドに崩れた。

すべて実話に違いないとミトカは思った。とんでもない女将が原稿を樽に投げ込み、一枚残らず燃えてしまうまでかき回している様子がまざまざと目に浮かんだ。原稿の燃える光景には声をあげてしまった――何年もかけた大事な作品。ストーリーが頭から離れない。逃れたかった――部屋から出て、悲惨な思い出を捨ててしまいたかったが、金もないのにどこで何をすればいいというのか。仕方なくベッドに横たわり、寝ても覚めても燃えあがる樽の夢を何度も見た(その中ではふたりの原稿が混淆していた)。自分だけでなく彼女の苦悶までをも一緒に味わった。樽は今まで彼が思いついたことのなかった象徴だった。そこから炎があがり、言葉の火の粉が舞い上がる。油のように真っ黒い煙が立った。熱く真っ赤になり、病んだ黄色になり、黒になった。中には人間の骨の灰が堆《うずたか》く積み上げられている。誰の骨だろう。想像の先走りが落ちついてくると、彼女に対する悲しみが痛切に感じられてきた。あの最後の章――何という皮肉だろう。何とか彼女の悲痛を癒《いや》してやれないものかと一日中考えた。言葉なり何なりの形で慰めを示したい。また書けますよ、もっといいのが書けます、と言ってやりたかった。夜中になって、ついに我慢できなくなった。紙を一枚持ち運び式のタイプライターに差し込み、ローラーを回し、妙に静まりかえった下宿屋でかたかたと音をたてながら「グローブ紙」気付で彼女に短い手紙を書いた。胸が痛みます――僕ものを書くんです――だけど諦めちゃいけない、また書いてください。ミトカより。机の引き出しに封筒と切手があった。やめた方がいいと思う気持ちもあったが、結局、外に出て行って投函した。

すぐに後悔した。自分は正気なのだろうか？　よろしい、手紙を書くのはいいけど、返事が来たらどうするつもりなんだ？　手紙のやり取りなんてしたいのか？　必要なのか？　そんな余裕はまるでなかった。だから郵便がこなくなってちょうどよかったのだ――十一月に本の原稿を燃やしてから何もない。もう二月だった。だが、皆が寝静まった頃、食べ物が欲しくて部屋を出たときに、自分で自分をあざ笑いつつもミトカはマッチの火をかざして郵便受けの中を覗きこんだ。次の晩は指で中をまさぐった。空っぽ。そんなもんだ。ばかばかしい。彼女の物語もほとんど忘れた。日に日にそのことを考えなくなっていたのだった。だけど、万が一、マデレンが便りをよこしたとしたら、ルッツ夫人はたいてい自分で郵便受けを開け、郵便物を持ってくる――彼女はこうして何やかやと理由をこしらえては彼の邪魔をするのだ。翌朝、彼はルッツ夫人が配達人よろしく郵便物の束を持って足音も高く階段を上ってくるのを聞いて、彼女が返事を書いてきたのだと直感した。待て、ミトカ。そんな夢みたいな気分にひたってはいけない、と自分で自分に警告を送っていたにもかかわらず、例の困ったおばさんが甘やかにドアをノックすると胸が高鳴った。答えなかった。咳払いをしながら、「ミトカ、あなたによ」と言って、ついにドアの下からそれをすべりこませてきた――彼女はこんなひとときが何より楽しいのだ。彼がそれを取りに行くのを聞きつけて彼女が満足した気分になったりしないよう、彼女があっちに行ってしまうまで待ってから、ミトカはベッドから飛び降りて封筒をあけた。「ミトカさま（実に女らしい筆跡だった)、やさしいお手紙をありがとう。M・Tより」それだけだった。住所もない。何もなかった。ぐぇっと声をあげてからミトカはすべてを手紙もろともゴミ箱になげこんだ。翌日、彼はより大きな声をあげた。もう一通、手紙が来たのだ。あの小説は事実ではありません。ぜんぶ作ったお話です。だけど、私寂しいのです。またお手紙もらえますか?

ミトカは何事もそう簡単には取りかかれない質《たち》だったが、彼女への手紙はなんとか書いた。時間はたっぷりあったし、他にやることもなかった。返事を書くのは彼女が寂しがってるからだと自分に言い訳した——はっきりいえば、ふたりとも孤独なのだ。ついには彼は、自分が手紙を書くのは他に書くことがないからだとまで認めた。彼は決して逃避家ではなかったけれど、手紙を書くことで少しは気が紛れた。もう二度とごめんだと誓ってはいたけれど、この手紙のやり取りであの放棄した原稿に戻れればと自分が期待しているのもわかっていた(不能になった小説家が、女の小説家と満足のいく関係をもつことで不能を治すのだ)。こういう文通を通して、何もせず、何も思いつかず、何も思いつこうともしない自分に対する自己嫌悪とおさらばできると考えたということだ。ああ、ミトカよ。自分の弱さにため息が出た。他人に頼るなんて。しかし、彼の手紙がしばしばきつい調子になり、挑発的で、相手に対する思いやりを欠くことさえあったにもかかわらず、彼女からの反応は温かいものだった。やさしく、丁寧で、前向きだった。だからごく間もなく彼は(誰だってそういう気持ちになるだろう？　彼は必死に自問自答していた)、こんど会いませんかと切り出した。最初にこの話題を出したのは彼の方で、彼女も(ためらいがちだが)受け入れた。お互い相手にあまり立ち入らないほうがよくないかしら、と渋ったあげくに。

会うのはある月曜の晩、彼女の職場近くにある図書館の分館ということになった。いかにも本好きの彼女らしい選択だった。ミトカとしては街角の方がずっと気楽だった。赤いバブーシュカ(ロシア農婦がかぶる三角ずきん。両端をあごの下で結ぶ)をしているから、と彼女は言った。いったいどんな女性なのだろうと興味津々になってきた。手紙から察するにしっかりしていて、落ちついて、誠実な人だったが、見た目はどうなのか？　女性だからそりゃ美人の方がよかったが、たぶんそうではない気がした。手紙にも何となくそう仄《ほの》めかしてあったし、彼の直感も働いた。顔立ちはそこそこでも体格はたくましいのかと想像された。でも、そんなことはいいじゃないか？　女らしくて、知的で、気丈なら。

今の彼には何か特別なことが必要なのだ。

三月の晩はあたりはぴりっとしているけれど、内に春の息吹を宿している。ミトカはふたつの窓をあけ、吹き抜ける外の空気を身体に浴びた。さあこれから——まさにそこで誰かがドアをノックした。「電話よ」女の声だった。たぶん例の広告屋のベアトリスだ。彼女が行ってしまうのを待ってから、彼はドアの鍵をあけてホールに下り、今年はじめてかかってきた電話に出た。受話器をとりあげたところで、隙間から灯りが洩れているのが見えた。睨みつけるとドアは閉まった。あの女将がいけないのだ。他の下宿人たちの間にちょっとおもしろい人というイメージを作り上げたのだ。「上の階の作家さん」などと言いながら。

「ミトカ?」マデレンだった。

「ああ」

「ミトカ、どうしてあたしがかけてるかわかる?」

「わかるわけないよ」

「ワインでちょっと酔っぱらったの」

「この時間じゃ早すぎるだろ」

「だって怖いんだもの」

「何が」

「あなたから手紙が来るの、すごく楽しかったの。だから終わりにしたくない。あたしたち、会わないといけないの?」

「うん」彼は囁《ささや》き声で言った。

「あたし、あなたの期待通りじゃないかもよ?」

「大丈夫だよ」

マデレンは溜め息をついた。「いいわ、じゃ――」

「来てくれるね?」

彼女は何も言わない。

「ねえ。今になって焦《じ》らさないでくれよ」

「いいわ、ミトカ」彼女は電話を切った。

繊細な子だ。引き出しに入っていた最後の有り金を手に取ると、彼は部屋を出た。急いで図書館に行かないと彼女の気が変わって帰ってしまう。ところが階段をおりたところでフランネルのバスローブを着たルッツ夫人につかまった。グレーの髪は乱れ、声もしゃがれていた。「ミトカ、どうしてあたしのことをずっと避けてきたの？　何ヵ月も、たったひと言でいいから声をかけて欲しいと思ってきた。ひどすぎない？」

「すいません」ミトカは彼女を押しのけると、家から駆け出した。変なおばさんだ。軽外のかぐわしい匂いが不快な気分を追い払った。ミトカの息づかいが荒くなった。軽快な足取りだった。こんなに生き生きとするのはいつ以来のことだろう。

図書館は古びた石造りだった。ミトカは貸し出しコーナーのところで彼女を探した。傾いだ床に本棚が何列も並んでいる。眠そうな図書館員がいるだけだった。子供用の閲覧室は暗かった。レファランスコーナーでは長いテーブルのところに中年の女が座って本を読んでいた。テーブルには彼女の大きな買い物袋が載っている。ミトカは部屋を見渡してからよそを探そうとし、それから、まさかというような考えが頭をよぎった。この女だ。彼は信じられないと目を見張った。気持ちが萎《な》えていく。怒りが湧いてきた。大柄なのはその通りだが、眼鏡をかけてまったく地味な容貌。色彩感覚なし——バブーシュカなど、げんなりするどろどろのオレンジ色。なんて騙《だま》し討ちだ——こんなひどい騙され方をした男が今までいただろうか？　ミトカはとにかく外の空気を吸いたかったが、彼女は静かに活字に目を落とすことで彼をそこに縛りつけた――(ずるい女だ。こっちがいきり立ってるのがちゃんとわかっている)。一瞬でも彼女がおどおどとまばたきをしながら顔をあげたりしたら、彼は間違いなく逃げ出しただろう。彼女はそのかわりに、逃げたいならお好きにどうぞと本に目を落としたままでいた。彼はよけいに苛立った。こんなおばさんに情けをかけてもらういわれはないだろう？　ミトカはテーブルの彼女に向け(心はぼろぼろ)歩いていった。

「マデレン？」彼はその名前を嘲《あざけ》りをこめて口にした。(作家には飛ぶ鳥をも落とす力がある。いくらでも残酷になれる。)

彼女は恥ずかしそうにはっとしたような笑みをうかべた。「ミトカ？」

「ええ――」ミトカは冷たくお辞儀をした。

「マデレンは娘の名前なのよ。それを小説に使ったの。あたしのほんとうの名前はオルガ(マデレンと違って、ロシア系ユダヤ人に多い名前)」

嘘にさらなる毒。しかし彼は期待をこめて訊いた。「娘さんに頼まれてかわりに来たんですか？」

オルガは悲しそうに笑った。「いいえ、ぜんぶあたしなのよ。座って、ミトカ」彼は不機嫌そうに腰をおろし、どうしてくれようという思いを抱いていた。斧でたたき割ってルッツ夫人の樽で燃やしてしまおうか。

「ここ、もうすぐ閉まるわ」彼女が言った。「どこに行きましょうか?」

彼は身動きしなかった。呆然としていた。

「すぐそこにビールを飲ませるところがあるから、そこで一息つきましょうか」オルガが提案した。

彼女は灰色のセーターの上に着こんだくすんだ茶色のコートのボタンをとめた。しばらくしてようやく彼は腰をあげた。彼女も腰をあげ彼のあとについていった。買い物袋を重そうに下げて石段を下りた。

通りに出ると彼は袋を持ってやった——まるで石でも詰まっているようだった——そして彼女の後についてすぐそこの呑み屋に入っていった。

おんぼろカウンターの反対側に、壁に沿って仕切った席があった。オルガは奥に空いた席を見つけた。

「ここなら静かだし、邪魔されない」

彼は買い物袋をテーブルに載せた。「この店は何だか匂うな」

二人は面と向かっていた。彼女とこれから一緒にすごすと思うとすごく気が滅入ってきた。つくづく皮肉な話だった——何ヵ月も狭い部屋に閉じこもっていて、出てきたと思ったらこれだ。部屋に戻ってそれきり埋葬されてしまった方がましだ。

マデレンがコートを脱いだ。「あたしが若かったらきっと気に入ったわよ、ミトカ。ほっそりとしてたし髪もすてきだったのよ。男たちはみんな夢中。色っぽいっていうのとは違うかもしれないけど、みんなあたしの魅力はわかってた」

ミトカは目をそらした。

「活気があって、ぜんぶ揃っていたの。人生を愛してたわ。夫にとってはいろんな意味で豊饒すぎたのね。彼はあたしの性質を理解できなくて、そのせいで去っていった——小さな子供を二人も残してよ」

ミトカが聞いていないのがオルガにはわかった。彼女は溜め息をつき、涙を流し始めた。

ウェイターが来た。

「ビールをひとつ。こちらの方にはウィスキーを」

彼女はハンカチを二枚使った。一枚は鼻をかむのに。もう一枚は目を拭くのに。

「ね、ミトカ、言ったとおりでしょ」

彼女があんまりみじめなのでミトカはさすがに可哀想になった。「ああ」ほんとに馬鹿だ、どうして彼女の言うことを聞かなかったのだ。

彼女は悲しげな笑みをたたえた目で彼の方を見つめた。眼鏡をとると、少しましに見える。

「あなたはまったくあたしが予想したとおりよ。こんなに痩せてるとは思わなかったけど。びっくりしたわ」

オルガは買い物袋に手を入れ、いくつかの包みを取り出し、包装をはがした。パン、ソーセージ、ニシン、イタリアのチーズ、ソフトサラミ、ピクルス、それに大きな骨付きのターキー。

「ときどきね、こういうささやかなご馳走で贅沢するの。どうぞ、ミトカ」

これじゃ、下宿の女将と同じだ。ミトカがうろうろし始めたところをみはからって、どこかからお母さん役が現れ面倒を見てくれるなんて。とはいえ彼は食べた。何かすることを与えてくれただけ、ありがたかった。

ウェイターが飲み物を持ってきた。「おやおやこれは何ですか、ピクニックのつもり?」

「あたしたち、ものを書くのよ」オルガが言った。

「店長が何て言うかな」

「いいわよ、放っておいて。食べて、ミトカ」

ミトカは弱々しく食べた。人は生きていかねばならない。ほんとに? 今まで、こんなに落ち込んだことはあっただろうか? たぶんはじめてだ。

オルガはウィスキーに口をつけた。「食べて。これは自己表現なのよ」

彼は残りのサラミを片づけて自己表現を果たした。それから大きなパンのかたまりを半分、チーズにニシンも。食欲が出てきた。オルガは袋の中をさぐって、コーンビーフのスライスと熟した洋梨を取り出した。彼はその肉をサンドイッチにした。それに加え、冷たいビールがおいしい。

「ね、ミトカ、ちゃんと書いてる?」

彼はグラスを置きかけたが、ふたたび持ち上げ残りを飲み干した。

「その話はしないでください」

「元気を出して。落ち込んじゃだめ。毎日書くのよ」

彼は骨付きターキーに齧《かじ》りついた。

「あたしはそうしてるわよ。もう二十年も書いてるけど、ときどき——あれやこれやの理由で——調子が悪くなってやめたくなる。でもそういうときはね、ちょっと休んで別のものに取りかかるの。それでまた気力が出始めたところで前の作品に戻る、そうするとだいたいまた書けるのよ。それからね、なんだ、それほど気にすることもなかったとわかることもある。あたしみたいにずっと長いこと書いてると、どうすれば書き続けられるかやり方がわかってくるのよ。人生をどんなふうに見るかだけの違いよ。大人になるとね、どうすればいいかがわかるようになる」

「僕の方はひどい状態なんだ」彼は溜め息をついた。「五里霧中だ。ぐちゃぐちゃだ」

「抜け道はあるわ」オルガが言った。「続けていればね」

二人はもうしばらくそこにいた。オルガは子供の頃のことや、若い頃のことをミトカに話した。彼女はもっと話したかったのだが、ミトカは落ち着かない気分になってきた。このあと、いったいどうしたらいいのだろう、と考え始めていた。どこにこの芸のない芸人を、彼の魂を、引きずっていったらいいのだろう?

オルガは食べものの残りを買い物袋にしまった。

通りに出ると、どちら、と彼は訊いた。

「バスに乗ろうかしら。あたしは川向こうに住んでるのよ。息子とその気難しい奥さんと、それから彼らの娘たちと」

彼はマデレンの袋を手に取った——軽くなっている——そしてそれを片手に、もう一方ではタバコを手にして、バス乗り場に向かった。

「あなたがあたしの娘に会ってたらね」

「会ってもいいですよ」ミトカは期待をこめて言った。どうして今までこの話を持ち出さなかったのだろうと我ながら不思議だった。娘のことはずっと心のどこかで気になっていたのだ。

「流れるような髪と、砂時計みたいにくびれた魅力的な身体だった。あんな子はいない。きっと好きになったわ」

「どういうこと？　結婚したんですか？」

「二十歳で死んだわ。人生の花盛りにね。あたしの小説はみんなあの子のことを書いたものなのよ。いつか、一番いいものを選んで本にしたいと思ってる」

彼はそこでほとんどへたりそうになったが、そのままおぼつかない足取りで歩き続けた。今晩、彼はマデレンのために巣から出てきたのだ。彼女を彼の孤独な胸に抱きしめるために。ところが彼女はばらばらに砕けて、天をさかのぼる流星よろしく遠い空に散らばってしまった。下から彼はそれを見つめている。嘆きの人の図である。

二人は停留場にたどり着いた。ミトカはオルガをバスに乗せた。

「また会えるかしら、ミトカ？」

「そうしない方がいいでしょう」彼は答えた。

「どうして？」

「悲しくなるから」

「書くのをやめるの？　あなたの手紙があたしにとってどんなにすばらしいものだったと思うの？　まるで若い女の子みたいに、郵便配達を心待ちにしてたのよ」

「どうかな」ミトカはバスから降りた。

彼女はミトカを窓のところに呼び寄せた。「小説は大丈夫だから。もっと外の空気を吸うのよ。身体を鍛えて。健康になればきっと書く方もうまくいくから」

彼は無表情のままだったが、心の中ではオルガのこと、オルガの娘のこと、世界全体のことを悲しんでいた。誰だってそうなっただろう。

「困難に直面したときに大事なのは品性よ。もちろん才能も大事だけど。あなたはあたしを図書館で見つけて、でもそのまま立ち去ったりはしなかった。それであたしは思ったの、この人には品性があるって」

「おやすみなさい」ミトカは言った。

「おやすみ。また書いてね」

オルガは腰を深くおろし、バスは音を立てて停留場から動きだした。角を曲がるときに窓から彼女が手を振った。

ミトカは反対方向に歩き出した。ひととき不安になったが、それはあの苦しいほどの飢えを感じていないためだとわかった。今晩食べたもので一週間は生きていける。まるでラクダだ。

春。彼はそれにがっちりと摑まえられ、押さえこまれる。ミトカはなるべく近しくなりすぎないようにしてきたが、ルッツ夫人の下宿に近づくにつれ、さながら夜の囚人なのであった。

ミトカはあの少女の心を持った夫人のことを思った。部屋に戻って彼女を頭から足まできれいな白い服に包んでやろう。二人は階段をうきうきと上り、それから（まさに初婚なのだから）彼女を部屋の中へと放り投げる。そうしてコルセットから贅肉がはみ出すあたりに手を添えて彼女を支えながら彼の書斎でワルツを踊るのだ。

天使レヴィン

仕立屋のマニシェヴィッツは、五十一歳になる年にさまざまな失敗をし酷い目に遭った。それまでは何不自由のない暮らしをしていたのが、洗浄液を貯めた缶の爆発で商店から火が出てすべて焼けてしまい、一夜にしてあらゆるものを失った。火災保険には入っていたのだが、火事で怪我をしたふたりの客への損害賠償で、それまでの貯金も使い果たした。時を同じくして、輝かしい未来を期待されていた息子は戦死し、娘の方はほとんど前触れもなしに、どこかの田舎者と結婚して地の果てへと消えてしまった。さらにマニシェヴィッツはひどい腰痛になり、アイロンかけさえ——彼にできるのはこうした仕事だけだったのに——一日に一時間か二時間ほどしかできなくなった。それより長時間は、立っているのがあまりに苦痛で無理だったのだ。良き妻であり良き母であったファニィは洗濯や縫製の内職をしていたが、その妻も目に見えて衰えていった。息切れがひどく、やがて体調を崩して寝たきりになった。以前、よくマニシェヴィッツの店に来ていた医者が気の毒に思って診てくれたのだが、はじめは原因が見つからない。そのうちにやっと、動脈硬化がかなり悪化していることがわかった。医者はマニシェヴィッツを脇に呼び絶対の安静を言い渡すとともに、囁《ささや》き声で、ほとんど希望がないと告げた。

このような試練の間、マニシェヴィッツはぐっとこらえていた。まるで災難が知り合いか遠い親戚に起きているかのごとく、すべて自分に降りかかっているなんて信じないとばかりに。これほどの苦難に見舞われるということが、理解できなかったのだ。馬鹿げていて、不公平で、神に対する侮辱だとも思えた。彼は信心深い人間でもあったのだ。マニシェヴィッツは苦難の最中にも、こうしたことを本気で思っていた。自分の負担が堪えられないほどに重くなると、落ちくぼんだ目を閉じて祈った。「ああ神さま、どうして私がこんな目に遭わねばならないのでしょう?」それから、これでは祈りにならないと考えなおし、文句を言うかわりに身を低くして助けを求めた。「ファニィが健康になりますように。そして私の方も、一歩歩くごとに痛みを感じたりしなくなりますように。今、助けてください。明日では遅すぎます」そしてマニシェヴィッツは泣いた。

あのひどい火災のあとにマニシェヴィッツが移ったアパートは、わずかばかりの椅子と、テーブルと、ベッドが備えられているだけの質素なもので、かなり貧しい地域にあった。部屋は三つだった。壁紙の剝《は》がれかけた小さなリビングルーム。木製の冷蔵庫のあるキッチン替わりの部屋。他の部屋より広めの寝室には、たわんだ中古のベッドにファニィが苦しそうにあえぎながら臥せっていた。寝室が家の中ではもっとも暖かい部屋だったこともあり、神に激しく喰ってかかったマニシェヴィッツは、天井から下がった二個の裸電球の光をたよりにこの部屋でユダヤ系の新聞に読みふけった。読むといっても集中はできない。思考があちこちに飛んでしまった。ただ、活字は彼の目にちょうどいい落ち着き所を与えてくれたし、意味をとる余裕があるときには、ちょっとした言葉を読むことでつかの間、自分の苦しみを忘れることができた。しばらくすると驚くことに、彼は熱心にニュースに目を走らせながら、興味を持てそうな記事を探しているのだった。はじめは自分でも何を求めているのかよくわからなかったが、まもなく目的は、自分自身について何かを発見することだとわかってきて、いささかびっくりした。マニシェヴィッツは新聞を置いた。誰かが家に入ってきたような気がたしかにしたのだ。ドアが開いた音を聞いたわけではない。あたりを見回した。

部屋には物音ひとつせず、珍しくファニィも静かに眠っていた。もしやと少し取り乱してファニィをじっと見つめたが、大丈夫だった。それから、どうも誰かが勝手に入ってきたような気がして落ち着かず、よろよろとリビングルームに向かうと、そこでまさにびっくり仰天した。何とテーブルのところに黒人の男が座って、片手に収まるように折りたたんだ新聞に読みふけっていたのだ。

「あんた、ここで何をしてるんだ」マニシェヴィッツはうろたえながら言った。

黒人は新聞を置くと穏やかな表情でこちらを見た。「こんばんは」どこか自信がなさそうで、あたかも別の家に迷いこんだかのようだった。背が高く、骨張っており、頭にかぶった硬いダービー帽（山の部分が丸い紳士用フェルト帽）は重そうだったが、脱ぐつもりもないようだった。目が悲しげな一方で、口髭《くちひげ》をたくわえた唇は笑おうとしている。他にはとくに好印象を与えるところはなかった。シャツの袖口がすり切れて裏地が見えているのがわかった。着ているダークスーツはサイズが合っていない。足がとても大きかった。動揺が収まるにつれマニシェヴィッツは、きっと自分がドアを閉め忘れただけのことで、ここにいるのは厚生局から来た相談員なのだと思うようになった。夜になってやってくる相談員もいるのだ。このあいだ生活保護を申請したところだった。そこで彼は黒人の向かいの椅子に腰掛け、相手の自信なさそうな笑みを前に、何とかリラックスしようとした。テーブルに向かった元仕立屋の様子は硬かったが、我慢強くじっとして、相手がメモと鉛筆を取り出して質問してくるのを待った。しかしまもなく、そんなことをしそうな気配が相手にはまるでないことがわかった。

「あんた、誰ですか?」マニシェヴィッツはついにおそるおそる訊いた。

「差し障りのない範囲で自分紹介を申し上げると、私はアレグザンダー・レヴィンと申す者です」

この妙な状況にもかかわらず、マニシェヴィッツは思わず笑みを浮かべた。「レヴィンと言いました?」彼は丁寧な口調で尋ねた。

黒人はうなずいた。「まったくそのとおりです」

そのおかしさをひきずったままマニシェヴィッツは訊いた。「あんた、ひょっとして、ユダヤ教徒ですか?」

「生まれてこの方ずっとそうでした。そのことに何の文句もありません」

仕立屋はたじろいだ。黒人のユダヤ教徒というのは話には聞いたことはあったが、会うのは初めてだった。不思議な感じがした。

それから、ふとレヴィンが「でした」という言い方をしたことに今更気づいて、訝《いぶか》しそうに言った。「もうユダヤ教徒ではない、ということですか？」

ここでレヴィンが帽子をとった。黒髪に真っ白いもののまじっているのが見えたが、レヴィンはすぐに帽子をかぶり直した。それから言った。「私は最近、肉体をなくして天使になったのです。天使として、僭越ながら、お助け申し上げようと思います。私の職分と力がそんな申し出に及べば、の話ですが」レヴィンは申し訳なさそうに目を伏せた。「少しご説明が必要でしょう。私は許されたことしかできないのです。今のところは、この先次第なのです」

「天使って、いったいどんな天使なんですか？」マニシェヴィッツはまじめな口調になっていた。

「神に仕える本物の天使です。ただし、限定条件つきですが」レヴィンは言った。「似たような呼称を持っている、この世で特定の分派や階級や組織に属している者たちとは区別してください」

マニシェヴィッツの心はひどく乱れた。たしかに自分は何かを期待してはいた。でもこれはちがう。あまりにひどいではないか？　たとえレヴィンが天使だとしても、これが子供のころからシナゴーグに通い、神の言葉を守ってきた忠実な従僕である自分に対する仕打ちなのか？

レヴィンを試すために彼は訊いた。「じゃ、翼はどこにあるんですか？」

レヴィンは彼なりに頬を赤らめている。表情の変化でマニシェヴィッツにもそれとわかったのだ。「ある種の状況では、私たちはこの世に戻ってくるとともに特権を失うのです。それは、誰をどんな目的で助けるのかということにはかかわらないのです」

「じゃ、教えてください」マニシェヴィッツは勝ち誇ったように言った。「どうやってここに来たんですか？」

「送られたのです」

まだ納得いかず、彼は言った。「もしあなたがユダヤ教徒なら、パンに捧げる祈りを唱えてみてください」

レヴィンはそれを朗々と響くヘブライ語で唱えた。

耳になじんだその言葉を聞いてマニシェヴィッツは心を動かされたが、依然としてそこにいるのが天使だとは信じられなかった。

「もしあなたが天使なら」彼は少し苛々しながら詰め寄った。「証拠を見せてくださ い」

レヴィンは唇をかんだ。「はっきり言うと、私は奇跡も奇跡めいたものも起こすことはできません。私はまだ見習い中だからです。見習い期間がどれだけ続くか、そもそも見習いとして認められるかは結果次第なのです」

マニシェヴィッツは何とかしてレヴィンに、はっきりとその本性を露わにさせる術《すべ》はないかと頭をひねったが、そこへレヴィンがふたたび口を開いた。

「あなたも奥さんも、健康増進をお求めでいらっしゃるとのことですが」

仕立屋はどうしても自分が馬鹿にされているとしか思えなかった。ユダヤ教の天使というのは、ほんとにこんなものなのだろうか？　彼は自問した。わからない。

彼は最後の質問をした。「じゃ、もし神が私に天使をよこしたのなら、なぜよりによって黒人なんですか？　どうして白人ではないのですか？　白人の天使がいくらでもいるでしょう」

「ちょうど私の順番だったのです」レヴィンは説明した。

マニシェヴィッツは納得できなかった。「あんたはインチキだ」

レヴィンはゆっくり腰をあげた。その目には失望と困惑が表れていた。「マニシェヴィッツさん」彼は抑揚のない声で言った。「もし近い将来、私の助けが必要になられたら、それはすぐのことかもしれませんが、私は……」彼は自分の指の爪に目をやった、「ハーレムにいますので」

レヴィンはすでにいなくなっていた。

その翌日、マニシェヴィッツは少し腰痛が楽になり、四時間ほどアイロンがけの仕事をすることができた。その翌日は六時間。そのまた次の日は、ふたたび四時間だった。ファニィは起き上がってハルヴァ（ゴマとはちみつでつくるアメ）をなめたいと言った。しかし、四日後には刺すような痛みが腰にきて、ファニィの方もふたたび寝たきりとなり青ざめた唇でかろうじて呼吸するだけとなった。

マニシェヴィッツは痛みと辛さの再来に、ひどく落ちこんだ。もう少し楽な時間が続いてくれるものと思っていた。そうすれば自分のことや厄介ごと以外にも思いをはせられたのに。毎日毎日、一刻と休む間もなく、彼は痛みの中を生きていた。記憶に残るのは痛みのことだけで、どうしてそこまで痛みが必要なのかと彼は神を、愛情を抱きながらとはいえ、ひどくなじった。どうしてここまで？　もし神がその従僕に何らかの理由で、何らかの原因があって戒めを与えようというなら――それが神というものだから――たとえばマニシェヴィッツの意志が薄弱だとか、商売がうまくいって傲慢になったとか、神のことをしばしばなおざりにしたからといったことで、それでちょっと懲らしめてやろうというのなら、今までに彼の身に降りかかった悲運のどれでも、それのひとつだけで彼を罰するには十分だろう。それなのに、そのすべてが一気に起きたのだ。子供をふたりともなくし、生活の糧を失い、ファニィも自分も身体を壊した。こんな力無い自分に、そこまで堪えろというのはあまりに酷だ。だいたい、自分がいったい何をしたというのか？　ただの仕立屋じゃないか。とりたてた才能に恵まれているわけでもない。こんな自分にいくら災難を降り注いだところで無駄なのだ。どうにもならないし、何も生み出さない。苦しんだところで、それでパンが買えるわけじゃなし、壁の割れ目がふさげるわけでもなし（エゼキエル書に「罪」の意で「壁の穴」の記述があり）、真夜中にキッチンのテーブルが動くわけでもなし。苦しみは夜も休むことなく彼にのしかかり、その圧迫感があまりにひどくて、何度声をあげても、窮状は自分の耳にさえ届かなかっただろうと思われるほどだった。

そんな気分の中で、彼はアレグザンダー・レヴィン氏のことなど考えもしなかったのだが、ときに苦しみの質が変わっていくらか辛さがやわらぐと、自分が彼を追い払ったのは間違いだったのではないかと思うようになった。黒人のユダヤ教徒で、しかも天使だという。とても信じがたい話だが、もし本当に彼が自分を救うためにやってきたのだとしたらどうだろう。そして愚かな自分はその愚かさゆえにそれがわからなかったとしたら？　こう考えるとマニシェヴィッツは、のたうつような苦悶に苛《さいな》まれるのだった。

そういうわけで彼はしばし悩み、依然として懐疑を抱いていたものの、ハーレムまで行って自称天使を探し求めることにした。細かな居場所をきいておかなかったために、当然ながら捜索はなかなかたいへんで、歩くのも彼には大義だった。地下鉄で百十六丁目まで行き、そこから広々とした闇の世界に彷徨《さまよ》い出ることになった。そこは広大で、灯りも何かを照らし出すことはなかった。どこに行っても影ばかりで、それが動いている。マニシェヴィッツは杖をつきながらぎこちなく歩き、闇に覆われた共同住宅のいったいどこを探していいのかもわからずに、意味もなくショーウインドウの中を覗きこんだりした。店には人がいたが、みな黒人だった。驚くべき光景だった。

あまりに疲れ、これ以上歩く気力も失せ、マニシェヴィッツは一軒の仕立屋の前に佇んだ。その店構えに懐かしさを覚え、悲しい気持ちを抱きつつ中へ入っていった。年老いて痩せ、白髪頭がもじゃもじゃの仕立屋は、足を組んで仕事台に腰掛け、臀部に沿って切れ目の入ったタキシードのズボンを縫い合わせていた。

「あの、ちょっとお邪魔しますが」マニシェヴィッツは、指ぬきをはめた仕立屋の器用な指遣いに感心しながら言った。「あの、アレグザンダー・レヴィンという人をご存知ありませんか?」

マニシェヴィッツには仕立屋がどうもこちらに心をゆるしていないように見えたけれど、彼は頭を掻きながら応えてくれた。

「聞いたことないな」

「ア・レ・グ・ザ・ン・ダー、レ・ヴィ・ン、ですよ」マニシェヴィッツは繰り返した。

仕立屋は頭を横に振った。「わからんねえ」

マニシェヴィッツは付け加えた。「どうやら、天使なんですよ」

「ああ、あの人か」仕立屋は舌を打ち鳴らした。「いつもそこの呑み屋に来てるよ」

とがりがりに痩せた指で指し示すと、またズボンの縫製作業に戻った。

マニシェヴィッツは赤信号を無視して道路を渡り、タクシーに轢かれそうになった。隣の隣のブロックの、角から六軒目にキャバレーがあった。きらきら光る電気灯で「ベラ」という店名が見えた。気後れして中に入ることができず、ネオンに照らされた窓を通して店内を覗きこんだ。ダンスに興じていたカップルが散っていくと、脇のテーブルの奥の方にアレグザンダー・レヴィンがいるのがわかった。

彼はひとりで座っていた。タバコを口の端にくわえ、汚らしいトランプでソリテール（トランプの一人遊び）をしていた。マニシェヴィッツはそれを見て少し気の毒になった。レヴィンの身なりは以前よりもすさんでいる。ダービー帽はへこみ、灰色のシミがついていた。サイズの合わないスーツは、まるで寝るときも着ていたかのようにさらにみすぼらしく見えた。靴とズボンの折り返しには泥がつき、無精髭《ぶしょうひげ》で覆われた顔はカンゾウ色をしている。マニシェヴィッツはひどくがっかりしたが、それでも中に入ろうとした。そのとき、紫色のイブニングドレスを着た大きな胸の黒人の女がレヴィンのテーブルの前に現れ、白い歯をむき出しにして満面の笑みを浮かべながら、激しくシミー（身を震わせて踊るジャズダンスの一種）を踊り出した。レヴィンは取り憑かれたような目でマニシェヴィッツの方を見たが、彼は呆然として、動くこともレヴィンと目を合わすこともできなかった。店の踊りが激しくなると、レヴィンは立ち上がった。目に興奮が表れていた。女は彼を激しく抱きしめ、レヴィンの両手はいっときも動きをやめない彼女の尻にからみついた。ふたりはタンゴのリズムにのって踊りながらフロアを横切り、客にやんやの喝采を浴びた。女はレヴィンを空中に持ち上げたようで、踊っている最中に彼の大きな靴はよろめきながら宙に浮いた。ふたりは蒼白な顔をしたマニシェヴィッツがまじまじと見つめる窓の前を滑っていった。レヴィンがちらっとウィンクをし、マニシェヴィッツはその場を立ち去った。

ファニィは死の淵にいた。痩せた唇を震わせて子供の頃のことや、夫婦の交わりについての不満、いなくなった子供のことなどをぶつぶつと語った。しかし、死ぬのは嫌だと泣く。マニシェヴィッツは耳を塞《ふさ》ごうとしたが、たとえ耳がなくても聞こえてきただろう。辛いだけだった。医者が息を切らしながら階段をかけあがってきた。奔放だけど穏やかな男で髭も剃っていない(その日は日曜だった)。そして頭を振った。あと一日、せいぜい二日だ、という。医者はマニシェヴィッツのたび重なる不幸に居たたまれずすぐにその場を立ち去った。この人には次々に苦難が襲いかかってくる。いつか公営住宅に入れてやらないといけない。

マニシェヴィッツはシナゴーグを訪れ神に語りかけたが、神は応えてくれなかった。彼は自分の心をのぞきこみ、もう希望はないと思った。ファニィが死んだら、自分は生ける屍《しかばね》も同然だ。自殺することも考えたが、できないとわかっていた。でも考えてみる価値はあった。考えるゆえに、我あり、だ。彼は神に喰ってかかった。石や、ほうきや、空虚を愛することができるだろうか？　胸を露わにし、むき出しのあばら骨を打って、こんな目に遭ってなお信仰を捨てられないできた自分を呪った。

その日の午後、椅子に座ってうたた寝し、彼はレヴィンのことを夢に見た。レヴィンは曇った鏡の前に立ち、一対の小ぶりでぼろぼろの、オパール色の翼を整えていた。「ということは」目を覚ましたマニシェヴィッツはつぶやいた。「あの人は天使なのかもしれない」隣に住む女性にファニィのことを頼み、ときどき唇を濡らしてやって欲しいと言い置くと、彼は薄っぺらなコートを羽織り、杖をつかみ、小銭を払って地下鉄のトークンを手に入れて、ハーレムまで電車に乗った。自分でもこれは苦しみのあまりの、最後のあがきだとわかっていた。黒人の手品師のところに行って、何でもいいから妻を死なせないでくれ、と懇願するとは。しかし、もはや他に選択肢がないのだとしたら、少なくともその残された選択肢を彼は実行しているのだ。

マニシェヴィッツはよろめきながらベラの店にたどり着いたが、店は持ち主が替わったようだった。中がシナゴーグになっている。彼はぜいぜいと息をついた。正面には、彼のいる方を向いて、人の座らない木製のベンチが何列かならんでいた。後方には聖櫃《せいひつ》があり、その粗い木目の縁には、虹色に輝くスパンコールが施されていた。その下には長いテーブルがあって聖典の巻物が広げられ、天井から鎖で下げられた電球の弱い光がそれを照らしていた。テーブルのまわりにはスカルキャップ（頭蓋のみを覆う小さな帽子）をかぶった四人の黒人が座っていた。まるで指が凍ってくっついてしまったかのように、それぞれが机と巻物に触れていた。彼らが聖書を朗読すると、窓ガラス越しに、マニシェヴィッツにも唱和の声が聞こえてきた。そのうちのひとりは年取っていて、白い髭を生やしている。ひとりはぎょろ目。ひとりは背中が曲がっている。もうひとりは少年で、せいぜい十三歳というところだった。彼らはリズムに乗せて頭を揺らしていた。少年や青年の頃によく目にしたこの光景に胸を打たれてマニシェヴィッツは中に入り、静かに後方に立った。

「ネショーマ」ぎょろ目の男が、太くて短い指で、ある単語を指して言った。「さあ、これ、どういう意味だ？」

「魂という意味です」少年は言った。眼鏡をかけている。

「注釈に移ろう」長老が言った。

「その必要はない」猫背の男が言った。「魂は実体のない物質だ。それだけだ。魂はそこからやってくる。実体のないものも物質からくる。どちらも、原因としても結果としても、魂からくる。それ以上のものはない」

「それが至高」

「超越的だ」

「ちょっと待て」ぎょろ目が言う。「その実体のない物質というのがよくわからん。どうして片方がもう片方とつながるんだ」彼は猫背の男に言った。

「もっと難しい質問をしてくれよ。答えはね、それが非物質的な実体のなさだということだろ。ということはくっつくのが道理だ。ひとつの皮膚に覆われた身体のいろいろな部分と同じ。つながっている」

「聞きなさい」長老が言った。

「あんたのしているのは言葉の入れ替えにすぎん」

「それが原動力なんだ。物質的でない物質が。観念に胚胎していたものがそこから形をなす。お前も、オレも、すべてが、あらゆるものが」

「じゃ、どうしてそういうことになるんだ。もっとわかるように説明してほしい」

「精神だ」長老が言った。「水の表面を精神がわたる。それは良きことだ。聖書にもそう書いてある。聖霊から人が生まれる」

「じゃ、これはどうだ。どうしてずっと精神であるなら、それが物質になれるんだ?」

「神のみができる」

「気高い！　気高い！　神の名を讃えよ！」

「でもこの精神には影とか色とかはあるのかな?」ぎょろ目が無表情に訊いた。

「いや、ちがう。精神は精神だ」

「じゃ、どうして俺たちの肌の色は黒いんだ?」彼は勝ち誇ったように顔を輝かせて言った。

「それは関係ない」

「いったい、どうしてなんだろう」

「神はあらゆるものに精神を与えたもうた」少年が言った。「神は緑の葉や黄色い花にも精神を授けた。金の魚や青い空にも精神を授けた。そういうふうにして、僕たちにも精神は授けられたんだ」

「アーメン」

「主を褒め称え、口にはできぬ神の名を、大きな声でとなえよ」

「空を破らんばかりにラッパを吹きならせ」

男たちは静まった。次なる言葉に一心に取り組んでいた。マニシェヴィッツは訝りの気持ちを抱いたまま近づいていった。

「すいません」と彼は言った。「アレグザンダー・レヴィンという人を探しているんですが。ご存知ではないですか?」

「あの人は天使です」少年が言った。

「ああ、彼か」しょぼくれた目が鼻を鳴らした。

「ベラの店に行けばいるよ。その道を行ったところにある」猫背が言った。

マニシェヴィッツは、ほんとうはもうちょっといたいのだけど、ありがとう、と言って通りを横切っていった。もう日が暮れていた。街は暗闇に沈んでおり、なかなか行き先が見つからない。

ところがベラの店に着いてみると、ジャズとブルースとが鳴り響いていた。マニシェヴィッツは窓の向こうで人々が踊っているのを見つけて、レヴィンを探した。レヴィンはサイドテーブルのところでしきりにしゃべっている。彼らはほとんど空になったウィスキーの小瓶から酒をついでいた。レヴィンは自分の古びた服を脱ぐと、チェックのまばゆい新しいスーツと、グレーがかった真珠色のダービー帽、葉巻、それにツートンカラーの大きい鋲《びょう》を打った靴とに着替えた。マニシェヴィッツは、前は威厳のあったレヴィンの顔が今は酔いにゆがんでいるのを見て失望した。レヴィンはベラの方に身体を傾け、耳たぶを小指でくすぐるとともに、耳元に何事か囁いて彼女を大声で笑わせた。ベラはレヴィンの膝をなでまわした。

マニシェヴィッツは覚悟をきめてドアを押し開けたが、彼を歓迎する空気は店にはなかった。

「貸し切りだよ」

「あっちいけ、白んぼ」

「出てけ、ヤンキー。ユダ公」

しかし彼はレヴィンのいるテーブルの方に進んでいった。彼がよろめきながら歩いていくと、人々がさっとよけた。

「レヴィンさん」彼は震える声で言った。「マニシェヴィッツです」

レヴィンは潤《うる》んだ目でこちらを見た。「なんだい、君」

マニシェヴィッツはぞくっとした。腰が痛い。足には震えがきていた。あたりを見回すと、皆、耳をそばだてていた。

「すいません。ふたりだけでお話ししたいのですが」

「いいからどうぞ。おらぁ、秘密、守るよ」

ベラは身体をよじって笑った。「やめてよ、あんた。お腹が痛い」

マニシェヴィッツがすっかり動転して逃げ出したくなったそのとき、レヴィンが言った。

「どーぞん、ご用件をおっしゃっちゃってくださいなぁ。よろしくぅ」

仕立屋はひび割れた唇をなめた。「あんたはユダヤ教徒だ。たしかにそれはほんとうだ」

レヴィンは立ち上がり、鼻の穴を大きく押し広げた。「何か他に言いたいことは？」

マニシェヴィッツの舌は、石板のように動かなかった。

「今、言うか、さもなくば永遠に沈黙するかだ」

仕立屋の目には涙があふれた。こんな目に遭った人間が今までにいただろうか？この酔いどれ黒人を天使だと認めねばならないのか？

沈黙がゆっくりと固まってくる。

心の中でルーレットが回転し、マニシェヴィッツは若い頃のことを思い出した。信ずる。信じない。信じる。信じない。信じる。信じない。針が指すのは「信じる」で、それから「信じる」と「信じない」との中間、それから「信じない」、いや、これは「信じる」の方だった。溜め息が出た。ルーレットは回ったけれど、やっぱり決めるのは自分なのだ。

「あなたは神が使わされた天使だと私は思う」マニシェヴィッツは途切れ途切れの声で言った。いったん言ったことは言ったことだ、と考えながら。もし信ずるなら、ちゃんと口に出して言わねばならない。信じるという以上、ほんとうに信じなければならない。

沈黙は破られた。みな、しゃべりはじめ、音楽がかかり、ダンスを踊る。ベラはつまらなそうで、トランプを手に取り自分に札を配った。

レヴィンは涙を流した。「あなたは私をひどく侮辱しましたね」

マニシェヴィッツは謝った。

「ちょっと着替えてきますから」レヴィンはトイレに行き、例のスーツに着替えて戻ってきた。

ふたりが出ていくときには、誰も声をかけなかった。

アパートまで地下鉄に乗っていった。階段をあがりながら、マニシェヴィッツは杖で自分の家のドアを指し示した。

「後は大丈夫ですから」レヴィンが言った。「あなたはどうぞ中へ。私は飛び立ちますから」

マニシェヴィッツはあまりに呆気なく終わったので拍子抜けしつつも、好奇心に駆られ、屋上までの三階分を、天使の後を追っていった。彼がそこに着くと、ドアにはすでに南京錠が掛かっていた。

運良く、小さな割れた窓から外を見ることができた。翼のばたつくような妙な音がして、もっと見ようと彼が伸び上がると、黒い姿が屈強な黒い翼をはばたかせながら舞い上がるのがはっきり見えた。

羽根が一枚、落ちてきた。マニシェヴィッツが手にとるとそれは白く変色したが、実は雪にすぎなかった。

彼は慌てて階段を駆けおりた。家では、ファニィがベッドの下にモップをかけたかと思うと、こんどは壁の蜘蛛の巣を取り除いていた。

「すばらしいことだよ、ファニィ」マニシェヴィッツは言った。「あのね、ユダヤ教徒はどこにでもいるんだよ」

「ほら、鍵だ」

ある美しい晩秋の日、ローマでのこと。コロンビア大学でイタリア研究をしている大学院生のカール・シュナイダーは、午前中をつぶして物件を探したあげく、ろくなものも見つけられずに不動産屋を後にした。ヴェネト通り（カフェやホテルが並ぶローマの有名な大通り。映画『甘い生活』での舞台）を歩きながら、夢にまで見たこの都市で、自分がこんな目に遭っていることにつくづく落胆した。ローマはいつも驚きに満ちているが、この驚きは楽しいものではない。結婚してからこんなふうに孤独の辛さを味わうのははじめてで、通りすがりの美しいイタリア人女性、とくに金持ち風の人に、思わず惹かれてしまうのだった。まったく自分は馬鹿だ、と彼は思った。ローマにやって来るなら、もっと金に余裕を持ってくるべきだった。

昨年の春、カールはフルブライト奨学金に応募したものの受給資格がもらえなかった。それでも気は逸《はや》ってしまって、とにかくローマに来て一次史料にあたりながら祖国再興運動《リソルジメント》についての博士論文に取り組もうと思った。イタリア滞在も満喫するはずだった。彼はこの計画を、何年も前からたいへん楽しみにしていたのである。ノーマの言い分としては、六歳にもならない子供を連れ、すべての貯金をつぎ込み――といってもその額はせいぜい三千六百ドルで、大半は彼女が稼いだものなのだが――こんな計画の実行に踏み切るなど狂気の沙汰だということだったが、カールの方は、人間というのは生きていくうえでときに違ったことをしないと駄目になってしまうのだと反論した。カールは二十八歳――もういい年だ。彼女も三十歳。今を逃したらいつ行けるだろう？　イタリア語ができるということもあり、現地でもすぐに落ち着いた生活が送れるようになるという自信がカールにはあった。ノーマは乗り気ではなかった。計画はいったんご破算になったのだが、そこへきてノーマの母親が旅費を工面してくれることになった。ノーマはそれならいいと言ったが、依然として不安が消えたわけではなかった。

「ローマの物価の高さはとんでもないってあちこちに書いてあるわ。今の手持ちのお金で何とかなるかわからないじゃない」

「ときには思いきることも大事なんだ」カールは言った。

「限度があるわ。子供がふたりもいるのよ」とノーマは答えたが、結局、夫の冒険につきあうことにした。わざと季節外れを狙い、出発は十月の十六日。ナポリには二十六日に到着、すぐローマに移動。早くアパートを見つけられればお金の節約になると思ったのだ。本当はノーマはカプリを見たかったし、カールにしてもポンペイを訪れたかった。

ローマでは、カールは不自由することなくあちこちに行くことができたしイタリア語も使いこなしたが、家具付きの手頃なアパートを見つけるのはたいへんだった。カールには仕事場が必要だったので、寝室のふたつあるアパートが欲しかった。もしくは寝室ひとつと大きめの女中部屋でもいい。そうすれば子供たちをそこに寝かせることができる。しかし、街中をさがしたのだが、月五万から五万五千リラ、つまり、せいぜい九十ドルという自分たちの予算に合うような物件はなかった。いくつか安めの物件も見つけたが、トラステーヴェレ地区のとても住めないような場所にあるものだった。他の地区の物件も重大な欠陥のあるものばかり。暖房なしや家具なし。水道や下水の通ってないものもあった。

悪いことは重なるもので、滞在二週目には彼らの泊まっていた陽当たりの悪い下宿屋で、子供たちがひどい下痢をした。ある晩など、幼いマイクを実に十回もトイレに連れていかなくてはならなくなった。クリスティーヌの熱も百五度にまであがった。ミルクの質や下宿屋の衛生状態に不満のあったノーマは、ホテルに移った方がいいと言った。クリスティーヌの熱が下がると、彼らはソーラ・チェチーリアという二流の宿屋《アルベルゴ》に移動した。たまたま出会ったフルブライト奨学生の教えてくれたところだった。四階建ての建物で、天井の高い箱形の部屋がたくさん並んでいる。トイレは共有だったが、宿泊料はわりに安かった。もう一つだけ長所があって、それは、ナヴォーナ広場に面しているということだった。この広場は美しい十七世紀のもので、きらびやかで趣あるワイン色の家々に囲まれている。広場では三つの噴水が水をあげており、カールもノーマもその噴水と彫刻は大いに気に入ったが、やがて子供連れのうかぬ気分で出かけてそういうものを目にしても、たいして嬉しいとも思わなくなっていった。日はどんどん過ぎたが、なかなか住む家が見つけられないのだ。

カールははじめは手数料を惜しんで不動産屋は通さないつもりでいた——一年分の家賃の五パーセントにもなる。ところが、いよいよお手上げという段になってから不動産屋を訪れたのだが、彼の考えていたような値段で物件を見つけるにはもう遅いと言われた。

「七月に来てればね」不動産屋はそんなことを言った。

「要るのは今なんだ」

不動産屋は両手をあげた。「ぜったいに奇跡が起きないとは思わないがね、自分ではなかなか起こせないものさ」他のアメリカ人のように七万五千リラを払って快適な生活を送ればいい、と言う。

「そりゃ無理だ。暖房費が別にかかるだろう」

「じゃ、冬はホテルで過ごしたらどうです」

「ご心配、どうも」カールは不快な気持ちで不動産屋を立ち去った。

とはいえ、ときには不動産屋から、「奇跡」が起こったから見に来いと言ってくることもあった。ある不動産屋はたいへん気持ちのいいアパートに案内してくれた。どこかの公爵の整形庭園《フォーマル・ガーデン》がよく見える。家賃は六万リラだという。これなら住んでもいいと思っていたところ、隣の住人が大事なことを教えてくれた——不動産屋が信用できなかったカールは後で現地に戻ってきたのだった——アパートの暖房は電気とのこと。ということは六万リラに加えてひと月にもう二万リラはかかる。もうひとつの「奇跡」はマルグッタ通り（ローマ中心部の高級住宅地。『ローマの休日』で有名）にあるワンルームだった。不動産屋の従兄弟のものだという。家賃は四万リラ。ときには女性の不動産業者がパリオーリ（ローマ北部の高級住宅地）にある素晴らしい物件について連絡してくることもあった。豪華な部屋が八つに、寝室が三つ、ダイニング・キッチン。それもアメリカ式のキッチンで冷蔵庫つき。駐車場もあり。アメリカ人の家族にはもってこいだという。さてお値段は……二十万リラ。

「もうけっこう」ノーマは言った。

「頭が変になりそうだ」とカール。時間がどんどん過ぎていくのが辛かった。もうひと月が経とうとしているのに、研究の方はまるで手つかずだった。ノーマの方も、暖房のない散らかった部屋に住み、ホテルのシンクで子供のおむつを洗う日々に、明らかに不満がたまっていた。しかも、ホテルの代金は先週は二万リラにもなった。さらに、ろくなものも食べなくても食費に一日二千リラかかる。子供の食べ物は、買ってきたホットプレートでノーマが部屋で作っているにもかかわらず、である。

「ねえ、カール。あたし、働きにでた方がよくない？」

「また仕事かい？」カールは答えた。「何もいいことはないぞ」

「今だって、いいことなんてないじゃない。まだコロッセオくらいしか見てないのよ」それからノーマは、家具なしのアパートを借りて自分たちで家具を作ったらどうか、と言った。

「そのための道具はどうするんだ？」カールが訊いた。「だいたい木材は？　ここは大理石を敷き詰めた方が安いような国だぞ。それに僕が家具を切ったりしてる間、誰が僕の研究をやってくれるんだ」

「わかった」ノーマが言った。「今のはぜんぶ無視していいわ」

「じゃ、七万五千リラのアパートを借りて、そのかわり五ヵ月か六ヵ月で帰るっていうのはどうだい？」カールが言った。

「五、六ヵ月で研究が終わるの？」

「いや」

「あなたの研究のためにここに来たんでしょ」そもそもイタリアがいけないのよ、と彼女はつけ加えた。

「もういい」カールが言う。

カールは途方に暮れた。イタリア行きなんてことを言い出さなければよかったのだ。自分のせいでノーマや子供たちをたいへんな目に遭わせている。何でこんなにうまくいかないんだろう、と彼は思った。ひとしきり自責の念にかられてから、こんどはイタリア人を責めた。こっちがこんなにひどい目に遭っているのに、イタリア人たちは知らん顔でごまかしてばかり。無関心なのだ。イタリア語がどうこうというより、イタリア人の言葉で彼らと意思を疎通させることができないのだ。彼らに物事をはっきり言わせることもできないし、彼らの気持ちに訴えてこちらに何が必要かをわからせることもできない。自分の計画や希望がだんだんと現実の前に屈していくような気がした。早くアパートを見つけないと、イタリアに幻滅してしまいそうだった。

ピンチアーナ門（西ローマ帝国最初のフラウィウス・ホノリウス帝の四〇三年に建造）の市電乗り場の近くで、カールは肩をたたかれたのに気づいた。もじゃもじゃ頭のイタリア人が、すり切れたブリーフケースを握りしめ、太陽の光を浴びて歩道に立っていた。髪の毛が四方八方に広がっている。目つきはやさしかった。今、何かを悲しんでいるというのではないが、以前に辛い思いをしたことのある目だ。きれいな白いシャツを着て、ぼろぼろのネクタイに、背中のあたりに皺《しわ》がよった黒いジャケットという出で立ちである。ズボンはジーンズで、夏物で通気孔のある先のとがった靴は、ぴかぴかに磨かれている。

「すいません」男はぎこちない笑い顔を作っていた。「わたし、ヴァスコ・ベヴィラックアと言います。あなた、アパートをお探しか?」

「どうしてわかった?」カールが言った。

「つけてきたです」イタリア人が答えた。何かの仕草をした。「不動産屋からあなた、出てきた。わたしも不動産屋ね。わたし、アメリカ人の手助けをする。アメリカ人すばらしいね」

「あなた、不動産屋さん?」

「その通りね」

「イタリア語を話しましょうか《パルリアーモ・イタリアーノ》?」

「あなた、しゃべれる?」がっかりしたようにも見えた。「でもイタリア人ではないね《マ・ノンネ・イタリアーノ》」

カールは、自分はイタリアの歴史と文化を研究するアメリカ人学生で、イタリア語はもう何年も勉強しているのだと言った。

ベヴィラックアは、自分には事務所もないし車もないが、他にはない物件をいくつか持っているのだと言った。彼によると、これらの物件は不動産業をはじめたことを知らせて友人たちから得たものだった。彼らは自分や友人の住む建物に空きがあるとこちらに連絡してくるのである。もちろん彼らには、手数料から一定の額を支払っている。ふつうの不動産業者は手数料として五パーセントもの暴利をむさぼるが、自分はたった三パーセントだという。手数料を抑えることが可能なのは、単に経費がかからないからと、それにアメリカ人が好きだから、とのこと。彼はカールに、何部屋必要なのか、いくらなら払えるのかと訊いてきた。

カールはたじろいだ。この男は人当たりはいいけど、正式な業者ではない。おそらく免許もないのだ。こういう格安業者のことを聞いたことはあったので、結構です、と言おうと思ったのだが、ベヴィラックアの目が、待ってくれ、とばかりに追いすがってきた。

自分にはもう失うものはないのだとカールは思った。ひょっとすると、いい物件を持っているかもしれない。そこで彼はこのイタリア人に自分の条件と予算とを言った。ベヴィラックアの顔が輝いた。「どのあたりでお探しか?」熱のこもった口調だった。

「ほどほどのところなら、どこでも」カールはイタリア語で言った。「完璧でなくてもいい」

「パリオーリじゃ？」

「パリオーリだけでなくてもいい。家賃次第だから」

ベヴィラックアは鞄を膝にはさんでシャツのポケットを探った。一枚のとても薄い紙を取り出し、広げ、鉛筆の書きつけを額に皺を寄せながら読んだ。それから紙をポケットにしまい、あらためて鞄を手に取った。

「電話番号を教えてもらえますかね」彼はイタリア語で言った。「他のリストを見てから連絡します」

「あのね」カールは言った。「いいところがあるなら、今、見せて欲しい。そうでもないんだったら、時間の無駄になるようなことはごめんだよ」

ベヴィラックアは傷ついたふうだった。「保証します」胸に大きな手を置いて言った。「明日になれば、きっといい物件が見つかります。裏切るくらいなら、母に山羊を生ませます」

小さな手帳に彼はカールの滞在先を記した。「十三時ぴったりにうかがって、すばらしい場所にご案内します」

「午前中に来られないかな？」

ベヴィラックアはすまなそうにした。「仕事は十三時から十六時でやってるんです」いずれ営業時間を広げたいと言った。どうやら不動産斡旋《あっせん》の方は昼食と昼休憩《シエスタ》の時間でやってるのだなとカールは憶測した。本業は給料の少ない事務仕事か何かなんだろう。

それなら十三時ぴったりに来てくれとカールは言った。

ベヴィラックアはいかにもちゃんと話を聞いていますというふうにひどく真面目そうな顔でいて、それから頭をさげると、その珍妙な靴で歩み去っていった。

彼がホテルに現れたのは二時十分前だった。小さな黒いフェルト帽をかぶり、髪の毛をポマードでなでつけているのだが、その匂いがロビー中に充満していた。カールはフロントの近くで今か今かと待ちながら、もう現れないいんじゃないかとも思っていたが、そこへベヴィラックアが入り口を駆け抜けてきたのだった。手には鞄を持っている。

「準備万端で?」息を切らしていた。

「一時からね」カールは答えた。

「自分の車がないと、これだから困るんです」ベヴィラックアは言い訳した。

「乗っていたバスがパンクしちまって」

カールはそちらに目をやったが、表情は変わらなかった。「まあ、いい。いこう」

「三ヵ所あるんです」ベヴィラックアは最初の物件の住所を伝えた。寝室がふたつあるアパートがたったの五万リラだという。

バスは混んでいて、ふたりはつり革につかまった。ベヴィラックアの方はつま先立ちになって、バスが停留所に停まるたびにどこまで来たかを確認していた。二回ほどカールに時間を訊く。教えてやると、声には出さずに何か唇を動かすのだった。しばらくしてから、ベヴィラックアはにわかに目を輝かせ、笑みを浮かべながら訊いてきた。「マリリン・モンローのことをどう思います？」

「興味ないね」カールが言った。

ベヴィラックアは訝《いぶか》しげな顔になった。「映画は見ないのですか？」

「たまにしかね」

ベヴィラックアはひとくさりアメリカ映画のすごさについて語った。「イタリアの映画は、過去を振り返ってばかりなのです」それからふたたび黙りこんだ。ふと見ると、彼はシルクハットをかぶった背中の曲がった男の人形を手にしていた。ゲンを担いで人形の瘤《こぶ》を親指でこすっているのだ。

「僕の分も祈ってくれてるならいいけどな」とカールは願った。依然として落ち着かない。心配だった。

しかし、少なくとも最初の物件については、外れだった。鉄の門を構えた黄土色の建物である。

「三階だろ?」カールが訊いた。すでに来たことのある場所だとわかってがっかりした。

「その通りです。どうしてわかったんです?」

「来たことがある」カールは沈んだ調子で言った。この物件は広告に出ていたはずだ。ベヴィラックアがそうやって物件を集めているなら、もう付き合うのはやめた方がよさそうだ。

「何がいけないんです?」ベヴィラックアが尋ねた。見るからに落胆している。

「暖房が駄目なんだ」

「そんなことないでしょう?」

「リヴィングにガスの暖房機がひとつあるだけで、寝室には何もない。ほんとうは九月にはスチームを据え付けるはずだったけど、スチーム用のパイプの値段が上がって契約はおじゃんになった。うちは子供がふたりいるんだ。寒いアパートでは冬は越せないよ」

「あの馬鹿め」ベヴィラックアがつぶやいた。「守衛が暖房はちゃんとしてると言ったんです」

　彼は自分の書類に目をやった。「プラーティ地区（ローマ中心部、ヴァチカンのある地区）にもひとつありますよ。きれいな寝室がふたつと、リヴィングとダイニングの続いた部屋。キッチンにはアメリカ式の冷蔵庫」

「広告に出てた物件かい？」

「いやいや。ゆうべ、従兄弟《いとこ》が電話で教えてくれました。家賃は五万五千リラです」

「とにかく見てみよう」カールは言った。

　古い建物だった。もともとは邸宅だったが、その後、集合住宅にリフォームされた。通りをはさんで小さな公園があり、背の高い、枝を茂らせた松の木がならんでいた。子供の遊び場にはちょうどよさそうだ。ベヴィラックアが守衛を見つけ、階上へと連れていってもらった。守衛は、いかにこのアパートがすばらしいかをずっと強調していた。カールはすぐに、キッチンではお湯が出ないこと、だからお湯は洗面所でくむしかないことに気づいたが、アパートの印象は良かった。だが、主寝室に行ってみると壁に水漏れの跡があって、部屋にも嫌な臭いが満ちていた。

守衛は慌てて、壁の水道管が破裂したせいだと説明した。一週間以内に直しておくとのことだった。

「下水みたいな臭いがするよ」とカールが言った。

「でも今週中に直してくれるそうですから」とベヴィラックアが言った。

「こんな臭いがしてたんじゃ、一週間だって我慢できない」

「このアパートじゃだめだと言うんですか?」ベヴィラックアは苛立っていた。

カールはうなずいた。ベヴィラックアはうつむいた。鼻をかみ、アパートから出ていった。外に出るとベヴィラックアは落ち着きを取り戻した。「このごろは、自分の母親だって信用できません。今朝守衛に電話したときには、完璧な部屋だと請け合っていたのに」

「からかわれてたんだろ」

「でも大丈夫です。すごいところがあるんです。ただ、急がないといけない」

たいして期待もしていなかったが、カールは住所を尋ねた。

ベヴィラックアは困った顔になった。「パリオーリ地区ですよ。ご存知のように、高級な地区です。奥さんだって、友だちにこと欠かない。アメリカ人がたくさん住んでいます。日本人やインド人だっていますよ、外国人がお好みなら」

「パリオーリか」カールはつぶやいた。「いくら？」

「たった六万五千リラです」ベヴィラックアはそう言って、地面に目を落とした。

「たった？　でも、その値段じゃ、さぞかしひどい所なんだろうな」

「とてもいいところです。新しいし。広々とした夫婦用の寝室に、もうひとつ小さい寝室。その他もちゃんと揃ってますから。いいキッチンとか。テラスからのすばらしい眺めはぜったいお気に入りになりますよ」

「自分で行ったことあるのかい？」

「そこの女中と話したのです。持ち主は、ぜひ貸したい、と。仕事で来週にはトリノ（ピエモンテ州の商業都市）に行くらしいんです。女中とは古い知り合いです。彼女はすばらしいところだと言っています」

カールは考えた。六万五千リラということはほとんど百五ドルだ。「わかった」しばらくしてからカールは言った。「見てみよう」

ふたりは市電に乗りこみ、隣合った席を見つけた。ベヴィラックアは市電が停留所に停まるたびに、心配そうに窓から外を見た。途中、彼はカールに自分のこれまでの苦労を話した。十二人兄弟の八番目だったが、今も生きているのは五人だけ。みな、バケツ一杯のスパゲティを平らげていたというのに、とにかく空腹をかかえて生きていた。ベヴィラックア自身は、十歳で学校を終え働きはじめた。戦争では二回負傷したが、一回は侵攻してきた米軍のせいで、もう一回は退却していくドイツ軍によるものだった。父は連合軍のローマ爆撃で死んだ。このときの爆撃では、ヴェラーノ墓地（サン・ロレンツォ聖堂の近くにある墓地）にある母の墓も壊された。

「イギリス軍は標的を絞っていました」彼は言った。「でもアメリカ軍はあらゆるところに爆弾を落としたのです。あなたたちは豊かな国だから、こういうことができた」

カールは、爆撃のことは申し訳ないと思うと言った。

「でも、アメリカ人のことは前より好きになったのですよ」ベヴィラックアはつづけた。「アメリカ人はイタリア人と似ています。あけっぴろげです。だから、アメリカ人がイタリアに来たときには助けたいのです。イギリス人は心を開かない。話すときも、唇を閉じたまましゃべる」そう言って彼は、口をすぼめるしゃべり方をしてみせた。

エウクリーデ広場に向けて歩いているときに、ベヴィラックアはカールに、アメリカのタバコを持っているかと訊いてきた。

「タバコは吸わないんでね」カールはすまなそうに言った。

ベヴィラックアは肩をすぼめて、そのまま歩いた。

彼がカールを連れていったのは、アルキメーデ通りの新しい建物だった。丘をめぐる気持ちのいい通りである。長いバルコニーのある、明るい色に塗られたアパートが並んでいる。こんなところに住めたらいいだろうなとカールは思った。これは束の間の夢想にすぎず、それ以上のことを願うつもりはカールにはなかった。

ふたりが五階までエレベータで上がると、肌の色の濃い、頬に産毛の生えた女中が、小綺麗なアパートを案内してくれた。

「ほんとうに六万五千なのかい？」カールが女中に訊いた。

女中はそうだと言った。

アパートはとてもよかったのでカールは高揚したが、同時に不安にも苛《さいな》まれ、何とかならないかと祈るような気持ちになった。

「だからきっとお気に入りになると言ったんです」ベヴィラックアはもみ手をしながら言った。「今晩のうちに契約書を書いておきますから」

「寝室を見よう」カールが言った。

しかし、女中はまずふたりを広いテラスへと案内し、街の景色を見せた。カールはその眺望に胸が躍った――古代から近代までのさまざまな建築物が並んでいる。そこには、これまでの過去の積み重ねがあり、また今も歴史がその余波の中を美しく流れている。数々の屋根、塔、ドーム、そしてその向こうには、金の丸屋根のサン・ピエトロ寺院。すごい都市だ、とカールは思った。

「さあ、寝室だ」とカールは言った。

「ええ、寝室ですね」女中は二重ドアを抜けふたりを「夫婦の寝床《カメラ・マトリモニアーレ》」へと導いた。

広い部屋には趣向を凝らした飾りがほどこされ、美しいマホガニーのツインベッドがあった。

「いいね」カールは喜びを押し隠しながら言った。「僕の趣味はダブルベッドだけど」

「あたしもそうです」女中が言った。「だけど、ご自分で持ちこめばいいのです」

「これでいいよ」

「でも、これはなくなるんです」と女中。

「なくなるってどういうこと？」ベヴィラックアが詰め寄った。

「何も置いていきません。ぜんぶトリノに運びます」

ふくらみつつあったカールのうるわしい希望は、またしても薄汚い奈落へと真っ逆さまに落とされた。

ベヴィラックアは、帽子を床にたたきつけて両足で踏みつけ、自分の頭を拳で叩いた。

この部屋は家具無しだと電話ではっきり断ったじゃないの、と女中が言う。

ベヴィラックアは女中に怒鳴り、女中の方も声を荒げて言い返してきた。カールはうなだれて、その場を立ち去った。道でベヴィラックアが追いついてきた。もう四時十五分前で、彼は急いで仕事に戻らないといけない。ベヴィラックアは帽子を手に、丘を駆け下りていった。

「あした、すごいもの、お見せします」ベヴィラックアは肩越しに声をあげた。

「ありえないね!」

ホテルに戻る途中、大雨にあってカールはびしょ濡れになった。晩秋の雨期が始まろうとしていた。

翌朝の七時半に、ホテルの電話が鳴った。子供たちは目を覚まし、マイクが泣き出した。カールは陰鬱な気分で、鳴り響く受話器に手を伸ばした。外ではまだ雨が降っている。

「もしもし《プロント》」

ベヴィラックアは陽気だった。「こちらは仕事場からです。明日にも引っ越せるアパート、あったです」

「クソ喰らえ」

「え?《コーサ》」

「何でこんなに早い時間に電話してくるんだ？　子供が起きたじゃないか」

「失礼しました」ベヴィラックアはイタリア語で言った。「良い知らせをお伝えしたくて」

「いったいどんな良い知らせだと言うんだ」

「モンテ・サクロの近くに第一級のアパートを見つけたんです。寝室はひとつだけど、居間兼キッチンにはソファがあります。テラスにあるガラス張りの部屋は書斎に使えますし、小さな女中部屋もあるんです。車庫はありませんが、車はお持ちではないから。家賃は四万五千リラ。考えていたよりも安いでしょ。アパートは一階にあって子供が遊べるような庭もある。奥さんもこれを見たら、大喜びですよ」

「僕だって大喜びだ」カールは言った。「家具付きか？」

ベヴィラックアは咳払いをした。「もちろん」

「もちろん、か。自分の目で見たのか？」

ベヴィラックアはエヘンと喉を鳴らした。「まだです。今見つけたばかりです。仕事場の秘書のガスパリ夫人が教えてくれたんです。彼女の家の真下にあるんです。彼女もお隣さんとしてはすばらしい人ですよ。あなたのところに一時十五分ぴったりに行きますから」

「慌てなくていいよ。二時にしよう」

「大丈夫ですか?」

「ああ」

しかし、電話を切ってみると、また不安がつのってきた。物件を見にいく気にならず、ノーマにそのことを言った。

「あたしが行こうか?」ノーマが言った。

カールは少し考えてから、いや、と言った。

「かわいそうに、カール」

「まさしく〈大冒険〉さ」

「そんなにやけにならないで。あたしの方がつらくなるわ」

朝食をとった。紅茶にパンとジャム、果物。寒かったが、ドアに画鋲《がびょう》で留められたカードに、暖房は十二月まで入らないと書いてあった。ノーマは子供たちにセーターを着せた。ふたりとも風邪をひいている。カールは本を読み始めたが集中できず、結局「イル・メッサジェーロ紙」を広げた。ノーマは別の女性の不動産屋に電話をかけてみた。何かあったらまた連絡するとのことだった。

ベヴィラックアは一時四十分にロビーから電話をかけてきた。

「行くよ」カールが言った。気が重かった。

ベヴィラックアはびしょびしょの靴で玄関に立っていた。いつもの鞄を抱え、大きな傘から雨の滴をしたたらせていたが、帽子はなかった。こんなに湿った日でも、もじゃもじゃの髪は逆立っていた。何となくみすぼらしく見えた。

ふたりはホテルを後にした。ベヴィラックアはカールとならんで足早に歩き、ふたりのうえに傘が差しかかるようにと気をつけていた。ナヴォーナ広場では女が十匹あまりの野良猫に餌を与えていた。地面に新聞紙がひろげられ、昨夜の残りの硬くなったマカロニを猫たちが漁っていた。カールはふたたび孤独感に襲われた。

ベヴィラックアはふさぎこんで自分の話をした。「あたしは八年間一生懸命働いて、ようやく月給が三万リラから五万五千リラになっただけです。事務所で私の左に座っている馬鹿は、入り口に面した机にいて、電話してきた人にボスとの面会の予約を入れるだけで、給料の他に月四万リラのチップも貰っている。あたしがあそこに座っていたら、二倍は稼げるのに」

「仕事を変えようと考えたことはないの?」

「もちろん。でも、今稼いでるだけの額を、最初からくれるところはないんです。それに今の仕事だって、この半分の給料でも順番待ちが二十人はいるでしょうね」

「たいへんだな」カールは言った。

「パン一切れに、二十人の人間が列をなしている。アメリカ人はほんとに幸せなんです」

「それについては、そうだな」

「何ならそうじゃないと言うんです?」

「アメリカには広場《ピアッツァ》はない」

ベヴィラックアは肩を片方だけあげてみせた。「あたしが必死になってることに、文句は言えないでしょ?」

「それはそうだよ。がんばって欲しい」

「あたしだって、アメリカ人のためを思ってる」ベヴィラックアはきっぱり言った。

「お役に立ちたいんです」

「僕だってそうだ。イタリア人の幸福を祈ってるし、イタリア人にしばしお世話になりたいと思ってる」

「今日にでも準備が整いますよ。明日は引っ越しだ。幸運の予感が身体から染み出してくるんです。うちの女房が昨日聖ペテロの足にキスをしてきました」

道は混んでいた。ハエの群れが――ベスパ、フィアット、ルノーの群れが――あちこちから彼らに唸り声をあげてきた。誰もスピードを落として、こちらが道を渡るのを待ってくれたりしない。彼らは危ういところをやっとのことで道を渡った。バス停では、歩道へ寄せてくるバスのドアへと人々が殺到した。後部のドアを開けたままバスは発車し、ステップには四人ほどの人が立ったままだった。

タイムズ・スクエアの方がましかな、とカールは思った。

三十分ほどたって、バス停から少し歩いたふたりは、広々とした並木道にたどり着いた。ベヴィラックアは行く手の角にある黄色いアパートを指した。すべての部屋にバルコニーがあり、ひしめく花の鉢植えや石づくりの花壇からツタが壁へと延《は》っていた。いいところだな、などとうっかり思わないように、カールは自分を抑制していた。

ベヴィラックアは緊張した面持ちで入り口のベルを鳴らした。また背中の曲がった人形の瘤を撫でている。地下から仕事着姿のずんぐりした男が上がってきた。顔にはたっぷりと肉がつき、真っ黒い顎鬚《あごひげ》が生え放題で顔を覆っている。ベヴィラックアは目指すアパートの番号を告げた。

「ああ、そりゃ、だめだ」守衛が言った。「鍵がないんだ」

「ほら、まただ」カールはつぶやいた。

「待ってください」ベヴィラックアが諭《さと》した。彼はカールには理解できない訛りで守衛に何か言っていた。守衛の方も同じ訛りで、なにごとか長々と語っていた。

「上に行きましょう」ベヴィラックアが言った。

「上って？」

「あたしが言ってたあの女性のところに行くんです。うちの事務所の秘書です。彼女は二階に住んでる。そこで鍵が来るまでゆっくりさせてもらえばいいのです」

「鍵はどこなんだ？」

「守衛にはわからないそうです。女伯爵がアパートの持ち主らしいけど、住んでいるのは彼女の愛人なんだそうです。その女伯爵が結婚するので、愛人には出て行ってもらうことにした、だけどそいつが鍵を持っていってしまったのです」

「そんなことか」カールが言った。

「守衛が女伯爵の弁護士に電話してくれます。彼女のことはその弁護士が万事把握してるのです。合い鍵も持っているはずです。守衛が電話する間、あたしたちはガスパリ夫人のアパートで待てばいい。彼女がアメリカン・コーヒーを入れてくれますよ。彼女のご主人もいい人ですよ。アメリカ系の企業で働いています」

「コーヒーはいいから」カールは言った。「アパートの中を見る方法はないのかい？今までの経験から言っても、わざわざ待ってても仕方ないという可能性もある。一階にあるんだから、窓から中が見えるだろう？」

「窓はシャッターが下りていて、中からでないと開けられないようになってます」

ふたりは秘書の部屋に上がっていった。秘書は三十になる肌の色の濃い女性で、脚の形は見事だったが、笑うと虫食いだらけの歯が覗いた。

「そんなにいいアパートなんですか？」カールが訊いた。

「ここと同じようなものですよ。ただし、大きな庭がある。あたしのを、ご覧になります？」

「ええ、できれば」

「どうぞ」

彼女がそれぞれの部屋を案内してくれた。ベヴィラックアはリヴィングのソファで、濡れた鞄を膝に乗せて待っていた。留め具を外してパンの固まりを取り出し、思いにふけりながら食べている。

アパートを気に入ったことを、カールは認めざるを得なかった。建物はわりに新しい。戦後建てられたものだ。寝室がひとつしかないのは欠点だが、子供をそこに寝かせ、自分とノーマはリヴィングのソファで寝ればいい。バルコニーに張り出した部屋は仕事場にぴったりだ。カールは寝室の窓から外を見て、庭に目をやった。子供の遊び場としてはうってつけだ。

「ほんとに家賃は四万五千リラなんですか?」カールは訊いた。

「そうです」

「家具つき?」

「とても趣味のいい家具ですよ」

「どうして女伯爵はもっと家賃を高くしないんだろう?」

「考えがあるんでしょう」ガスパリ夫人は笑った。「あら、見て」彼女が言った。

「雨がやんだわ。太陽が出てくる。いい徴《しるし》ですね」彼女はカールの近くに立っていた。この女《ひと》は何の得をするんだろう？　カールは頭をひねってから思い出した。ベヴィラックアのなけなしの三パーセントから、いくらかもらうのだ。

自分の口が一人でに動くのがわかった。祈るのをやめようとしても、やめられなかった。終わりまでいくと、また出だしから始めた。アパートはとてもいい。庭も子供たちにちょうどいい。家賃も予想より安い。

リヴィングではベヴィラックアが守衛と話していた。「弁護士がつかまらないそうです」がっかりして彼は言った。

「あたしがやってみるわ」ガスパリ夫人が言った。守衛は彼女に番号を渡し、去っていった。電話してみると、もう今日は戻らないとのこと。自宅の番号もあったので、そちらにかけてみた。話し中。一分待って、もう一度かけ直した。

ベヴィラックアは小さな硬いリンゴを鞄から取り出し、カールにひとつすすめた。カールはいらない、と首を横に振った。ベヴィラックアはペンナイフでリンゴの皮を剝《む》き、ふたつとも食べた。リンゴの皮と芯は鞄の中に落とし、留め具をかけた。

「ドアを外したらどうだ」カールが提案した。「蝶番《ちょうつがい》を外すのはわけないだろう」

「蝶番は内側にあるんですよ」とベヴィラックアが答えた。

「女伯爵がアパートを貸してくれなくなりますよ」ガスパリ夫人が電話口から言った。「……むりやり押し入ったりしたら」

「その愛人がここにいたら、とっちめてやるのに」ベヴィラックアが言った。「鍵を盗むとは」

「まだ話し中だわ」ガスパリ夫人が言った。

「女伯爵はどこに住んでるんだい?」カールが訊いた。「タクシーで行ってみてもいい」

「最近引っ越したはずですよ」ガスパリ夫人が言った。「前の住所は知ってたけど、今のはわからないわ」

「守衛は知ってるかな?」

「かもしれません」彼女は内線で守衛にかけてみたが、彼にわかるのは電話番号だけだった。女伯爵は不在です、とそこの女中は言った。そこで弁護士にかけてみると、やっぱり話し中だった。カールはだんだん苛々してきた。

ガスパリ夫人はオペレーターを呼びだして女伯爵の電話番号を言い、住所を訊いた。

しかしオペレーターには古い住所はわかったが、新しい方はわからなかった。

「やあねえ」ガスパリ夫人が言った。彼女はもう一度弁護士に電話してみた。

「あ、いたわ」通話口で彼女が言った。「こんにちは、先生《ブオン・ジョルノ・アヴォカート》」甘い声だった。

ガスパリ夫人が弁護士に、合い鍵を持っているかどうか訊いているのがカールにもわかった。弁護士の返答は三分もかかった。

彼女はがちゃんと音をたてて電話を切った。「持ってないって。鍵はひとつしかないみたい」

「まったく、やってらんないな」カールは立ち上がった。「アメリカに帰るよ」

また雨が降っていた。稲妻がぴかっと光り、空が真っ二つになった。びっくりしたベヴィラックアは、鞄を放りだし腰を上げた。

「もうお手上げだ」翌朝、カールはノーマに言った。「不動産屋に電話して、七万五千リラでいいと伝えてくれ。ここから出ていかないと……」

「その女伯爵と話してからにしましょうよ。窮状を訴えて、同情を買うのよ」

「首を突っ込んでも、うんざりするだけだぞ」カールがノーマに警告した。

「とにかく電話してみてよ」

「番号がわからないよ。番号を訊いておくなんて、思いつかなかった」

「見つけてよ。あなた、調べる《リサーチ》のは得意でしょ」

カールはガスパリ夫人に電話をかけようかとも思ったが、考えてみると彼女は仕事に出ているのだ。仕事場の番号はわからない。例のアパートの住所を思いだして、電話帳で調べてみた。それから守衛に電話をかけ、女伯爵の住所と電話番号を尋ねた。

「こちらからかけ直しますから」何かを食べながら守衛が言った。「あんたの番号を教えてください」

「なんで？　番号教えてくれよ。その方が簡単だろ？」

「女伯爵から、他人には電話番号を教えるなと厳命されてるんでね。電話をかけてはうるさいことを言う連中がいるんだ」

「僕は他人じゃない。僕は彼女のアパートを借りようという人間だ」

守衛は咳払いをした。「宿はどこですか？」

「アルベルゴ・ソーラ・チェチーリアだ」

「十五分後にかけ直しますから」

「勝手にしろ」守衛に名前を教えた。

四十分後に電話が鳴ってカールがとった。「もしもし」

「シュナイダーさんですか？」男の声だった。ちょっと高い声だ。

「そうです」

「あのですね」よどみないが、訛りのある英語だった。「私はアルド・デ・ヴェッキスという者です。お目にかかってお話がしたい」

「あんた、不動産屋さん？」

「そういうのでもないのですが、女伯爵のアパートの件なのです。私は元の住人です」

「鍵を持ってる方？」カールが即座に言った。

「そうです」

「今、どちらに？」

「下のロビーに」

「じゃ、いらしてください」

「すいません、もしよろしければ、ここでお話ししたいのです」

「すぐ行く」

「例の愛人だ」彼はノーマに言った。

「まあ！」

カールは慌ててエレベータで下に降りた。ロビーには、緑のスーツに身を包み、シングルのズボンを穿いた細身の男がいた。四十歳くらいで、顔は小さく、黒々とした髪には整髪料《ポマード》を光らせていた。見たことのないほどあざやかな茶の帽子を斜《はす》にかぶっている。シャツの襟こそすり切れていたが、寸分のスキもない格好だった。あたりにはコロンの香りが漂っていた。

「デ・ヴェッキスです」男は頭をさげた。顔にはにきび痕が残り、目は落ち着かなく動いていた。

「カール・シュナイダーです。僕の電話番号は誰から聞きました？」

デ・ヴェッキスは耳に入らなかったようだった。「イタリアに来て、楽しくおすごしだといいのですが」

「住む家があれば、もっと楽しくすごせるんですけどね」

「そりゃそうですね。イタリアはいかがです？」

「人は好きです」

「何しろ人がたくさんで」デ・ヴェッキスはきょろきょろとあたりを見回した。「どこでお話ししましょうか？　あまり時間がないんです」

「そうですか」とカールは言った。手紙を書くための小部屋を指さした。「あそこにしましょう」


部屋に入り、テーブルの前に腰を下ろした。他には誰もいなかった。

デ・ヴェッキスはポケットに手を突っ込んで何か探しているようだった。タバコか何かか。でも、結局見つからないようだった。「お時間は取りませんから」と言った。「昨日、ご覧になったアパートに決めたいんですか？　いいと思いますよ。とてもいいアパートです。バラの咲く庭もある。夏の夜なんかは、とても気持ちがいいですよ。ローマは暑くなる。ただ、現実的な問題があるんです。中に入る権利を得るために、いくらかのお金を払うおつもりはありますか？」

「鍵は？」カールは何のことかわかったが、あえて訊いた。

「そうなんですよ。正直言うと、ちょっと財政的に困っておりまして。それに加えて、心理的にもね、あのとてつもなく気難しい女性との恋愛の後遺症で参っているんです。まあ、想像してみてください。でも、このアパートはとてもいいですよ。家賃も、きっとアメリカの方には高くはないでしょう。あなたも気に入ったのでしょう?」彼は笑みを浮かべようとしたが、うまくいかなかった。

「僕はイタリアの研究をしている大学院生です」カールは言った。実態を知ってもらうつもりだった。「ここに来て博士論文を書きあげるつもりだけど、アメリカからの旅費で貯金を使い果たしてしまいました。僕は妻とふたりの子供を養わなくちゃならないんです」

「アメリカ政府はフルブライト奨学生にはたっぷりお金を出すと聞きましたけど?」

「わかってませんね。僕はフルブライト奨学生じゃないんです」

「とにかくですね」デ・ヴェッキスは指先でテーブルを頻繁に叩きながら言った。「鍵が欲しければ、八万リラ払ってください」

カールは乾いた笑い声をあげた。

「どうしました?」

カールは腰をあげた。

「高すぎますか？」

「無理です」

デ・ヴェッキスは困ったように眉をこすった。「わかりました。アメリカの方のみんながみんな金持ちなわけじゃない。ね、私は事実をちゃんと見つめることができる。じゃ半額にしましょう。ひと月分の家賃にも満たない額で、鍵はあなたのものだ」

「あ、そ。ノー・ダイスですね」

「え？　どういう意味ですか」

「払えません。不動産屋に手数料も払わなくちゃいけない」

「あ、そうですか。不動産屋は無視したらいいでしょ。守衛に私から言って、すぐに引っ越せるように手配しますよ。なんなら、今晩だっていい。女伯爵の弁護士がただで賃貸契約書を作成してくれますよ。彼女は恋人には辛くあたるけど、賃借人にはとてもやさしいんです」

「不動産屋を無視できるならそうしたいですよ」カールはいった。「でも、そういうわけにはいかないんだ」

デ・ヴェッキスは唇を噛んだ。「二万五千リラでどうです」彼は言った。「これ以上はびた一文負けられませんよ」

「だめだ。賄賂《わいろ》のやり取りをするつもりはない」

デ・ヴェッキスが身を起こした。小さな顔が硬直し、青ざめていた。「お前みたいな人間のせいで、俺たちが共産主義者の手にわたるんだ。お前らアメリカ人は、俺たちを買い上げようとした――選挙の票も、文化も。そのくせ、賄賂呼ばわりするのか」

デ・ヴェッキスはのしのしと歩いて部屋を出て行った。ロビーを突っ切っていく。

五分後に電話がなった。「一万五千リラでどうだ。これで最後だ」低い声だった。

「びた一文払うつもりはない」カールが言った。

ノーマは彼をまじまじと見つめた。

デ・ヴェッキスはたたきつけるように電話を切った。

守衛から電話がかかってきた。あちこち探したけど、女伯爵の住所が出てこないと言う。

「電話番号は?」カールが訊いた。

「引っ越しで電話番号も変わりました。混乱して、新しいのと古いのがごっちゃなんです」

「あのさ」カールが言った。「……女伯爵にたれこんでもいいんだよ。あんたがアパートのことでデ・ヴェッキスを僕のところに寄こしたって」

「あの人の電話番号がわからないのに、どうやって言いつけるんですか？」守衛はおもしろがって訊いた。「電話帳にも載ってないですよ」

「番号は、ガスパリ夫人が仕事から帰ったら訊くさ。そうしたら、女伯爵に電話をかけてあんたのことを全部言いつける」

「あたしが何をしたっていうんです？　ちゃんと説明してください」

「あんたは、女伯爵が手を切ろうとしている男を僕のところに寄こした。僕からお金をむしり取るためだ。それもあんたとは何の関係もない、彼女のアパートをエサにしてだ」

「どうしたらいいんです」守衛が訊いた。

「女伯爵の住所を教えてくれたら、千リラやろう」カールは舌が重たく感じられた。

「何てことを」流し台で服の洗濯をしていたノーマが言った。

「千リラだけですか?」守衛が言う。

「引っ越しが無事済んだらまた考える」

守衛は女伯爵の名字と新しい住所を教えた。「どこで知ったかは言わないでくださいよ」

カールは絶対大丈夫と請け合った。

カールはホテルから駆け出してタクシーを捕まえると、テーヴェレ川を渡ってカッシア街道に出て、郊外へと向かった。

女伯爵の女中はカールを豪奢な建物の中へと案内した。モザイク模様の床に金をあしらった家具が並ぶ。カールが待たされたロビーには、大理石でできた女伯爵の曽祖父の彫像があった。二十分ほど経ってから彼女は現れた。五十過ぎの地味な女性で、金色に染めた髪に黒い睫《まつげ》。丈の短い、ぴっちりしたワンピースを着ていた。腕には張りがなかったが、胸はたっぷりとしていて、薔薇の園のような香りが漂ってきた。

「用件はさっさとお願いね」女伯爵はせわしなく言った。「忙しいのよ。結婚式の準備をしてるんだから」

「奥様《コンテッサ》」カールは言った。「……いきなりお邪魔して申し訳ありません。僕と妻にはとにかく住むアパートが必要なんです。ティレーノ通りにお持ちのアパートが空いているそうですね。僕はアメリカ人の学生で、イタリアの風俗習慣の研究をしています。僕たちはもうイタリアに来て三週間になるのですが、いまだに三流ホテルに暮らしてます。妻は不満たらたらです。子どもたちはひどい風邪をひいている。今日にでも引っ越しさせていただけるなら、ご提示されている四万五千ではなく、五万リラの家賃でも払います」

「あのね」女伯爵が言った。「あたしはちゃんとした家の出なんですよ。お金で釣ろうなんてしないでちょうだい」

カールは顔を赤らめた。「いえ、ただ誠意をわかっていただけたらと思っただけです」

「とにかく、不動産のことは弁護士に任せてあるの」

「鍵がないようですが」

「どうして?」

「前の住人が持っていってしまったと」

「馬鹿ねえ」女伯爵が言った。

「もしかして合い鍵をお持ちですか？」

「合い鍵はつくらないことにしてるの。すぐ紛れてしまって、どっちがほんとの鍵かわからなくなるから」

「合い鍵を作ることはできませんか？」

「弁護士に頼んでちょうだい」

「今朝、電話したんですが、遠出してるらしいんです。では、これではいかがでしょう。窓かドアをこじ開けてもいいですか？　修理代は払いますから」

女伯爵の目が光った。「だめよ、そんなこと」彼女が声を荒げた。「あたしの持ち物を壊したら許しませんよ。そうでなくたって、さんざんな目に遭ってきたんだから。あなたたちアメリカ人はあたしたちがどんな思いをしたかわからないのよ」

「でも、アパートにちゃんとした住人が住むのは悪いことではないでしょう？　アパートを空けたままにしておいてもいいことはないじゃないですか？　とにかくおいくらか言っていただければ、一時間で用意してきますよ」

「いいから、二週間したらおいでなさい。その頃には新婚旅行から帰ってるから」

「二週間たったら、僕は生きてないかもしれません」カールが言った。

女伯爵は笑った。

外に出ると、ベヴィラックアがいた。目には殴られた痕があり、様子が変だった。

「あなた、あたしを裏切ったね？」ベヴィラックアはかすれた声で言った。

「裏切ったとは何だ？　イエス・キリストにでもなったつもりか？」

「デ・ヴェッキスのところに行って鍵をもらおうとしたそうじゃないですか。あたしに黙って引っ越そうとしたんだ」

「あんたの友達のガスパリ夫人が真上に住んでて、そんなことこっそりできるわけないだろ？　引っ越した途端、彼女があんたに報告するだろ。そうしたらあんたは駆けつけて手数料をせしめる」

「その通りですな」ベヴィラックアが言った。「まるで頭になかった」

「その目はどうした？」カールが訊いた。

「デ・ヴェッキスです。野豚みたいに屈強です。やつにアパートで会ったから、鍵をよこせと言ったのです。そうしたら、こちらをさんざん罵《ののし》ってきた。取っ組み合いになって、肘で目をやられました。女伯爵の方はどうだったんですか？」

「だめだ。あんたも彼女に会いに来たのか？」

「なんとなく」

「彼女に会って頼んでくれ、僕が引っ越せるように。頼む。同じイタリア人なら耳を傾けてくれるかもしれないから」

「あんなじゃじゃ馬、とても私の手には負えませんよ」ベヴィラックアは言った。

その夜、カールはホテルから女伯爵のアパートへと引っ越す夢を見た。子供たちは庭で、薔薇に囲まれて遊んでいる。朝になって、彼は心に決めた。守衛のところへ行き、新しい鍵を作ってくれたら一万リラやると言おう。どんな手をつかってもいい――ドアをめくりあげようと引きずりおろそうと。

アパートに着くと、守衛とベヴィラックアが歯抜けの男を連れてきていた。男は膝をついて先の曲がったワイヤーをドアの錠に差しこんでいた。二分もすると、鍵は開いた。

息をのんで彼らは中に入った。部屋から部屋へ、まるで死人のようにさ迷った。壊滅的な状態だった。家具は斧でたたき潰され、引き裂かれたソファは、スプリングがむき出しにされていた。絨毯は裂かれ、陶器は割られ、本はびりびりに破られて散乱していた。白い壁には赤ワインがかけられていたが、リヴィングの壁だけは、オレンジ色の口紅で、六ヵ国語の卑猥な言葉が落書きされている。

「あれまあ」歯なしの鍵屋はつぶやき、十字を切った。守衛は少しずつ黄ばんだ顔色になった。ベヴィラックアは涙を流していた。

デ・ヴェッキスがあのグリーンピース色のスーツを着て入り口に現れた。「ほら《エッコ・ラ・》、鍵《キアーヴェ》だ！」どうだとばかりにかざしている。

「なんてことするんだ！」ベヴィラックアが叫んだ。「このクソ野郎！　お前の骨からは毛が生えて腐るぞ」

「あんたは俺を呪って生きる」デ・ヴェッキスがカールに言った。「俺はあんたを呪う。お互いさまだ」

「違う」カールが言った。「僕はこの国が好きだ」

デ・ヴェッキスは鍵を彼らの方に投げつけ、駆け出した。憎しみの光を目に浮かべたベヴィラックアが身をかがめると、鍵はカールの額を直撃。そこには消すことのできない痕が残った。

どうか憐れみを

調査員のダヴィドフはノックもせずにドアをあけると、よろめくような足取りで部屋に入っていき、どさりと椅子に腰をおろした。手に取りだしたのはノート。早くも仕事に取りかかっている。元コーヒー豆セールスマンのローゼンは、精気のない様子で、目にも希望の光なく、身じろぎもせずに足を組んで簡易ベッドに腰掛けていた。正方形の清潔な部屋は、ひんやりとして電球の光も弱い。家具はほとんどなかった。あるのは簡易ベッドに折り畳み椅子、小さなテーブル、木材むき出しの古びた箪笥――クローゼットはなかったが、そもそも必要がなかった――それに小さな流しには、どこにでもありそうな安っぽい緑色の石鹸がそなえられている――離れていてもぷんと匂う石鹸だった。部屋にただひとつの細長い窓には、すり切れた黒い日よけ。それが窓枠の下までおろしてあるのでダヴィドフは驚いた。

「どうかしたんですか。日よけをおろしたままじゃないですか」とダヴィドフが言った。

ローゼンはしばし間をおいてから、ため息をついた。「いじらんで」

「どうして？　外は明るいですよ」

「明るさいらん」

「じゃ、何が欲しいんですか？」

「明るさじゃない」ローゼンは答えた。

ダヴィドフは不愉快そうな顔をして、ぎっしり書きこまれたノートのページを繰った。ようやくきれいなページがあった。万年筆で何か書こうとしたがインクが乾いてしまっていたので、胸のポケットからちびた鉛筆を取り出し、刃こぼれしたカミソリで削りはじめた。ローゼンは床に削りカスが落ちても注意を向けない。落ち着かない様子で、何かに聞き入っているのか、何かを聞こうとしているのか。ぜったい何も聞こえやしない、とダヴィドフは思った。ダヴィドフが苛々してより大きな声を出すと、やっとローゼンは反応してはいと言った。そして住所を言おうとしたところで、肩をすくめた。

ダヴィドフはローゼンの仕草については何も言わず、「どうぞ始めて」と頷いてみせた。

「始めて、と言われたって困る」ローゼンは窓におろされた日よけに目をやった。

「ここじゃ、どこから始めるのかみんなわかるのかい？」

「哲学は結構」ダヴィドフが言う。「彼女と会ったときのことから、はじめたらどうです」

「誰？」ローゼンは知らぬふりをした。

「彼女ですよ」ダヴィドフはぴしゃりと言った。

「しゃべらせるわりに、彼女のことははじめから知ってるな」ローゼンは鬼の首をとったように言った。

ダヴィドフはうんざりした口調で言った。「前に言ってたじゃないですか」

ローゼンはそのことを思い出した。はじめて彼がここに来たときにいろいろ訊かれたのだ。そのときに彼女の名前を口にした。何かそういう空気が漂っているのだ。頭にあることは何でも口をついて出てしまう。そのおかげで傷も癒《い》える。癒したければの話だが。

「どこで彼女に会ったか――？」ローゼンはつぶやいた。「会ったのは彼女のお決まりの居場所――壁の穴（みすぼらしいところの意）みたいなあの奥の部屋。行くだけ無駄みたいな所。

売ったのはせいぜい月にコーヒー豆半袋。とてもじゃないが、商売にならない」

「商売のことは結構」

「じゃ、何なら〝結構〟じゃないって？」ローゼンはダヴィドフの口調を真似てみせた。

ダヴィドフは冷たく黙りこんだ。

ローゼンは向こうの痛いところを突いたのがわかったので、そのまま続けた。「夫はたぶん四十。アクセル・カリッシュ、ポーランドからの難民。アメリカに来ると馬車馬みたいに働いた。で、二、三千ドルを貯めて、その金で街のうらぶれた一角に、小さな雑貨屋を手に入れた。金になんかなりゃしない。で、俺の会社に連絡して信用売りを頼んできた。様子をみるようにと会社は俺を派遣した。俺は、大丈夫そうだ、と報告した。哀れだったからな。やつはエヴァという奥さんがいた。あんたの知ってる女だ。それにふたりのかわいい娘たち。五歳と三歳。フェガとスラーレといって、それは愛くるしい子供たちだった。この子たちにはひどい目に遭ってほしくはなかった。それでやつに、よけいなごまかしなしに、率直に言ってやった。「な、これは無理だ。ここは墓場みたいなところだ。さっさと逃げ出さないと、それこそおだぶつになって葬り去られちまう！」」

ローゼンは深い溜め息をついた。

「それで？」ダヴィドフはこれまでのところ何も書き留めてはおらず、ローゼンは苛立った。

「それでって。それだけだ。やつは逃げ出さなかった。二、三ヵ月してやっと売りに出したが、買い手はつかない。仕方ないからそのままいて、どんどん貧乏になった。連中はすごく切りつめた暮らしをした。日々、貧しくなって、俺は顔を見るのも辛かった。「これは愚かだ」俺はやつに言った。「破産申請した方がいい」だけどやつは資産を失うのが嫌だった。仕事だって見つけられないと思ってた。「あのさ」俺は言った。「何だっていいじゃないか。塗装工でも、ビルの管理人でも、廃品回収でも。とにかく家族が飢え死にする前にここから出て行かなきゃ」

ここまで言うと、やっとやつは俺の言うことを聞いたが、実際に店を競売にかける前に死んじまった」

ダヴィドフはここでノートをとった。「死に方は？」

「正確なこと、よくわからん」ローゼンは答えた。「あんたの方が詳しいだろ」

てくれませんか」

「死に方は、と訊いてるんです」ダヴィドフは焦《じ》れったそうに言った。「一言で答え

「死因？——死んだんだ。それだけだ」

「とにかく、質問に答えてください」

「どっかが悪くなった。それが死因だ」

「どこが、ですか」

「悪くなるところだ。やつは俺に、自分の人生がどんなに辛かったか話していた。それで俺のシャツの袖をつかんで何かを言おうとした。だけど、それから、顔が小さくなっていって、ばったり倒れて死んだ。奥さんは叫ぶし、女の子たちは泣き出すし、俺は胸が痛んだ。俺も病気持ちだ。やつが床に倒れているのを見て、「ローゼン、さよならを言うんだ。こいつはもう駄目だ」と独り言を言って、別れを告げた」

ローゼンはベッドから立ち上がると、力なく部屋の中をうろついたが、窓の方には近づこうとしなかった。部屋にただひとつの椅子にはダヴィドフが座っていたので、ローゼンは結局、さっきまでのようにベッドの端に腰掛けざるを得なかった。癪《しゃく》にさわる。タバコが欲しかったが、くれ、というのも嫌だった。

ダヴィドフはしばらくの間、ローゼンが黙っているのを放っておいたが、それからノートを苛立たしげにめくりはじめた。ローゼンは焦らすように口をつぐんでいた。

「それでどうしたんですか?」ダヴィドフがついに言った。

ローゼンは辛そうに語りはじめた。「葬式のあとだ――」息を継いだ。唇を濡らそうとしている。それから続けた。「やつはある団体に入ってたから、葬儀はそこがした。それから千ドルの生命保険にも入ってた。でも、葬儀のあとに俺は彼女に言った。「いいか、エヴァ。この保険金を持って、子供を連れて、ここから逃げ出すことだ。店なんか債権者にくれてやれ。どうせこんなところ、二束三文にしかならない」だけど、エヴァは俺に言ったんだ。「どこに行けというの? ふたりの子供をかかえて。父親のいない飢え死にしそうな子たちよ?」

「どこでもいい」と俺は言った。「親戚がいるだろ」

彼女はおよそ嬉しくなさそうなから笑いをした。「親戚はみんなヒトラーに連れて行かれたわ」

「アクセルの方はどうだ――叔父さんのひとりもどこかにいるだろう?」

「いないわ」彼女は言った。「あたし、ここに残る。それがアクセルの望みだから。

保険金で仕入れをして、店を改修する。週ごとに窓の飾りを変えるの。そうすればきっと新しいお客さんが来てくれる」

「エヴァ、な、聞けよ」

「百万長者になろうなんて思わないわ。ただ、しみじみ生きて、二人の子を育てる。今までみたいに店の奥で生活すればいいでしょ。そうすれば仕事も子育ても両立できるから」

「エヴァ」俺は言った。「君は若く美しい女性だ。まだ三十八歳だ。こんなところで、自分の人生を捨てちゃいけない。旦那さんの残してくれた千ドルをトイレに流しちまうような――下品な比喩でごめんな――そんなまねしちゃいけない。俺の言うこと聞け。俺にはうまくいかない店はわかるんだ。三十五年の経験で、駄目なところは駄目とわかる。どこかに行って仕事を見つけた方がいい。まだ若いんだから。いずれいい男と巡り合って結婚できる」

「ううん。ローゼン。あたしは無理」彼女は言った。「結婚はもういい。ふたりの子供のいる未亡人なんて、誰も興味持たないわ」

「そんなことない」

「わかってるの」彼女は言った。

あんなに悲しそうな顔をした女の顔は見たことがなかった。

「違う」俺は言った。「違う」

「ううん、ローゼン。違わないの。今まで生きてきて、何もいいことはなかった。ずっと辛いことばかり。これからもそうだと思ってる。そういう人生なのよ」

俺は違うと言い、エヴァは違わないと言った。どうにもならないだろ？　俺は腎臓が片方しかない。しかも、そんなこと口にしたくもない、ときてる。俺がいくら言ってもエヴァは耳を貸さない。それで言うのをやめた。未亡人と言い争ってもしょうがない」

ローゼンはダヴィドフに目をやったが、ダヴィドフの方は目を合わせなかった。

「それで？」彼は訊いた。

「それで、だと？」ローゼンは嘲《あざけ》った。「起きるべきことが起きた」

ダヴィドフの顔が真っ赤になった。

「あの通りのことだ」ローゼンが急いで言った。「彼女は卸《おろし》からいろんなものを買い込んですべて現金で払った。一週間丸々かけて荷ほどきをして棚に缶や瓶や包みをならべた。掃除をし、洗えるものは洗い、床にはワックスをかけた。窓にはうす紙で飾りつけをした。すべてが見栄えのするように、と。でも、客なんか来やしない。せいぜいそこら辺のアパートから金のない連中が来るだけ。それに連中がいつ来るかわかるか？　スーパーが閉まって、ちょっと買い忘れたものがあるなんてときだ。一リットルパックの牛乳とか。十五セント分のチーズとか。昼飯用の小さな鰯《いわし》缶とか。何ヵ月かすると、棚の缶はみんな埃をかぶった。エヴァにはもう金がない。信用売りするのは俺だけ。それだって、会社の方には俺が自腹で金を渡したからできた。このことはエヴァも知らなかった。彼女は働いた。きちんとした服装をして、店の状況が良くなるのを待った。少しずつ棚の品物は無くなった。でも利益は？　自分たちで喰っちまっただけだ。女の子の顔を見れば、エヴァが言わなくてもわかった。顔色が蒼白で、痩せて、飢えてる。僅かに残った食料を、エヴァは棚に置いた。ある晩、俺は立派なサーロインステーキを買っていった。だけど、そんなことして欲しくないのが、エヴァの目つきに出てた。じゃ、どうしろというんだ？　俺には心がある。俺は人間だ」

そこでローゼンは泣き出した。

ダヴィドフは見ないふりをしたが、一度だけ、ちらっと目をやった。

ローゼンは鼻をかみ、前よりも静かな口調になって続けた。「子供たちが寝てから俺たちは奥の暗がりに腰をおろしたけれど、四時間の間、一度たりとドアは開かない、客も入って来ない。「エヴァ、な、もうここから逃げろ」俺は言った。

「行くところなんかない」彼女は言った。

「俺がなんとかする。頼むから言うことをきいてくれ。俺は独り身だ。わかってるだろ。自分で生活していくためのものも、それ以上のものも揃ってる。君と子供たちの面倒を見させてくれ。金には興味がない。欲しいのは健康。でも、金では買えない。じゃ、こうしよう。この店は債権者にくれちまう。で、俺の持ってる二世帯住宅に移る。そこは上の階が今、空いてる。家賃はただでいいから。そこに移って仕事を探すんだ。下に住んでる女に俺が金を払うから、そうすればあの子たちのベビーシッターをしてもらえる。あの子たち、ほんと可愛いよ。君が仕事から戻るまではそうやって面倒を見てもらう。給料をもらったらそれで食べ物を買える。服も。貯金だって。貯金はいつの日か結婚することになったら役に立つ。どうだ?」

彼女は俺には答えなかった。ただ彼女は俺をすごい目で見てた。メラメラと燃えるような目。まるで俺が矮小で醜いと言わんばかりの目だ。はじめてわかったんだ。心の中でこう思った。ローゼン、お前はこの女《ひと》に好かれていないぞ、と。

「ほんとにありがとう。ローゼンさん」彼女は言った。「だけど、施しを受けるつもりはないの。あたしにはまだ稼ぎを得るだけの仕事がある。状況が変われば、きっと仕事もうまくいく。今は状況が悪いの。状況がよくなれば、商売もうまくいくはずよ」

「施しってどういうことだい？」俺は彼女に声をあげた。「施しってどういうことだ？　君の夫の友だちとして言ってるんだ」

「ローゼンさん。夫には友だちなんかいなかった」

「子供たちのことをなんとかしたいんだ。それがわからない？」

「子供たちにはあたしがついてる」

「エヴァ、いったい、どうして？」俺は言った。「僕が良かれと思ってすることを、どうして悪いことのようにとるんだ」

これには彼女は答えなかった。胸焼けがして、頭も痛くなってきたから、俺はそこから立ち去った。

一晩中、眠れなかった。それから突然、どうしてエヴァがあんなに嫌がるのかがわかった。俺が何か金以外のものを求めると思ってるんだ、と。邪悪な男に捕まった、と。ともかく、そのことに思い当たってから、俺は今まで考えてもみなかったことを心に抱くようになった。彼女に結婚を申し込むことにした。彼女は今まで通りに暮らしていけばいいだろ？　俺は俺で勝手にやっていけるから、あの家族には迷惑はかけない。フェガとスラーレは、この父親から小遣いをもらって映画に行くこともできる。おもちゃの人形だって買ってもらえる。俺が死んだら、投資してある資産も保険金ももらえる。

翌日、エヴァに話をした。

「エヴァ、僕は何もいらない。ほんとに何もいらない。君と子供たちにすべてあげる。エヴァ、僕は身体が弱い。ほんとは病気なんだ。あのね、僕はそんなに長生きできないんだ。そのことをわかってくれ。ただ、ほんの数年でも、ちょっとした家族を持つのはいいなと思う」

彼女は俺に背中を向けたまま、何も言わなかった。

こちらを向くと顔面蒼白だったけど、口は鉄のようだった。

「だめ、ローゼンさん」

「どうして。教えてくれ?」

「病気の男はこりごり」彼女は泣き出した。「お願い、ローゼンさん、帰って」

エヴァにあれこれ言う気力は俺には残ってなくて、家に帰った。家には帰ったけれど、心はうずいていた。一日中、一晩中、最悪の気分だった。背中の腎臓を取ったあたりが痛かった。タバコも吸いすぎた。このエヴァという女の気持ちを理解しようとしたけど、無理だった。飢えた子供をふたり抱えた人間が、どうして自分のことを助けようとする相手を拒絶するのだ? 俺がいったい何をした? 俺が人殺しだとでもいうのか、だからこんなに憎むのか? 気持ちにあるのはエヴァと子供たちに対する憐れみだけだったけど、彼女にはそれがどうしてもわからない。それで俺はもう一度彼女のところに行って、どうか俺に面倒見させてくれと言ったが、今回も彼女は断った。

「エヴァ」俺は言った。「病気の男がこりごりなのはよくわかった。それなら、僕が結婚斡旋《あっせん》所に連れて行くから、そこで健康で頑健な男を見つけよう。その人に君と子供たちの面倒を見てもらえばいい。支度金は僕が払うから」

エヴァは声をあげた。「そんなことにあなたの助けは借りません、ローゼンさん!」

俺はそれ以上は言わなかった。だって、何が言える？　一日中、朝早くから夜遅くまで彼女は家畜のように働いた。一日中、モップがけをし、洗剤とブラシで棚をきれいにし、わずかばかりの缶詰を磨いたが、店はやはりだめだった。女の子たちの顔は見るに忍びなかった。痩せて骨が浮かび上がっていた。疲れ、弱っていた。年下のスラーレはいつもフェガの服を摑んでいた。一度道で会ったときに小さなケーキをあげたけど、その翌日、母親に気づかれぬよう別の物をやろうとすると、フェガはこう言った。「もらえないの。ママが今日は断食の日だって」

俺は店に入った。声をやわらげて言った。「エヴァ、お願いだ、僕はこの世では何もいいことがなかった。だから、死ぬ前に少しばかりの楽しみを味わわせて欲しい。この店に、君が品物をならべられるようにしたいんだ」

で、彼女がいったいどうしたと思う？　泣き出した。見るに堪えなかった。それで泣いてから、何て言ったと思う？　出て行け、と言うんだ。二度と来るな、と。もう椅子を持ち上げて頭をかち割ってやりたくなったよ。

家に帰ってもものを食べる気力もなかった。二日ほどは、せいぜいチキンヌードルのスープをひとさじと、砂糖を入れない紅茶くらいしか喉を通らなかった。身体にいいわけがない。調子が悪くなった。

それから、俺は自分がアクセルの友人だった人間で、ニュージャージーに住んでいるということにしようと思った。アクセルに七百ドルの借りがある。十五年前、結婚前に借りたものだ。今、全額は返せないけど、毎週二十ドルずつ返済していきたい、ということにする。手紙の中に十ドル札を二枚入れ、同じくセールスをしてる友だちに渡した。ニューアーク（ニュージャージー州の町）で投函してもらい、手紙の主が誰かを彼女に勘ぐられないようにした」

ダヴィドフがノートをもう取っていないのを見て、ローゼンはおやっと思った。もうノートには書くスペースがなくなったので、テーブルに放り投げ、あくびをし、でもにこやかに耳を傾けている。すでに好奇心は失せていた。

ローゼンは立ち上がってノートのページをめくった。小さい字のクセの強いメモを何とか読もうとしたが、一語たりと読めなかった。

「英語でもなし、イディッシュでもないな」ローゼンは言った。「ひょっとしてヘブライ語か？」

「違う」とダヴィドフは答えた。「古い言葉で、今は使われていない」

「へえ？」ローゼンはベッドに戻った。もう求められているわけでもなく、話しても仕方なかったが、続けたい気持ちはあった。

「手紙はぜんぶ戻ってきた」緊張感の抜けた口調でローゼンは言った。「最初のものは開封し、それからあらためて糊付けしてあった。その後のは、開けてさえいないんだ。

「これは」と俺は自分で自分に言った。「ほんとに妙だ。この人にはどうやっても何も与えることができない。でも与えるのだ」

それで俺は契約している弁護士に会いにいって遺言を作成した。俺の持ち物はぜんぶ、投資も、ふたつの持ち家も、家具も、車も、銀行口座も、一セント残らず彼女が受け取る。彼女が死んだら、残ったものはすべてふたりの女の子がもらう。保険金もだ。あの家族が俺から受け取る。俺はサインをして家に帰った。台所でガスの栓をひねり、ストーブに頭を突っこんだ」

「これならいくらエヴァがいらないと言ってもどうしようもない」

ダヴィドフはひげの剃り跡の残る頰を引っ掻きながらうなずいた。ここは彼も知ってる話だ。彼は立ち上がり、ローゼンが駄目だと声をあげる前に、のろのろと窓の日よけをあげた。

外は夕暮れだったが、女がひとり窓の向こうに立っていた。

ローゼンはベッドから飛び起きて目を凝らした。

エヴァだった。彼のことを見つめる目は、困惑し、嘆願するようだった。彼女は彼に向かって両手をあげてみせた。

激怒して、ローゼンは拳をふりあげた。

「淫売め、くそったれ、馬鹿女」彼はエヴァに向かって声を荒げた。「消えろ。子供のところに行け」

ローゼンが日よけを力まかせにおろすのを、ダヴィドフはとくに止めようともしなかった。

牢獄

なるべく思いつめないようにしていたものの、二十九歳にしてトミー・キャステリは自分の人生にとことんうんざりしていた。ローザのせいだとか、ふたりがやっている店がろくな収入をあげないせいだとか、あるいは一日中嫌になるほど店番をしてあめ玉やタバコやソーダ水を売ってどうでもいいやり取りをかわすのが嫌だとか言うだけではなかった。何よりこたえたのは、以前にしでかした事にとらわれているという、胃のむかむかするような気分だった。その失敗の中にはローザが「トニー」を「トミー」と呼びかえるようになる前のものもあった（Tony は Anthony, Antony の愛称であるのに対し、Tommy は Thomas の愛称。後者 Thomas はヘブライ語源で、ユダヤ的な響きがあり、キリスト十二使徒のひとりでキリストの復活を疑った人物の名もトマスだった）。「トニー」だったころは、彼は夢と希望に満ちた少年だった。とくにアパートが立てこんだ、子供がうるさく騒ぐこの貧しい地区から抜け出したかったのだ。でも、何もかもが彼の行く手を阻んで、どうにもならなかった。十六歳のとき、彼は靴職人になろうと通っていた職業訓練学校をやめ、グレーの帽子に底の厚い靴がトレードマークの少年たちと付き合うようになった。連中は閑《ひま》で、金があって、ナイトクラブに繰り出しては札束を見せびらかして周りを驚かせようとし、実際、誰も彼も目を丸くしたものだった。連中は銀のエスプレッソ用コーヒー沸かしを買い、後にはテレビを買い、ピザ・パーティを開いては女の子たちを呼んだ。でも考えてみれば、連中と仲良くなって車に一緒に乗ったりしていたために、後々、酒屋強盗に手を貸すことになったのだ。今のこのざまもそこから来ている。まだましだったのは、たまたま彼の住む家の持ち主で炭と水を売っていた男がこの界隈の有力者を知っていたことで、おかげで後腐れのないように事を処理してもらうことができた。それから——彼の方もこの騒ぎで参っていたのだろう——あっという間にトニーの父親がローザ・アニェロの親父と話をつけ、トニーがローザと結婚した暁にはローザの父の貯金を元手に菓子屋をやり、それで生活を安定させるということになった。彼には菓子屋なんかどうでもよくて、ローザも地味でやせぎすで女としてはおよそ好みのタイプではなかったから、テキサスまで行ってさんざん遊びほうけたのだが、帰ってくると、彼はローザを気に入り菓子屋をやる気になったから帰ってきたのだろうとみんなが勝手に合点してすべての用意がもう一度調えられ、彼のほうもおとなしくそれに従うことになった。

そんなわけで彼はヴィレッジのプリンス通り（マンハッタンのソーホー近くにある通り。歴史的建造物がある）にたどり着いたのだ。毎日朝八時から真夜中近くまで、午後一時間ほど上で昼寝をする以外は働きづめだった。火曜は店は休みだったので少し寝坊をし、夜になるとひとりで映画を観に行く。もうへとへとで将来の計画どころではなかったが、あるとき彼は、ギャングの一団がこの界隈で出回らせているパンチボード（ギャンブルに使われるゲーム。紙で覆ったボードの穴に券などを隠し、あてさせる）をこっそり導入していくらかの副収入を得ようとした。彼の取り分は悪くなく、ローザに知られずに五十五ドルのへそくりをこしらえることもできた。ところが、このギャングのことが新聞で書き立てられ、パンチボードもきれいさっぱり消えてしまった。また、ローザが実家に戻っている間に、思いきってスロットマシーンを店に入れたこともあった。長く置いておけば小遣い稼ぎくらいにはなる。もちろんローザの目にとまらないわけがないのはわかっている。ローザがうちに帰ってきてそれを見て怒鳴り出した時には、そらきたとばかりにぐっとこらえた。いつものように怒鳴られて怒鳴り返すことはせず、これはギャンブルではないのだ、十セント入れるたびに誰でもミント菓子がもらえるんだから、と説明した。それにスロットマシンを入れれば毎日何ドルか余分に収入があるからテレビが買える、そうしたら酒場にいかなくても家でボクシングの試合が見られるのだとも言った。しかし、ローザは騒ぐのをやめず、やがて彼女の父親までがやってきてお前は犯罪者だと喚《わめ》きながら、ついに大きなハンマーでスロットマシーンをたたき壊してしまった。その翌日、警察が一斉にスロットマシーンの捜索を行い、見つかった者には出頭が命じられた。トミーの店はこのあたりの菓子屋でほとんど唯一スロットマシーンのない店だったのだが、それでもトミーはこの件についてはは後々まで嫌な思いを抱くことになる。

朝はトミーにとっては最良の時間だった。ローザは二階で掃除をしていたし、昼頃までは客もほとんどこない。彼はひとり座って爪楊枝をくわえながら、飲料サーバーを付設したカウンターで「ニュース紙」や「ミラー紙」をながめ、たまたまタバコを買いに立ち寄ったナイトクラブの馴染みの店員とその日の出走馬のことや、宝くじの倍率について延々としゃべったりする。もしくはただ座って、コーヒーをすすりながら、地下室に隠した例の五十五ドルのへそくりでどのあたりまで行けるだろうかなどと夢想したりした。朝はだいたいこんな感じだったのだが、あのスロットマシーンの一件以来、一日中だいたいろくなことはなく、ぱっとしない気分でいた。時間はだらだらと流れ、朝の間中彼の頭にあることと言えば、午後の昼寝のことだけだった。昼寝から覚めると、このあと待ち構えている店での長い夜のことが思いやられ、他の連中はせいぜい楽しくやってるのだろうなと考えて暗澹《あんたん》たる気分になった。彼は菓子屋にもローザにもうんざりだった。生まれてこの方の、つまらない人生にもうんざりだった。

すぐそこに住む十歳の女の子が店にやってきて、色つきティッシュを二パック、赤と黄色のをください、と言ったのは、そんな調子の悪い朝のことだった。トミーは、そんなもんあるか、とっととうせろ、と言いたい気分だったが、そうはせずに不機嫌なまま奥に行った。しっかりもののローザはそういうものをちゃんと仕入れてある。トミーとしてももう習い性になっている行動だった。何しろこの娘は夏以来毎週月曜になるとやってきて同じものを買っていくのだ。いかめしい顔をした母親は未亡人になったときのことを今から考えているのか、学校帰りの小さい子を何人か預かり、このティッシュで人形やら何やらをつくらせているのだった。女の子の名前はわからなかったが、母親と顔が似ていた。違うのは親ほどつんつんしてなくて、色白で濃い色の目をしているところだが、美人とはいえなかった。二十歳になったら、美人でないのがもっとはっきりするだろう。おもしろいのは彼が奥にティッシュを取りに行くとき、少女がいつも店先にとどまっていることだった。まるで暗いところに行くのが怖いかのように。奥にいけば漫画本が置いてあって、他の子供なら追い払うのがたいへんなくらいだった。そうして、トミーがティッシュを持って戻ると、少女の肌はいっそう青白く、目は光って見えた。彼女はいつも体温で温かくなった十セント硬貨を渡して、振り向きもせずに帰って行くのだった。

ちょうどこの頃、疑り深いローザは奥の壁に鏡を取り付けたところだった。そしてこの気分の悪い月曜日、トミーが引き出しをあけて女の子の求めるティッシュをとろうとしたとき、ふと鏡を見るとまるで夢の中のようなことが起きていた。少女が姿を消し、そのかわりに白い手がキャンディケースの中のチョコバーのひとつへ、さらにもうひとつへと次々に伸びるのが見える。それから彼女はカウンターの陰から出てきて、素知らぬふうでトミーが戻ってくるのを待っていた。トミーははじめ、女の子の首根っこをつかまえて殴りつけ、罪を白状させようかと思ったが、そのとき、あることを思い出したのである。ときとして彼の胸によみがえる思い出だった。ドム叔父さんがいなくなってしまう何年も前のこと、叔父さんはよく何人もの子供の中でトミーを選んでシープスヘッド湾でのカニ捕りに連れて行ってくれたのである。あるとき、夜に出かけた彼が、餌をつけた針金の捕獲器を水に投げ入れ、しばらくおいてから引っ張り上げてみると、緑のロブスターがかかっていた。そこへちょうどデブの警察官がやってきて、九インチないなら海に戻さないといけないと言う。ドムは九インチあると主張したが、警官が生意気なやつめと言ってくるので実際に測ってみると十インチだった。その晩はこのロブスターのことでさんざん笑ったのである。彼はドム叔父さんがいなくなって自分がどれだけ悲しかったかを思い出し、目に涙が浮かんできた。その後の自分の歩んできた人生について思いにふけり、それからこの女の子のことを考えた。こんなに小さいのに泥棒なんて。この子のために何かしてやらないといけない。悪の道から抜け出せなくなって、まだこれからという人生を今から自分で台無しにしてしまわないように警告してやらねばならないと思った。彼の思いはたいへん強いものだった。だが、戻ってみるとあまりに時間がかかったせいか女の子は怯えているふうであった。彼女の目に浮かんだ恐怖の色に彼もひるみ、何も言うことができなくなった。少女は十セント玉をふたつ差し出し、ティッシュのパックを手に取ると、表に駆け出していった。

とにかく腰をおろそうと思った。女の子に言ってやらねばという気持ちを何とか抑えようとしたが、そうすればするほどその気持ちは強くなった。彼は自分に問うた。あめ玉をかっぱらうくらい、たいしたことないじゃないか――だから彼女は盗ったのだ。それに子供を矯正しようとするなんて自分には不似合いで嫌な気がした。だが、自分がしようとしたのがどうでもいいことだとは思えないのだった。ただ、あの娘にどういう言葉をかければいいのかわからない。いつものことだが、彼は人に何かを言うのが得意ではなかった。うまい言葉が見つからない。とくに経験したことのない状況下ではなおさらだった。ばかみたいに聞こえるのではないかと心配だった。女の子に相手にされないかもしれない。彼女に話をするなら、たとえ脅かすことになっても自分が彼女のためを思って言っていることがはっきり通じる言い方を選ばなければならない。トミーは少女のことは誰にも言わなかったが、頻繁に思いは巡らせていた。そして日よけをあげたり窓を洗ったりするために外に出たときにはいつも、あたりを見回した。表で遊んでいる女の子たちの中にもしやあの子がいやしまいかと思ったのである。しかし、彼女がいたためしはなかった。その次の月曜日、店をあけて一時間のうちに、彼はタバコをひと箱吸ってしまっていた。どう言えばいいのかわかったような気がした。ただ、彼女は来ないのではないか、あるいはもし来たとしても、今回は警戒してお菓子を盗りはしないのではないかと思った。こちらが言うべきことを言ってやる前に彼女が泥棒をやるのは、かえってよくないなどとさえ考えた。ところが十一時頃、「ニュース紙」を読んでいると、少女は現れた。ティッシュをくださいと言う。目の光が強烈で、彼の方が目をそらした。盗るつもりだなとわかった。奥に行ってゆっくり引き出しをあけ、頭をさげながら鏡の方にそっと目をやると彼女がこっそりカウンターの向こうに行くのが見えた。胸が高鳴り、足がその場に釘付けになった。どうするつもりだったかを思い出そうとしたが、彼の頭の中はまるで暗いがらんどうのようで、結局、女の子にはするりと逃げられてしまった。何も言えないまま、ただ、彼の手のひらに十セント玉がふたつ残された。

後になってトミーは自分で自分に、あのとき何も言わなかったのは彼女がまだキャンディを握りしめていたからで、それでは必要以上に彼女を怖がらせることになる、というようないいわけをした。二階に行って、昼寝をするかわりに台所の窓に腰をかけ、裏庭の方に目をやった。だめだな、情けない、と自分をなじった。それから彼は、いや、もっといい方法がある、と思い直した。もっと間接的にやればいいのだ。わかってるのだと仄《ほの》めかせばいい。これできっとうまくいくと彼は確信した。彼女には少し時間をおいてから、やめられて偉かった、と言ってやればいい。そこでこんどは彼は、女の子が勝手に手を突っこんでいた菓子の容器をからにしておいた。こうすれば自分が気づいているとわかる。ところが少女にはわからなかったようだった。少女の手はちょっとの間だけ止まったが、すぐ、隣にある容器へと伸び、あめ玉を盗っていつもの黒いエナメル革のポシェットに入れたのである。その次には、彼は上の棚からすっかりあめ玉を片付けてしまったが、それでも彼女はおかしいとも思わないのか、下の棚の別の菓子を盗っていった。ある月曜には五セントや十セントといった小銭を何枚かあめ玉のトレーの上に置いておいたが、女の子は手をつけず、あめ玉だけを盗った。これには彼も少し戸惑った。ローザは彼の様子が変なのはなぜか、どうしてこの頃はチョコなど食べるのか、と訊いてきた。トミーは相手にしなかったが、ローザは店にやって来る女たちを疑り深い目で見るようになった。小さい女の子も含めて、である。ばかなことを想像するな、とローザに面と向かって言ってやってもよかったのだが、ともかく心の中のことさえ悟られなければいいとトミーは思った。と同時に、何か断固たる行動に出なければいけないとも思っていた。でないと、女の子の方も盗みをやめるのが難しくなるだろう。毅然とした態度が必要だった。そうして、とてもいい計画を思いついた。菓子の容器にふたつだけチョコバーを置いておく。そのうちのひとつの包み紙に、彼女がひとりになったときに読めるようメモを入れておくのだ。トミーは彼女宛のメッセージをあれこれ考え下書きしてみた。そしてこれだと思うものができたので、厚紙を小さく切った紙片にその文句をブロック体ではっきり書きつけ、チョコバーの包みの中に入れた。「もうやめなさい。さもないと一生後悔するよ」差出人を「友より」とするか、「君の友より」とするか迷い、結局「君の友より」とした。

これが金曜のことである。トミーは月曜まで待ちきれなかった。ところが月曜になってみると、女の子は現れない。かなり待ったが、そのうちにローザが二階から下りてきたのでトミーは二階にあがることになった。女の子はまだ来ない。がっかりだった。今まで来ないことはなかったのに。彼は靴のままベッドに横たわり、天井を見あげた。傷つけられた気分だった。自分はとんだお人好しだった。別の店をカモにすることにしたからもう用済みになったのだ。考えれば考えるほど不快だった。ひどい頭痛で眠れず、それから急に眠りに落ちて、目が覚めると頭痛は治まっていた。しかし、気分はすぐれず、落ち込んだままだった。刑務所から出たあと行方知れずのドムのことを思った。あの五十五ドルを持って家を出たら、果たしてどこかで再び彼と会えるだろうかと考えた。それからドムが今ではもうすっかり年老いているだろうことを想い出した。会ってもわからないかもしれない。トミーは人生について考えた。欲しいものが決して手に入らないのが人生なのだ。どんなに一生懸命がんばっても、失敗をしてしまう。そしてそれを取り戻すことができない。牢獄の中にとじこめられていて、外の空や海を目にすることはできないのだ。ただ、誰もそれを牢獄とは言わないし、言ったとしても他の人には何のことかわからない。少なくともみんなわからないと言い張る。トミーの目の前に暗いとばりがかかった。彼は身じろぎもせず、頭も働かなくなった。自分自身にも他人に対しても何の思いもわかなくなった。

ところがしばらくして、ローザがこんなに長い間、うるさいことを言わずに彼を放っておいてくれるなんていったいどうした風の吹き回しだろうなどと皮肉な気分で下におりてみると、店に人だかりがしていて、ローザの金切り声が聞こえてきた。人の間をかきわけていってみると、とんでもない光景が目に飛びこんできた。ローザがあめ玉を握りしめたあの女の子を捕まえて激しくその身体を揺すぶっているのだ。彼女の頭はまるで棒の先につけた風船みたいに前に後ろに揺れていた。トミーは呪いの声をあげながら少女をローザから引き離した。青ざめた少女の顔には深い恐怖が刻みつけられていた。

「何なんだ」トミーはローザに言った。「この子を殺すつもりか？」

「泥棒したのよ」ローザが大きな声で言った。

「黙れ」

わめくローザをおとなしくさせるために口に平手打ちをしたところ、思ったより強くあたってしまった。ローザは息がとまったようになって、身体を引いた。泣きはせずに呆然とあたりを見まわし、笑みを浮かべようとした。彼女の歯に血がついているのが誰の目にもはっきりと見えた。

「帰りなさい」トミーは女の子に言った。するとドアの方に何か気配があって、少女の母親が店に入ってきた。

「どうしたの？」母親が言った。

「この子があめ玉を盗ったのよ」ローザが声をあげた。

「オレがいいって言ったんだ」トミーが言った。

湖の令嬢

ヘンリー・レヴィンは野心にあふれた美男の三十歳。襟《ラペル》に白い花をあしらいメイシー百貨店の書籍売場を監督していたが、最近、相続でちょっとした金が入ったので、仕事を辞め、外国に出てロマンスを求めることにした。パリがいい、とたいした理由もなく彼は思った。とにかく過去とはおさらばしたい。過去が足かせになるのがいやだった。ホテルの宿帳にはレヴィンと本名を記したものの、名乗るときはヘンリー・R・フリーマンと言うことにした。しばらくの間、フリーマンはリュクサンブール公園近くのガス灯のともる小道の、小さなホテルにいた。この町のいかにも異国的な風情がはじめはよかった。いちいちが違っていて、なんでも起こりそうだった。思いがけぬ展開がありそうなのがいい、とひとりごちたのである。しかし、たいしたことは起きなかった。とりたてて興味をそそる人間と出会えたわけでもない(女性については以前は幻想も抱いたが、期待外ればかりなのだ)。暑さも耐えられなくなり観光客がやたらと多くなってきたので、逃げるしかないと思った。ミラノ行きの特急に乗ったが、ディジョンを過ぎた頃からひどい不安が襲ってきて、動悸が激しくなった。そのうちにこれが悪化、今にも汽車から飛び降りんばかりになったが、かろうじて理性の力で持ちこたえとどまった。だが、彼はミラノまではたどり着けなかった。ストレーザ（イタリア北部とスイス南部にまたがるマッジョーレ湖ほとりの景勝地。アルプス・シンプロン峠への入り口）の近くでちらっとマッジョーレ湖を見て驚嘆し、子供の頃から自然が好きだったこともあり、スーツケースを棚から引きおろして急いで汽車から降りた。すぐに気分はよくなった。

一時間後には彼は、ストレーザの岸沿いに並ぶホテル群からそう遠くない村の宿に落ちついた。宿の女将《パドローナ》はしゃべり好きで客にも興味を持ち、六月と七月は季節はずれの寒さと雨とでひどかったと愚痴を言っていた。キャンセルが多く出て、アメリカ人もほとんどいなかったが、フリーマンは別に気にならなかった。アメリカ人だらけのコニーアイランド（ニューヨーク市のロングアイランドにある遊園地）では十分すぎるほど遊んだのだ。彼が滞在したのはフランス窓のある風通しのいい部屋で、柔らかいベッドがあり、風呂も広々としていた。フリーマンはいつもはシャワーを使う方だったが、これはなかなかいい気分転換となった。窓の外のバルコニーはとりわけ気に入って、読書をしたりイタリア語の勉強をしたりしながら、しばしば眼をあげては湖を眺めた。細長く青い湖は、ときに緑に、ときには金にと変化しながら、遠い山の麓に消えていく。赤い屋根の広がる対岸のパランツァの町、とくに湖に浮かぶ四つの美しい島がよかった。小さい島だが、宮殿《パラッツォ》や背の高い木や庭園に、彫像なども目に入ってきて賑やかな印象だった。これらの島を見ていると、思いがこみ上げてくる。どの島にもひとつの完結した世界があり——こんな世界に人は一生のうち、何回出会うだろう?——何かが起きそうな予感を呼び覚ました。いったい何が起きるのか、それは彼にはまだわからない。フリーマンは自分がまだ持っていないものを求めていた。ほとんどの人間が手にしたことがなく、多くの人間は考えてみようともしないもの。つまり、愛と、冒険と、自由。悲しいことに、これらの言葉はすでにいささか滑稽に聞こえた。しかし、フリーマンが島を眺めているときには、もう少しで泣き出しそうになることもあったのだ。ああ、なんという美しい名前の島々だろう。ベラ島、ペスカトーリ島、マドレ島、ドンゴ島。旅の行く手が広がる、と彼は思った。福祉島《ウェルフェア・アイランド》(ニューヨーク市のイーストリバーにある島。元々は刑務所や病院など福祉施設があった。ローズベルト島とも呼ばれる)じゃや、感動の起きようがないじゃないか?

しかし、二つの島を訪れてみて、フリーマンはがっかりした。ベラ島で蒸気船から降りたときには、ドイツ語を中心にあらゆる言葉が聞こえてくる季節外れの観光客の集団と一緒になったのだが、たちまち安いがらくたを売りつけようとする物売りに取り囲まれてしまった。しかも、案内付きのツアーしか許されないという――ひとりでぶらぶらするのは御法度《ごはっと》なのだ。くだらない骨董を所狭しとならべたピンクの宮殿は、貝殻でつくられた洞穴をしつらえたわざとらしい整形庭園に囲まれ、石の彫像ときたら笑止千万の下劣な代物だった。ペスカトーリ島の方はそれほど俗悪ではなく、古い家が曲がりくねった道沿いに並び、木々の間に引き上げられた漁船のわきで分厚い網が束にされて干されたりしていた。しかしここでも観光客が写真を撮りまくり、町はこぞってその観光客につけこもうとしていた。誰も彼もが何かを売りつけようとしているが、メイシーの地下で買った方がましなものばかりだ。フリーマンはがっかりして宿に帰った。島は遠くから見ると美しいが、近づいてみると書き割り同然だった。フリーマンが女将にそう不満をもらすと、それならドンゴ島を訪れるといい、と言われた。「もっと人の手が加わっていないから」と彼女は言う。「見たこともないような不思議な庭がありますよ。宮殿は歴史があって、この地方の名士たちの墓が並んでいます。後に聖人に列せられた枢機卿のものもある。ナポレオン皇帝も泊まったのです。フランス人はこの島が気に入ったようで、その美しい風景に涙を流した作家もいます」

しかし、フリーマンは興味を示さなかった。「庭ならさんざん見たよ」と。だから、落ち着かないときはストレーザの裏道を探索してボッチア（イタリア式のローン・ボーリング。通常の芝生場よりはやや小さめの場所で行う）を見物したりしながら、売り物をならべた店先は避けた。曲がりくねった道を湖まで戻ると、小さな公園のベンチに腰を下ろし、闇に沈む山の向こうにかすかに残る夕陽を見つめて、冒険に満ちた人生なるものに思いを巡らせた。ひとりじっと観察の目を光らせ、通りかかったイタリア人に声をかける——誰でも片言の英語くらいなら話せた——孤独にもほどがあるというものだ。しかし、週末になると、町にも賑わいが訪れる。ミラノあたりからバスで遊びに来る連中がたくさんいた。一日中あちこち観光してまわり、夜になると誰かがバスからアコーディオンを持ってきてヴェネチア風の悲しげな曲やナポリ風の楽しげな曲を奏でる。そうすると若者たちが立ち上がってガールフレンドをぎゅっと抱きしめながら広場で踊り出す。しかし、フリーマンはその輪には加わらなかった。

ある夕暮れ、湖の静かな水面があまりに美しいので、フリーマンはとうとうじっとしていられなくなり手こぎボートを借りて、他に行くところもなくとりあえずドンゴ島を目指した。とにかく島まで行くぐらいしか目的はなく、たどり着いたら引き返すだけの往復旅行でよかった。目標の三分の二くらいまで来ると、だんだん不安が募った。ついにそれが恐怖に変わる。というのも風が強くなってきて、ボートの腹にこちらを飲み込まんばかりの波が打ち寄せたのだ。暖かい風ではあったが風にはかわりない。水は水だった。フリーマンは漕ぐのがうまくはなかった——セントラルパークの近くに住んでいたのに、覚えたのは二十代の終わりだった——泳ぎも下手で、すぐ水を飲んでしまってろくに息継ぎができないから、つづけて泳ぐこともできなかった。文字通り〝陸者《おかもの》〟だった。ストレーザに戻ることを真剣に考えたが——島までは少なくとも半マイル、戻るとしたら一マイル半だ——そんな弱気なことじゃいけない、と自分を叱った。それにボートは一時間借りてあるのだ。そういうわけで危険におののきつつも、フリーマンは漕ぎ続けた。しかし、波がそれほど大きくはなかったし、うまく舳先《へさき》で波を受け止める技も覚えた。オールさばきはぎこちなかったけれど、自分でも驚くほど快調なペースだった。やがて向かい風が追い風に変わった。陽光も——ありがたいことに——夕焼けの赤い筋に覆われた空に残っていた。

　とうとうフリーマンは島まで来た。ベラ島と同じく段々になった斜面に、生け垣に囲まれ石像のならぶ庭が連なり、上り切ったところに宮殿があった。とはいえ、宿の女将の言ったことはほんとうだった。他の島よりもここはよかった。植物が生い茂り野性味があるし、見たことのないような鳥が飛び交っている。すでに島は霞《かすみ》に覆われ闇が深まっていたにもかかわらず、フリーマンははじめて四つの島を目にしたときに感じた美しさや畏怖の念をあらためて実感することになった。と同時に彼は、存分に味わったとはいえない自身の人生の哀しさを振り返った。人生は彼の指をすり抜けてこぼれ落ちてしまったのだ。そんな感慨にふけっていると、水際の庭で何かが動いて彼ははっとした。一瞬、石像が動いたように見えたが、すぐに、大理石の壁のこちら側にひとりの女性が立って湖面を見つめているのがわかった。もちろん顔までは見えない。ただ、若いようだった。風を受けて彼女のスカートだけがなびいていた。恋人でも待っているのかと彼は想像して、話しかけてみたくなったが、ちょうどそのとき風が立ってボートが波に大きく揺れた。フリーマンは慌てて一本のオールでボートの向きを変え、漕ぎ出した。風のせいで飛沫《しぶき》をあびてびしょびしょになり、強い波にボートが翻弄される。前に進むのがとても難しく恐ろしくなった。自分が溺れていくさまが想像された。ボートが沈み、哀れフリーマンは水底へ。必死に水面にあがろうともがくがその甲斐もない、という図である。しかし、漕いでいるうちに、心臓は口のところまで出てきた金属板のように感じられたものの、それでも漕いでいるとだんだんと恐怖を感じなくなってきた。波や風も何とも思わなくなった。空にはまだかすかに白っぽい光が映っていたにもかかわらず湖面はすっかり暗闇と化している。それでもときどき肩越しに行く手を見やりながら彼は、ストレーザの海岸にゆらめく光をたよりにボートを漕いだ。岸にたどり着いたときには土砂降りだったが、ボートを引き上げながらフリーマンは自分の冒険が達成されたと考えて、高級なレストランでたらふく夕食を食べた。

翌朝、太陽の降り注ぐ部屋に揺れるカーテンのおかげで、彼は目が覚めた。起きて髭《ひげ》をそり、風呂に入り、朝食を済ませてから散髪に行った。ズボンの下に海水パンツを穿き、ホテル・エクセルシオールのプライベートビーチに忍びこんでひと泳ぎした。ほんの短時間だったが、おかげで気分がすっきりした。お昼のあとはバルコニーでイタリア語の勉強をしてから昼寝。そして四時三十分になって――それまでなかなか決断できないでいたのだが――一時間に一本出ている、四つの島をめぐる蒸気船に乗りこんだ。マドレ島に寄ってから船はドンゴ島に向かった。島に近づくと、それはちょうど昨日フリーマンが取った進路とは逆方向からのものだったのだが、海水パンツを穿いたひょろっとした少年が湖に浮かぶ筏《いかだ》の上で日光浴をしているのが見えた。見たことのない少年だった。蒸気船が島の南側の波止場に入ると、例によって例のごとく観光客相手の安物をならべた売店が所狭しとならんでいて、フリーマンは驚くとともにがっかりもした。そうでないことを期待したのだが、やはり島の見物はガイドなしには許されず、ひとりでどこかに行くのはだめ《ヴィエタート》だった。百リラでチケットを買い、無精髭を生やした冴えない顔の道化めいた男の後にくっついていく。この男はひょいと空にステッキを振りかざしては、後ろに従えた観光客に三カ国語で順々に説明した。

「勝手に歩き回らんでくだされ。デル・ドンゴ家はイタリアでももっとも由緒あるお家柄のひとつ。自由行動は禁止です。こうしませんと、このすばらしいレキシ的な宮殿とステキな庭とを、セカイ中のみなさんにお見せすること、できんくなりますから」

一行は急ぎ足でガイドの後を追いながら宮殿をめぐった。連なった縦長の広間にはタペストリーや手の込んだ装飾の鏡が飾られ、広々とした居室には年代物の家具や古書、絵画、彫像などがならんでいる。他の島で見たものよりは趣味の良いものばかりだった。ナポレオンが泊まったという場所にも行った。ベッドがある。フリーマンはそこでこっそり掛け布団にさわったのだが、すばやくやったつもりでも目を光らせていたイタリア人ガイドはしっかり見つけ、怒りをこめてステッキをフリーマンの心臓のあたりにかざし「ほら！」と大きな声をあげた。これにはフリーマンも、それからパラソルを手にしたふたりのイギリス人婦人もうろたえてしまった。グループが——二十人ほどいたのだが——庭へと案内されるまでフリーマンは何となく気分が悪かった。この庭は島でももっとも高い位置にあり、そこから金色がかった青に染まる湖面を一望の下に見渡すと、思わずため息がもれた。島に繁茂する植物は力強くかつ官能的だった。オレンジやレモンの木の間を抜け（レモンの木がこんないい香りだとはフリーマンは知らなかった）、さらに木蓮《マグノリア》、夾竹桃《オレアンダー》——ガイドは木々の名前をいちいち言った。あたり一面に花が咲き乱れていた。巨大な椿《カメリア》、石楠花《ロードデンドロン》、ジャスミン、バラなど、色も品種もさまざまで、うっとりするような花の芳香がすべてを覆っていた。フリーマンは頭がくらくらしてきた。感覚が押しつぶされそうになって眩暈がし、正気を失いそうだった。と同時に、これはあくまで「水面下」の反応だったのだが、すべてを押しとどめるようないやな気分とともに——むしろ警告に近かった——自分の空っぽさが思い起こされた。彼らしからぬことだった。ふだんは自分には自信を持っていたのだ。あの道化じみたガイドがどんどん先に立って歩き、ステッキでスギ、ユーカリ、クスノキ、コショウの木と指し示していくうち、元売場監督のフリーマンははじめて見るものに圧倒され、またほとんど息苦しいほどの興奮に胸がいっぱいにもなってグループについて行けなくなり、コショウの実をじっくり見るふりをしながらひと息ついた。ガイドが急ぎ足で進んでいったので、それほど意図したつもりでもなかったのだが、コショウの木の陰に飛びこみ、大きな月桂樹の灌木のわきの小道を駆け抜けて段を二階分ほど下った。大理石の壁を飛び越え、小さな茂みを抜け、期待に胸躍らせて探し求めた。何を、など知りもしなかったけれど。

たぶん自分が向かっているのは、昨晩、白いドレスを着た若い女を見かけた湖のほとりの庭園の方だろうとフリーマンは思っていたが、しばらくうろうろと迷ってから彼がたどり着いたのは小さな浜だった。小石が転がる浜で、湖へ下りる石段があった。百フィートほど離れたところに筏がつながれていたが、人気はない。興奮しすぎてくたびれたフリーマンは、少し物憂い気分になり一息つこうと木陰に腰をおろした。ふと目をあげると、白い水着を着た若い女が湖から段をあがってくるところだった。女が水をぱしゃぱしゃさせながら岸にあがってくるのをフリーマンはじっと見つめた。濡れた肌が明るい陽射しを受けて輝いている。彼女はフリーマンに気づき、あわてて身をかがめて毛布の上においてあったタオルを手に取ると肩に羽織り、盛り上がった胸を隠すようにしてその端をそっと握っていた。濡れた黒髪が肩にふりかかっている。女はフリーマンを見つめた。彼は立ち上がり、非礼をわびる言葉を考えていた。目の前にかかっていた靄《もや》が晴れた。フリーマンは青ざめ、女は頬を紅潮させた。

もちろんフリーマンは生粋のニューヨーク育ち。女がそこに立って何の気兼ねもなくこちらを見つめてくると——時間にして三十秒も続かなかったが——自分の背景やその他自慢にならないことがいろいろ思い起こされてきた。しかし、自分の容姿がまずくはなく、どちらかというとハンサムだということもフリーマンはわかっていた。後頭部に小さな禿《は》げがあったものの——十セント硬貨で充分隠せるほどのものだ——髪はふさふさと若々しい。灰色の瞳は澄んで邪念を感じさせないし、鼻の形もいい。それにたっぷりした口。手脚はバランスよく、お腹だって出ていない。背はやや低かったが、そんなに目立たないのはわかっていた。以前付き合っていた女性のひとりは、あなたってときどき背が高いように見えることもある、などと言った。そういうふうに言ってもらうと、自分が小柄だと思うことがあってもそれほど自信を失わないで済む。しかし、自分の容姿に自信があってもこのときばかりは、今まさに人生賭けて望んできたものを目前にしていたせいか、あるいは知らぬ者同士の間に横たわる数限りない障害のためか、言葉など糞喰らえという気分だった。

彼女の方はどうもこの出会いを恐れている様子はなかった。いや、驚くべきことに、むしろ彼との出会いを喜んでおり、すぐさま彼に興味を持ったように見えた。もちろん、彼女は優位に立っていた。フリーマンはいわば闖入者《ちんにゅうしゃ》で、彼女は待ち構える側だ。それにその優美さが彼女を引き立てていた。すばらしい肉体なのだ。女王然とした姿形で、そこから自然と優美さがにじみ出してくる。浅黒く引き締まったイタリア風の顔には歴史を映すような美しさがあった。民族と文明の美しさだった。ほっそりとまっすぐな眉の下の大きな茶色い瞳は甘美な光に満ちていた。唇は赤い花の一部から取られたかのようにくっきりしている。鼻だけは完璧とは言い切れなかったが、それがむしろ全体を引き立てていた――少し長すぎて細い鼻だった。ほとんど彫像めいた造《ぞう》作《さく》なのに、小さな顎《あご》へと収まっていく卵形の顔はやわらかい印象で、生き生きとした若さに満ちていた。二十三か二十四といったところか。少し気分が落ち着いてみると、その目に隠れた欲求、もしくは欲求の名残りがあるのがわかった。悲しみなのかもしれない。彼女が自分に好意を持っているのは、他の隠された理由などのためではなく、このせいではないかと彼は思った。ああ、ついに彼は運命の人と会ったのだろうか？「道に迷ったのですか？」《シ・エ・ペルドゥート》女が笑顔で訊いてきた。まだ白いタオルをしっかりと羽織っている。フリーマンはその意を解して英語で答えた。「いえ、自分の意志です。まあ、わざとはぐれたわけです」自分と会ったのを覚えているか、と昨晩のボートのことを訊こうと思ったが、やめた。

「アメリカ人ですか？」彼女が訊いた。イタリア訛りとイギリス英語とが心地良く混じっていた。

「ええ」

女はまる一分ほど彼のことをまじまじと見つめ、それからおずおずと訊いた。「ひょっとしてユダヤ人？」

フリーマンはあやうく声をあげるところだった。心の中ではとてもうろたえていたが、ある意味、それほど意外な問いではなかった。でも、彼は見るからにユダヤ人風というわけではない。ユダヤ人じゃないと言っても通るほどだったし、実際そう言ったこともある。そこで瞬きひとつせず、違います、と彼は言った。そして間をおいてから、別にユダヤ人が嫌いというわけじゃないけど、と付け加えた。

「どうかなと思ったんです。アメリカ人っていろんな人がいるから」彼女は言葉を濁すような言い方をした。

「そうですか」彼は言った。「いいんですよ」帽子を取って彼は自己紹介をした。「ヘンリー・R・フリーマン。旅行中です」

「あたしは」彼女はちょっと物思いにふけるように間を置いた。「イザベラ・デル・ドンゴ」

まずは成功、とフリーマンは思った。「どうぞよろしくお願いします」頭をさげる。イザベラはやさしい笑みを浮かべながら手を差し出した。そして、握手をするかわりにいきなりその手にキスをしてはっとさせようとしたのだが、そこへ例のどたばたガイドが数段上のテラスに姿を現した。ふたりの姿を認めるとびっくりし、ステッキを短剣のように振り回して声をあげながら階段を駆け降りてきた。

「侵入者め」彼はフリーマンに喚《わめ》いた。

女は何事か彼に言ってなだめようとしたが、ガイドは聞く耳持たなかった。フリーマンの腕を摑むと、階段の方に引っ張っていった。そしてフリーマンの方が、体面もあってほとんど無抵抗だったのに、お尻のあたりをステッキで打った。フリーマンは文句も言わなかった。

島から出て行く彼は、控えめにいってもばつが悪そうだったが(女の方はちょっと仲裁を試みてうまくいかないとすぐにどこかに消えてしまった)、フリーマンは凱旋者気分だった。あんなすごい美人が彼のことを気に入ってくれた、それでとりあえずの収穫だった。なぜそうなったのかはよくわからない。ただ、たしかにそうなのだ、目でわかる、と彼は思った。ただ、もしそうなら、なぜなのかと訝《いぶか》りながら――彼はいつもこういうふうに考える癖があった――フリーマンは男女間にありがちな引力の顚末をひとしきり思い起こしてから、きっと自分が他の男とは違っているからだろうと納得することにした。彼なりに思い切った結論である。もっと言うと、そもそも思い切ったのは、ガイドの目をくらまし、湖から上がる彼女を岸で待ち伏せたことからしてそうなのだ。彼女だって独特なところがある(自分に反応したのもそのせいに決まってる)。それは見かけや生まれだけでなく、これまでの過去にもかかわることだ(デル・ドンゴ家について彼は、地元で出ている案内書のたぐいでいろいろ読んでは想像力をふくらませていた)。騎士道の昔やそれ以上の何かにまで遡る過去が、彼女の中で激しく息づいているのが彼にはわかった。彼の方の歴史といえばちょっと違ってはいたが、人というのは状況に合わせることができるもので、ありえないような結びつきを想像することも彼はためらわなかった。イザベラとヘンリー・フリーマンが結ばれる。彼女のような人に会うためにこそはるばる外国まで来たのだ。それに自分はヨーロッパの女性にこそ好まれるだろうと思っていた。性格的に、ということである。ただ、ふたりの人生はあまりに違うので、ときにフリーマンも行く先をあやぶむことがあった。彼女を追い求めたとしたら、そしてもちろんそのつもりでいたのだが、いったいどんなたいへんな目に遭うかしれない。まだ知らぬ彼女の家族のことをはじめ、いろいろあるのだ。それからあとで振り返ってみると、彼女が彼にユダヤ人かどうか訊いたのも気になる。あんなことをまだお互いろくに知らないうちに、あのかわいらしい口で訊くなんて、いったいどういうことなのだろう。女の子にあんなことを訊かれたのははじめてである。つまり、似たような状況で、だが。ちょうどお互いをじっくりと見つめていたときなのである。妙なのは、彼が断じて、いかにもユダヤ人というふうには見えなかったことである。ただ、それから彼は、ひょっとすると彼女の問いは何かの「テスト」かもしれないと思うようになった。つまり、いい男が現れると、果たして彼が「合格」かどうかをすぐに試すのである。以前、ユダヤ人に嫌な目に遭わされたとか? 可能性は低いが、ないとは言い切れない。今やユダヤ人はそこら中にうようよしている。そんなこんなののち、フリーマンは「よくあることさ」と思うようになった。妙なことを不意に気まぐれのようにして思いついただけなんだろう。そんな変な問いなのだから、彼の答えだって深いものじゃない、あれで良かったのだ。どうして大昔の歴史にこだわる必要があるだろう? こういうことすべて——いろいろな難関が、彼の冒険心をくすぐった。

彼はほとんど居ても立ってもいられなくなり、早くもう一度彼女に会い、逢瀬を繰り返し、仲良くならねばと思うようになった。それだって始まりにすぎないけれど、とにかく始めなければ。電話をかけてみようかと思った。ナポレオンが眠ったという宮殿に電話があればの話だが。でも女中か誰かが電話に出たら、いったいどうやって名乗ればいいだろう。そこでフリーマンは簡単な手紙を送ることにした。わざわざそのために買い求めた上質の便箋に短いメッセージをしたためた。会ってゆっくりお話しすることはできないでしょうか、と。近くにある他の湖まで汽車で行くのなどどうでしょうと提案し、もちろん署名はレヴィンではなく、フリーマンとした。女将には後で、フリーマン宛の手紙は自分のだからと伝え、これからは自分のことをフリーマンさんと呼ぶようにとも指示した。それ以上の説明をしないでいると、女将の方は興味ありそうに眉をつりあげた。ただ、友好の印ということで千リラばかりやると、彼女の表情もおとなしくなった。手紙を出してしまうと、巧妙な罠のように仕掛けられた時間が降りかかってきて、彼はそこに捕らえられたような気分になった。彼女から返事が来るまでどうやって堪えたらいいのだろう？　その晩、彼は我慢できずにボートを借りてドンゴ島目指して漕いだ。水面はガラスのようになめらかだったが、彼が着いたときには宮殿はすでに暗く、陰鬱にさえ見えた。明かりの灯る窓はひとつとしてなかった。島全体が死んでいるも同然だった。誰もいない。でも、彼女の気配を彼は想像した。波止場にボートをつないで探してみようかとも思ったが、意味がなさそうだ。ストレーザに戻る途中、彼は湖の警備隊に止められ、パスポートを見せろと言われた。日没後は湖に出ない方がいい、事故に遭うかもしれないから、と警官は彼に忠告した。翌朝、彼はサングラスをかけ、買ったばかりの麦わら帽にサッカー地のスーツという出で立ちで汽船に乗りこみ、間もなく、いつもながらの観光客と一緒に彼にとっての夢の島に降り立った。ところが例のうるさいガイドはたちまちフリーマンを見つけ、学校の先生みたいにステッキを振り回しながらおとなしく出て行けと命じた。面倒をおこせばあの子の耳にも入るだろうと思ったので、とても不満だったがフリーマンはすぐに退去することにした。その晩、宿の女将は、声をひそめてフリーマンに、ドンゴ島の人間とは関わり合いにならない方がいいと言った。一族の歴史は裏切りの連続で、不実さと策略で知られているという。

日曜日のこと、午後の昼寝のあとの一番気持ちが沈んでいる頃に、ドアにノックの音がした。短パンに破れたシャツの脚の長い少年が封筒を渡してきた。端に家の紋章があしらわれた封筒だった。フリーマンは夢中で封筒を破り、青っぽい薄い便せんを取り出した。くねくねとした字体でほんの二、三行のメモがある。「六時にいらしてください。エルネストがお伴します。IデルD」すでに五時を回っていた。フリーマンはたまげて、喜びのあまりくらくらするほどだった。

「君がエルネストか《トゥ・セイ・エルネスト》?」少年に訊いた。

おそらく十一か十二のこの少年は大きな目で興味深そうにじっとフリーマンの方を見ていたが、首を横に振った。「違います《ノー・シニョーレ》。僕はジャコベ《ソノ・ジャコベ》」

「エルネストはどこにいるんだい？」

少年が窓の方をあいまいに指したので、フリーマンはその人物が誰にせよ、湖のところで待っているのだろうと考えた。

フリーマンは浴室で着替えをすませ、あっという間に新しい麦わら帽とサッカー地のスーツに身を包んで現れた。「行こう」段を駆け下りていく。少年が後から駆けてきた。

波止場についてみると、「エルネスト」とは何とあのうるさいステッキを振り回す怒りっぽいガイドのことだった。きっとあの宮殿《パラッツォ》の執事《マジョルドーモ》で、ずっとあの一族に仕えてきたのだ。こんどは別の意味でのガイドということになったが、表情から判断する限り、嫌々なのは明らかだった。きっとうまくなだめすかして言うことをきかせているのだろう。まだ尊大だったが、丁重な態度は見せることにしたらしい。フリーマンもちゃんと彼に挨拶をした。彼の予想に反して、ガイドは高級な汽艇ではなく、大きい古びた手こぎボートの舳先に座った。ドーリー（平底の小型漁船）と小さな救命艇との中間のような舟である。フリーマンはジャコベに導かれ、空いている後ろの席を跨いで舟に乗りこんだ。ジャコベが漕ぎ位置に座ると、おずおずとエルネストの隣に腰をおろす。岸にいる係の者に一押ししてもらって湖面に乗り出し、少年が漕ぎはじめた。大きいボートで操作が難しそうだったが、長くて重いオールをうまく使って簡単そうに漕いでいる。岸からイザベラの待つ島へと、少年はすいすいと舟を進めた。

フリーマンは沖まで出て気分も盛り上がり、広々とした湖上で気持ち良くなったが、エルネストとぴったりくっついて座っているのはどうもよろしくなかった。食べたばかりらしいニンニクの臭いもぷんぷんとする。ガイドのときはあれほどやかましかったわりに、こういうときには物静かだった。火の消えた両切り葉巻を口の端でくわえ、時折、舟底の板を目的もなしにステッキで突っついている。穴などなくても、こんなことをしていたら穴があいてしまうじゃないか、とフリーマンは思った。疲れているふうで、あたかも一晩中飲み騒いだ後、休む間もなかったかのような素振りだ。一度、エルネストは黒いフェルト帽をとってハンカチで頭をぬぐったのだが、そこには毛がなくて、思ったよりずっと老けているのがわかった。

何かこの老人にお愛想のひとつも言いたくなった――このすばらしい旅をむっつり顔ですごすのも何だから。しかし、どう切り出していいかまるで見当がつかなかった。向こうが不機嫌な返答しかしなかったら、どう返していいかもわからない。長い沈黙が続きちょっとじりじりしてきて、フリーマンは言った。「漕ぐのを代わろうか？あの子も疲れただろう」

「お好きに」エルネストは肩をすくめてみせた。

フリーマンは少年と交替したが、すぐに後悔した。オールはとんでもなく重かった。うまく漕げず、左のオールの方が右より深く水に潜ってしまうので、ボートは真っすぐ進まない。まるで棺を引っ張っているようだった。水しぶきをあげながらオールを不器用に振り回しているとフリーマンは、少年とエルネストが自分をどう思っているだろうと気になった。二人は色の濃い目に欲深いクチバシを持った一対の妙な鳥よろしく、彼のことを遠慮なくじっと見つめていた。あの美しい島にこんな二人がいるなんてと思いつつ、ますます激しく舟を漕いだ。とにかく必死にやっていると手のひらは擦りむけてきたけれど、だんだんとリズムが出て舟も前よりは順調に進むようになった。フリーマンは勝ち誇ったように顔をあげたが、ふたりはもうこちらは見ていなかった。少年は水面に一本の藁《わら》をたらして舟の航跡を描いている。エルネストは夢見るように遠くを見つめていた。

しばらくしてから、まるでフリーマンを検分し尽くし、結論として彼は根っからの悪者ではないと裁定したと言わんばかりに、エルネストは幾分の親しみをこめて話しかけてきた。

「みな、アメリカ人がどれくらい金持ちなんだろうと言うね」

「まあ、金持ちだな」フリーマンはつぶやいた。

「あなたもそうか」エルネストは口から葉巻をぶらさげながら、少し困ったような笑みを浮かべて言った。

「金には困っていない」フリーマンはそう答えてから、正直に付け加えた。「食うためには、働かないわけにいかないけどね」

「若い人、楽しくやってる？　食べるもの、ちゃんとあって、家では、奥さんに便利な機械いろいろある？」

「いろいろあるよ」フリーマンは言った。たしかに先立つものは必要だ、と彼は思った。この男は、よく訊いておくようにと指示されてきたのだ。フリーマンはエルネストに、アメリカの生活水準についてあれこれ教えてやった。あくまで生活のことである。イタリア貴族にこんなことを言ってどれだけ意味があるのかわからなかったが。とにかく何かの役には立つだろうとは思った。人が何を求めているかなんて、土台、知りようがないのだ。

エルネストは、まるで今聞いたことを記憶にとどめようとするかのように、フリーマンが漕ぐのをしばらく見つめていた。

「あなた、商売してる?」ようやく彼は口をひらいた。

フリーマンはしばし言葉を選んでいたが、「うん、まあ、広告関係だけど」と言っておくことにした。

エルネストは吸いさしを投げ捨てた。「失礼だけど、アメリカ人、そういう仕事でどれくらい稼ぐ?」

フリーマンは素早く計算して、「僕の場合は、週にだいたい百ドルかな。月々二十五万リラぐらいだね」

エルネストは風に飛ばされそうな帽子を手でおさえながら、その金額を復唱した。少年の目が大きく見開かれた。フリーマンは満足して笑みがこぼれそうになるのを隠した。

「お父さんは?」そこでエルネストは間をおき、フリーマンの顔をうかがった。

「父親のことが何か?」フリーマンは聞き返しながら、ちょっと緊張した。

「仕事は何してらっしゃる?」

「何をしてたか、ということだね。もう亡くなったからさ。保険関係だよ」

エルネストは大事な帽子をとり、禿げた頭に太陽の陽を浴びた。島に着くまではそれ以上は誰も口を開かなかった。それからフリーマンは、せっかくうまくやった後の地固めでもするようにエルネストに、英語はどこで勉強したのか、と褒めそやすように言った。

「あちこちで」とエルネストはくたびれたような笑みを浮かべて答えた。フリーマンは吹きすさぶ風の向きの変化にいちいち敏感になっていたが、完全に味方につけるとまではいかなくとも、少なくとも敵を懐柔するのには成功したことを感じ取った。自分に有利な領域にもちこめば、けっこううまくいくのだ。

ふたりは陸にあがり、少年がボートをつなぐのを見ていた。フリーマンはお嬢さん《シニョリーナ》がどこにいるのかエルネストに訊いた。エルネストはもうどうでもいいとばかりに、ステッキで上の方の段庭《テラス》を指した。その大きな身振りはまるでこの官能的な島の上半分をぜんぶ持っていくように見えた。フリーマンは、エルネストが強引についてきて彼女とのデートの邪魔をしたりしなければいいがと願っていた。ところが、しばし上をみあげてイザベラを探しても見つからないので周りを見ると、エルネストもジャコベも見あたらない。さすがイタリア人、こういうときは気が利くなとフリーマンは思った。

慎重に、注意深く、と自分に言い聞かせながら、フリーマンは階段をすばやく上っていった。いちいちの段庭であたりを見回し、次へとあがっていった。もう帽子はとって手で持っていた。咲き乱れた花の中に彼女がいそうな気がしてそこをさまよった後、屋敷の裏手の庭に行ってみるとひとりでいた。大理石でできた小さな噴水のそばの古い石のベンチに座っている。笑い集う妖精たちの口からほとばしる水が、やわらかい陽射しにきらきらと光っていた。

彫りが深いけれど女らしいやわらかさもたたえた彼女の美しい顔は、濃い色の瞳は物憂げ、形の良い首のうなじのところで髪がゆるく結ばれている。それを見ていると、フリーマンはオールのせいで擦りむけた手のひらがひりひりするほど気持ちが高ぶった。胸をやさしく覆う赤みがかった麻のブラウスに、すらりと長い黒のスカート。日に焼けた脚はストッキングを穿いておらず、細い足にサンダルを履いている。スキップになってしまわぬようフリーマンがゆっくり歩いていくと、彼女は一筋の髪をかきあげたが、その仕草があまりに美しかったので彼は悲しい気持ちになった。そこにとどめておくことのできない仕草だ。奇跡とも言えるようなこの日曜の夕方が揺るがぬ現実であることもわかっていたものの、彼女の今し方の仕草を思い起こすにつけ、彼女自身がそれと同じくらいとらえどころがなく、また束の間の存在であるような気がフリーマンにはしてくるのであった。この島だってそうだ。彼がこれまで生きてきた日々も、良い日も悪い日もつまらぬ日もあったが、やっぱりそうだという思いが彼の胸をよぎる。今日や明日にしてもそうなのだ。彼女に歩み寄るフリーマンは深い無常観にとらわれていた。しかし、この感覚も彼女が立ち上がって手を差し出すと純粋な喜びの気持ちに取って代わられた。

「ようこそ」イザベラが言った。頬を紅潮させている。嬉しそうだったが、彼女は彼女で彼に会って少し気持ちが落ち着かないようでもあった。きっと同じことなのだろう。その場で彼女を抱きしめてやりたかったが、勇気が出なかった。彼女と一緒にいると、まるでお互いに恋の告白をしてしまったような満足感が湧いてきたが、その一方で彼女は居心地悪そうにしているようにも感じられ、そのために、いくら打ち消そうとしても、ふたりはまだ愛し合っていないのではないかという考えも浮かんできた。少なくとも愛にたどり着くためには茫洋とした神秘の道を通り抜けていく必要があるのではないか。今までもこうだったじゃないか、と経験豊富なフリーマンは思った。愛し合うまでは、あくまで他人同士なのだ。

話しかけるときは、まずは丁寧な態度をとった。「親切な手紙をありがとう。楽しみにしてた」

彼女は宮殿の方を振り向いた。「みんな留守なの。別の島で結婚式があってね。案内しましょうか？」

これを聞いて彼は嬉しくも思ったががっかりもした。まだ家族に会いたいとは思わないが、家族に紹介してもらえるなら、それはそれで良い兆しだった。

しばらく一緒に庭を散歩してから、イザベラはフリーマンの手を取り、大きなドアを開けてロココ風の宮殿に入っていった。

「何をご覧になりたい？」

この建物の二つの階はすでにざっと見てあったが、こんなふうに寄り添って彼女に案内してもらうのが嬉しくて、「お薦めのものを是非」とフリーマンは言った。

彼女はまず彼をナポレオンが泊まったという部屋に連れて行った。「ナポレオン本人が眠ったわけではないの」とイザベラは説明した。「彼が泊まったのはベラ島。弟のジョゼフが来たかも知れない、あるいはポーリーヌ（ナポレオンの妹。イタリア人貴族と結婚した）が恋人と来たのかも。よくわからないのよ」

「なんだ。インチキだな」とフリーマンは言った。

「作り話はお手の物よ」イザベラは言った。「貧乏な国だから」

二人は一番大きなギャラリーに入っていった。イザベラがティツィアーノ、ティントレット、ベリーニといった画家たちの作品を示していくと、フリーマンは息をのんだ。ところが彼女はドアのところまでくると困ったような笑みを浮かべ、この部屋の絵のほとんどは複製だと言った。

「複製？」フリーマンはひどく驚いた。

「ロンバルディア派（ルネサンス期のミラノ、パドヴァ、モデナなどイタリア北部の都市の画派）のものには立派な本物もあるけれど」

「ティツィアーノのものは全部複製？」

「そう、みんな」

これにはややがっかりした。「彫像は？　あれもみんな複製？」

「だいたい」

フリーマンはうなだれてしまった。

「どうかしたの？」

「本物と偽物の区別が僕にはつかないなと思って」

「あら、でも、複製の多くはものすごくよくできてるわ」イザベラは言った。「専門家でないとどれが複製かはわからないのよ」

「僕はまだまだだな」フリーマンが言った。

この言葉を聞いてイザベラがぎゅっと手を握ってきたので、少し気分が良くなった。だけど、このタペストリーはみな本物で価値もあるのだと、太陽が沈むにつれて暗くなっていく長い廊下を歩きながらイザベラは言った。フリーマンはそれらにとくに興味を持たなかった。床から天井に達するまで一面を覆う、青と緑を基調にした森の描写。鹿や一角獣や虎が遊び戯れている。虎が一角獣を殺している図も一枚あった。イザベラは歩調を早め、フリーマンがまだ来たことのない部屋へと彼を案内した。そこには『地獄篇』を描いた陰気なタペストリーが掛かっていた。二人が足をとめたのはもがき苦しむライ病患者の絵の前だった。頭から足まで膿疱だらけで、爪で引っ搔いてもかゆみは絶えることはない。

「彼はいったい何をやったせいでこんな目に遭うんだろう」フリーマンは問うた。

「空を飛べると嘘をついたの」

「それだけで地獄に堕ちるのか?」

イザベラは答えなかった。部屋は暗くなり陰気になってきたので、二人はそこを後にした。

筏をつないである浜に近い庭からは、湖面の水がいろんな色に変わっていくのが見えた。イザベラは自身について多くを語らなかった――もの思いにふけることも多かった――フリーマンの方も未来についていろいろ心配事があって、言いたいことはたくさんあったのに口が重くなっていた。日がすっかり暮れ、月がのぼると、イザベラはちょっと待っててと言って藪《やぶ》の後ろに隠れた。再び彼女がこちらに出てくると、その信じられない光景にフリーマンは目を見張った。裸だった。しかし、その花のような背中を見つめる間もなく彼女は水に入り、筏に向かって泳いでいた。自分はあそこまで泳げるだろうか、それとも危ないだろうかとしばらく悩んでから、フリーマンはどうしてもイザベラを近くから見たくて(彼女は筏に座り、仰向けに胸を月光にさらしていた）、自分の服を彼女のやわらかい衣服のあるのと同じ藪の後ろにおき、石の段をおりて生ぬるい水へと入った。泳ぎは下手だった。こんな姿をイザベラに見られるのは嫌だった。まるでどこかに傷を負ったベルヴェデーレのアポロ像（ギリシャ彫刻の傑作とされるアポロ像。ヴァチカン宮殿にある）だ。十二フィート（約三メートル半）も深さがある湖で溺れそうな気がして仕方がない。だいたい彼女に救出される羽目になったらどうするのだ。しかし、危険を冒さねば得るものもなし、とばかりに彼は身体をばたつかせて泳ぎつづけ、筏についてみると案外息も切れていなかった。彼はいつも取り越し苦労なのだ。

　しかし、いざ筏にあがってみると、イザベラはもうそこにはおらずフリーマンは落胆した。岸の方で、藪の奥に駆けていく彼女の姿がちらっと見えた。重い気分に陥りながら、フリーマンはしばらく休んでいたが、二回ほどくしゃみをしてこんなことをしてたらひどい風邪を引くと考え、また水に飛びこみ島へと泳いだ。イザベラはすでに服を着て、タオルを持って待っていた。石段をのぼってくるフリーマンにタオルを放ってよこし、彼が身体を拭いて服を着るまで身を隠していた。フリーマンがサッカー地のスーツに身を包んで出てくると、イザベラは厨房から持ってこさせたサラミ、プロシュート、チーズ、パン、赤ワインなどの載った大皿を、どうぞおあがりになって、と彼に勧めた。フリーマンは筏で彼女に一杯食わされたことにしばし腹を立てていたが、ワインを口にすると気持ちも鎮まり、ひと風呂浴びたようなさわやかな心地にもなった。蚊が寄ってこない隙をついて彼はイザベラに、好きだ、と言った。イザベラがやさしく彼に口づけすると、エルネストとジャコベが現れ、ストレーザまでフリーマンを舟に乗せて送っていった。

月曜の朝、フリーマンはどうしていいかわからなくなっていた。心を乱すような記憶とともに目を覚ました。どの記憶も強烈で、喜ばしいものも多かったが、厄介なものもあった。記憶が彼を食い散らし、彼も記憶をむさぼった。貴重な時間をもっと有効に使えばよかったと思った。言いたかったことの半分も言えなかった——自分がどんな人間なのか、二人でこれからどんなことができるか、といったこと。もっと早く筏にたどり着いていればとも思った。彼女が行ってしまう前にあそこに着いていればどうなっていただろうと、今振り返ってもどきどきする。しかし、記憶は記憶にすぎなかった。忘れることはできるが、変えてしまうことはできない。それでも、彼はいい気分だった。自分にここまでやれるとは、と驚いていた。彼女と二人きりですごした夜。彼女はこちらを信用し、自分だけに美しい身体を見せてくれた。彼女のキスは、言葉にはしないけれど愛を約束したようなものだ。彼女を求める彼の気持ちはあまりに激しく、苦しいほどだった。彼は午後中うろつきまわり、彼女のことを想って、靄のかかった湖に輝く島々をしばしばじっと見つめたものだ。夜にはすっかりくたびれ果て、一日中抱いていた思いを背負い込んだまま床についた。

眠りに落ちていくときに、彼は思った。さまざまな悩みの中でもとくにひとつのことが気にかかっていたのが変だった。もしイザベラが彼のことを愛するなら、そして彼女はすでに愛しているかまもなく愛することになると彼は今や感じていたが、もしそうならこの愛の力によって起きうる障害も克服することはできるだろう。きっと彼女の家族からはある程度の反対意見がある。だけど、貴族も含めイタリア人には、娘を嫁がせてアメリカに住まわせることが良いと思っている人間が多い(でなければエルネストを送ってよこし、条件をさぐったりしたことの説明がつかないだろう)。フリーマンにとってこれはとても有利な点であり、うまい解決にもつながりそうだ。それに独立心の強いイザベラが少しでもアメリカに気を惹かれるならなおさらだ。家族もイザベラの目の昂揚を前にしたら、譲らざるをえないだろう。でも、そうではないのだ。彼がもっとも気にしているのは、自分がイザベラに言った嘘のことだ。自分はユダヤ人ではない、と言ったのだ。もちろんほんとうのことを言うことはできる。彼女が知っていたのはフリーマンではなく、冒険心に満ちたレヴィンだった、と言う。しかし、それではぶちこわしになるかもしれない。何しろ彼女がユダヤ人と関わり合いになりたくないのは明らかなのだ。さもなくば、どうしていきなりあんなことを訊いてきたのだ？ それとも何も言わないことにするか。アメリカに実際に住み、ユダヤ人であることが何の問題もないことだと彼女自身の目で確かめさせてから、何となくわからせるのだ。人の過去というのは切り離せるものなのだとばかりに。だけど、こういうふうにごまかして、もし真相を知ったときに彼女が嫌な気持ちになったりしたら、そのあと責められるかもしれない。もうひとつの解決策は今までも何度となく考えてきたものだった。名前を変え（ル・ヴァンというのも考えたが、フリーマンの方がいい）、自分がユダヤ人として生まれてきたことも忘れてしまうのだ。家族を傷つけることもないし、家族のせいでばつが悪い思いをすることもない。彼は一人っ子で、親はもうふたりとも亡くなっている。従兄弟たちはオハイオ州のトレドに住んでおり、これからもこちらとかかわることはないだろう。イザベラをアメリカに連れて行ったらニューヨーク市は避けてサンフランシスコにでも住めばいい。あそこなら誰も彼のことを知らないしわざわざ「知ろう」ともしないだろう。そういった手はずを整え、その他もろもろの準備をするために、彼は結婚前に一、二回帰国しておこうと思っていた。心構えはできている。彼女をイタリアから連れ出すためには先に結婚していないといけないので、式もキリスト教会ですることになるだろう。ことを早く進めたいから、それも仕方がないと彼は思った。毎日誰かがやっていることだ。彼はこんなふうに決断したが、まだ何か引っかかるものがあった。ユダヤ人であることを否定することよりも――だいたいユダヤ人であることでどんな得をしたというのだ？悩みが増え、蔑《さげす》まれ、忌まわしい記憶ができただけだ――それよりも、愛する者に対する嘘が問題なのだ。一目惚れに嘘。これが心の傷となって彼を苦しめた。しかし、そうするしかないのだから、あきらめよう。

　翌日、フリーマンは朝起きるなり、自分の計画や先行きについてのさまざまな疑念にとらわれた。結婚どころか、次にイザベラに会うのはいったいいつになるのだろう？（「いつ」とボートに乗るときに彼は囁いたが、彼女は「そのうち」とあいまいに約束しただけだった。）そのうちなんて言われても、いつのことやらわからず辛いばかりだ。郵便配達が来ても自分宛の手紙など届かず、フリーマンは落ちこんだ。自分は希望のない幻想をつくりあげていたのではないか、と彼は自問した。彼女の心を射止められると思いこんでいたのではないか？　ありもしない状況を勝手に想像していただけではないか？　イザベラが彼に思いを抱いているとか、彼女と将来何かある可能性があるとか。彼は必死になって何かに気持ちを向け、気分が暗く落ち込んでいくのを防ごうとした。ドアをノックする音がしたのはちょうどそのときだった。どうせ女将《パドローナ》だろうと彼は思った。どうでもいいことでいちいちやってくるのだ。ところが、それは短パン姿のキューピッドで、彼は言いようのない喜びを得た。ジャコベは見たことのある例の封筒を差し出してきた。イザベラからの手紙で、モッタローネ山行きの路面電車《トラム》が出る広場《ピアッツァ》で二時に会いましょう、とあった。この山の頂上からはあたりの湖や山が広々と見渡せるとのこと。ご一緒にいかがです、という。

朝方の居ても立ってもいられない気分は押さえこんだものの、一時にはすでにフリーマンは約束の場所にいて、せわしなくタバコを吸っていた。イザベラの姿が見えると彼にとっては太陽が現れたにも等しかったが、歩いてくる彼女が彼と目をはっきり合わせないのがわかった（遠くにジャコベが舟を漕いで去っていくのが見えた）。無表情で、そこからは何も読み取れなかった。はじめは心配だったが、そもそも彼女の方が手紙をよこしたわけだし、島から出てくるのがよほど面倒だったのだろうか、と考えたりした。あとでちらっと「駆け落ち」なんて口に出してみて、彼女がどう反応するか確かめようと思った。しかし、何を気にかけていたにせよ、イザベラはすぐにそれを振り払ったようだった。彼に笑みをうかべて挨拶してきた。フリーマンはその口にキスをしたかったが、差し出されたのは指だった。この指に彼が白昼堂々キスをすると(パパに告げ口する奴がいたって知ったことか)、彼女は恥ずかしそうに手を引っこめた。彼女が着ていたのは――これにはびっくりしたが、どうでもいい圧力を振り払って会いに来てくれたことは評価に値する――日曜に着ていたのとまったく同じブラウスとスカートだった。彼らは十人あまりの客の乗った路面電車に乗りこみ、前方にある外の席にふたりだけで座った。この席に座れたご褒美とばかりにイザベラは手を握らせてくれた。彼はため息をついた。古い電気機関車に引っ張られる路面電車は、ゆっくり市街を抜け、山の斜面にさしかかるとさらにゆっくりになった。ふたりはほとんど二時間ほどこの電車に乗って、湖が下方へと遠ざかり山が間近に迫ってくるのを見物していた。イザベラはときおり目につくものを指し示す以外はまたおとなしく口数少なくなっていたが、フリーマンの方は彼女のペースを乱すつもりもなく、とくに自分から何をしようという気もなかったので、満ち足りた気分でいた。この旅行がずっと続いてくれればいいのにと彼は心から願った。しかし、電車はついに終点に着いた。二人は野の花が咲き乱れる原っぱを通り、頂上目指して山を登った。他の観光客の集団も彼らにつづいたが、頂上は広く、ふたりは崖の方に立った。事実上、ふたりきりだった。眼下には、うねうねとピエモンテやロンバルディアの平原が広がり、七つの湖が点在していた。それぞれが誰かの運命を映しているのか？　そして遠くには、高々と雪をかぶった壮絶なアルプスの連峰がそびえていた。すごいな、と彼はつぶやいて口ごもった。

「ここではね、みんなこう言うの」イザベラが言った。「『天から落ちてきた楽園《ウン・ペッツォ・ディ・パラディーソ・カドゥート・》の一部《ダル・チェーロ》』」

「もう一度言ってみて」フリーマンは遠くのアルプスの偉容に感動しきっていた。イザベラがモンテ・ローザからユングフラウに到るまでの山の名前を教えてくれた。それらの山々を見ていると、自分が頭一つ分背が高くなった気分になり、人をあっと言わせるような偉業を成し遂げたくなった。

「イザベラ――」フリーマンは彼女の方を向いて、結婚しよう、と言おうとした。

ところが彼女は離れたところにいて、顔色も悪かった。

雪をかぶった山々を指さしながら、彼女の手はゆったりと弓の形をなぞった。「あの尾根は――あの七つ峰は――メノラー（ユダヤ教の祭儀で用いる七本枝の燭台）に見えないかしら？」

「え、何？」フリーマンはあたりさわりのない調子で訊いた。突然、湖からあがってくる裸を彼女に見られた記憶がよみがえってきて愕然とした。アメリカの病院では割礼が規則になっているんだ、とでも言いわけしなければならない気持ちにとらわれた。でも、彼女は何も気づかなかったかもしれない。

「まるで七本の手がある燭台が、空に白い蠟燭をかざしているみたいじゃない？」

イザベラは言った。

「そうだね」

「それともあなたには、宝石で飾られたマリア様の冠みたいに見える？」

「まあ、冠かな」フリーマンは言いよどんだ。「どう見るかによるけど」

二人は山から下り、湖を目指した。路面電車は下りの方がスピードが出ていた。湖のほとりで、ジャコベがボートを漕いでくるのを待っているとき、イザベラは目に動揺を表しながら、今まで隠してきたことがあるの、と言った。フリーマンの方はプロポーズのことで頭がいっぱいだったのでいよいよ、実は好きだったの、と言われるかと思った。しかし、そのかわりに彼女は言った。「あたしの名前はデル・ドンゴじゃないの。ほんとはイザベラ・デラ・セータ。デル・ドンゴ家の人たちはもうずっと前に島からいなくなったの。あたしたちは宮殿の管理をしてるだけ。父と、弟と、あたしで。あたしたちは貧しいの」

「管理？」フリーマンはびっくりした。

「そう」

「エルネストは君の父親だというのか？」彼は声をあげた。

イザベラは頷いた。

「じゃ、お父さんに言われて別人になりすましていたのか？」

「それはあたしの発案よ。あたしが父に指図したの。あたしがアメリカに渡れればと父は思ってきた。ちゃんとした条件があればね」

「それでだましたわけか」フリーマンは苦々しく言った。思った以上に動転していた。まるで、まさに恐れていたことが起きたかのような気分だった。

イザベラは頬を赤らめ顔をそらした。「どういうことになるのかよくわからなかったの。もうちょっとあなたのことがわかるまで、ここにいてもらいたかった」

「どうしてはっきりそう言わなかったんだ？」

「はじめは本気じゃなかったのかも。それで、あなたが言って欲しそうなことばかり言ったの。でも、いて欲しいと思ったのはほんとよ。しばらくすれば、あなたのことがもっとよくわかると思った」

「よくわかるって、どういうこと？」

「わからない」イザベラは彼と目を合わそうとしてから、うつむいた。

「僕は何も隠してない」フリーマンは言った。もっと言いたいこともあったが、やめておこうと思った。

「それが怖かった」

ジャコベがボートを漕いできて、イザベラが乗れるように留めた。二人はまさにうりふたつだった。いかにもイタリア人らしい浅黒い顔。その目には中世が映し出されているようだ。イザベラが乗りこむと、ジャコベがオール一本でボートを押し出した。イザベラが遠くから手を振っている。

宿に戻ったフリーマンは気持ちが乱れに乱れていた。悔やまれることもあった――

夢うつつに考えたのは、彼女のブラウスやスカートがぼろぼろだったのにどうして気づかなかったのか、ということだ。ちゃんと見るべきだった。何より辛かったのはそういうことだった。おとぎ話の世界を勝手に妄想して、自分はつくづく馬鹿だと思った。フリーマンがイタリアの貴族と恋に落ちる、なんて。ヴェニスかフィレンツェに行こうかとも思ったが、彼女に対する愛で胸が痛んだ。それにもともとは、純粋に結婚相手を見つけたかっただけなのだ。もしそういう希望が純粋なものでなくなったのだとしたら、それは彼自身の責任だ。一時間ほど部屋にこもり、どうしようもない孤独感に苦しんでからフリーマンは、どうしても彼女と結婚したいと思った。彼女を失うわけにはいかない。伯爵夫人だと思っていたのが、実は管理人だったからといって何だというのだ。彼女は生まれながらの女王だ。デル・ドンゴだろうとそうでなかろうと関係ない。彼女は彼に嘘をついていたけれど、彼だって彼女に嘘をついた。おあいこじゃないか。そう思うと楽になった。やっともやもやが晴れて、事を進めるのも簡単になった。

フリーマンは波止場に駆け下りていった。太陽は沈み、ボート係の者たちもいない。家に帰ってスパゲティでも食べているのだろう。彼はボートを借り出し、支払いは明日することにしようと考えた。すると、誰かがベンチに座っている——エルネストだった。分厚い冬物の帽子をかぶり、葉巻を吸っている。ステッキの握りに両手の手首をかけ、あごをもたせていた。

「ボート、乗る?」エルネストの口調にはとげはなかった。

「ぜひ、お願いするよ。イザベラに言われて来たのか?」

「いや」

きっと彼女が落ちこんでいるのを見て、来たんだろう、とフリーマンは思った。泣いていたのかもしれない。立派な父親じゃないか。こんな格好してるけど、困ったときには魔法使いみたいにたよりになる。かわいい娘のためには、杖のひと振りでさっとフリーマンを出現させてくれる。

「乗りな」

「僕が漕ぐよ」フリーマンが言った。ほとんど「お父さん」と言いそうになったが、やめておいた。まるでフリーマンのそんな浮ついた調子を見て取ったかのように、エルネストは少し悲しげな笑みを浮かべたが、ボートの前方に腰をおろし、くつろいでフリーマンの漕ぐのに身を任せた。

湖の中ほどまできたところで、まわりの山々がかすかな残照に照らされているのを見ながらフリーマンは、アルプスが「メノラー」に喩えられたことを思い出した。イザベラはどこであんな言葉を覚えたのだろう、と訝《いぶか》ったが、きっと本か写真だろう、と思い直した。ただ、それはともかくとして、この問題には今晩きっちり片をつけねばならないと思った。

ボートが波止場につくと、淡い色の月がのぼった。エルネストはボートを結《ゆ》わえ、フリーマンに懐中電灯をわたした。

「庭にいるよお」エルネストはくたびれた様子で言い、ステッキを向けた。

「待たなくていいから」フリーマンは湖のほとりにある庭へと急ぎ足で向かった。木々の根っこが老人の白い髭みたいに湖面に垂れ下がっている。懐中電灯は役に立たなかったが、月明かりと記憶とで十分だった。ああ、あのイザベラが月光に照らされた石像に囲まれ、低い壁のところに立っている。鹿や虎、一角獣、詩人、画家、笛吹く羊飼い、いたずらな羊飼いの女、みんな湖面にたゆたう光を見つめている。

イザベラは白い服を着ていた。これから花嫁になろうとする人の姿だ。きっとウェディングドレスを仕立て直したものなのだ。誰かからのお下がりだったとしてもおかしくはない。この貧乏な国じゃ、そうやって洋服を使い回すから。彼女にすてきな洋服をひとそろい買い与えてやるのはさぞ楽しいことだろうと彼は思った。

イザベラは身動きしなかった。背中をこちらに向けたままである。ただ、胸が呼吸で上下しているのがわかった。こんばんは、と彼が言って麦わら帽子を取ると、彼女はこちらを振り向いてやさしい笑顔を見せた。フリーマンはそっと彼女の唇にキスをした。避けようとはしない。彼女の方からもしてきた。

「さよなら」イザベラはささやいた。

「さよならって、誰にだい?」フリーマンは愛情たっぷりに笑ってみせた。「君と結婚しようと思って来たんだよ」

イザベラがフリーマンを見つめる目は濡れたように光っている。ところがそこへやわらかい、しかし、いつか来ることのわかっていた恐ろしい轟《とどろ》きがきた。「あなたはユダヤ人なの?」

「どうして嘘をつく必要がある」彼は思った。彼女はもう手に入れたも同然だ。しかし、そのときになって、最後の最後で彼女を失う恐怖が彼を襲った。それで、頭の皮がぴりぴりしたけど、彼は言った。「いったい何度違うと言えばいいんだ?　どうしてそんなつまらないことを訊きつづけるんだ?」

「だって、あなたがユダヤ人だったらいいなと思ったから」彼女はゆっくり下着のボタンを外していった。フリーマンは胸を高鳴らせたが、どうして彼女がそんなことをするのかまったくわからなかった。彼女が胸をさらすと——彼はその美しさに涙を流しそうになったが(そういえば前にもそれを見せようとしてくれたけど、あのときは筏にたどり着くのが遅すぎた)——何たることか、そのやわらかく傷つきそうな皮膚に、ゆがんだ数字の列が青く刻まれていた。

「ブーヘンヴァルト」イザベラが言った。「まだ小さかった。ファシストたちがあたしたちをそこの強制収容所に送ったの。ナチの指示よ」

フリーマンは声をあげた。残忍さに憤激し、冒瀆ぶりに唖然とした。

「あなたとは結婚できない。あたしたちはユダヤ人なの。過去はあたしにとって重い意味を持ってるの。酷い目に遭ったからこそ、ぜったいに失いたくないものがある」

「ユダヤ人」フリーマンはつぶやいた。「……君が?　だって、ああ、どうして黙っていたんだ?」

「あなたが聞きたくないことを耳に入れたくはなかったの。ひょっとしたらあなたもなんて一時は……そう願ったけど、違った」

「イザベラ――」彼はとぎれがちの声をあげた。「聞いてくれ――僕は――」

フリーマンはイザベラの胸を求めて手を伸ばした。それをつかみ、キスし、吸うために。しかし彼女は石像の中に紛れ、彼が湖から立ちのぼる霞の中をその名を呼びながらいくら探しまわっても、抱きしめることのできたのは月光に照らされた石だけだった。

ある夏の読書

下町に住むジョージ・ストヤノヴィッチは、十六歳のときにふとしたはずみで嫌になって学校をやめてしまい、その後は職探しのときに高校を卒業したのかと訊かれるたび、「してない」と言わねばならないのが苦痛だったが、それでも学校に戻りはしなかった。この夏は世間でも仕事がなくて、ジョージも職が見つからない。暇だったので夏期学校でも行こうかとも思ったが、自分よりずっと年下の連中と机をならべることになる。夜学に入ることも考えたが、教師にあれこれ命ぜられるかと思うとうんざりした。かつて教師たちは自分のことを一人前の人間として扱おうとしなかったのだ。こうして彼は表にも出ず、一日中部屋にこもるようになった。もう二十歳近くで近所の女の子とも付き合いたかったが、金はなく、ときにわずかばかりの小遣いが手に入るだけだった。何しろ父親は稼ぎが少なかったし、顔立ちが彼と似た二十三歳になるひょろっと背の高い姉のソフィーも収入はわずかで、自分のことに使ったらそれで終わりだった。母はすでに亡くなっており、家事はソフィーがやっていた。

父親は早朝に起きて魚市場に出かける。ソフィーは八時に起きて、はるばるブロンクスのカフェテリアまで地下鉄で通っていた。ジョージは自分でコーヒーを入れて、あとは家でごろごろしている。そこは肉屋の上にある五部屋つづきの〝鉄道長屋〟（列車のように部屋がつらなっていることから）だったが、ジョージは気分がくさくさすると掃除をするのだった。濡れモップで床を拭き、物を片付ける。だが、ほとんどは自分の部屋にこもっていた。午後になるとラジオの野球中継を聞く。それから、かなり前に買った旧版の「ワールド・アルマナック」（米国の年鑑）やカフェテリアのテーブルに置いてあった雑誌や新聞をソフィーが持って帰ってきたのをめくったりする。それらはだいたいは映画俳優やスポーツ選手の写真が載ったような雑誌だったが、「ニュース紙」や「ミラー紙」のような新聞もあった。ソフィーという人は手当たり次第何でも読むのである。ときにちゃんとした本を読むこともあったが。

　あるときソフィーはジョージに、部屋で一日中何をしているのかと訊いたことがある。いろいろなものを読んでいるのだとジョージは言った。

「あたしが持って帰るもの以外はどんなもの？　まともな本も読んでる？」

「まあね」ジョージはそう答えたが、実際には読んでなどいなかった。一、二冊ソフィーの本を手に取ったことがあったが、気が乗らなかった。どうも近頃は作り話は読む気がしない。苛々するだけだった。趣味でもあればとも思った。小さい頃は工作が得意だったが、この年になるとそんなことをする場もなかった。昼間に散歩に行くこともあったが、だいたいは暑い太陽が沈んで、外が涼しくなってから出かけた。

夜、夕飯を済ませてからジョージは家を出て近所を歩き回った。蒸し暑い時期はあちこちの店で主人と奥さんとが、店先の分厚い舗装がデコボコになった歩道に椅子を出し、自分で扇ぎながら涼んでいたりする。ジョージはそういう人たちや、駄菓子屋の角にたむろする連中のわきを通り過ぎていった。中には以前から見たことのある顔もあるが、お互い知り合いというわけではない。とくに行く当てもないが、だいたい最後に目指すところは決まっている。近所から離れて何ブロックか行くと、薄暗い小さな公園があった。ベンチと木と鉄柵があってどことなく落ち着くのだ。彼はここでベンチに腰をおろし、鉄柵の内で木が葉を茂らせ、花が咲いているのを見ながら、自分の人生どうにかならないものかと思いにふけるのだった。学校をやめてから自分がやった仕事を思い浮かべる――配達、倉庫番、使い走り、最近は工場でも働いた――どれもおもしろくなかった。いつの日かいい仕事について、街路樹を植えた町で門のある一戸建ての家に住みたい。いろんなものを買えるだけの現金も欲しい、女の子とも付き合いたい、そうすればこんな寂しい思いをすることはないのだ、とくに土曜の夜に。みんなに好かれたいし、尊敬もされたかった。こんな思いがジョージの頭をよぎることはしばしばだったが、たいてい夜ひとりになってからなのである。真夜中頃に彼は立ち上がって、暑苦しい無粋な界隈に力ない足取りで戻っていく。

あるとき、ジョージは散歩の途中でカッタンザーラさん（イタリア系の名前）が遅くに仕事から帰ってくるところに出くわした。酔っぱらっているのかと思ったが、そうではなさそうだった。がっしりした体格で頭の禿《は》げ上がったカッタンザーラさんは、ＩＲＴ線（ニューヨーク市の地下鉄の三系統のうちのひとつ）の駅の窓口で働いていた。ジョージの家の隣のブロックにある、靴直し屋の上に家があった。暑い時期は夜になるとアンダーシャツ姿でポーチに腰掛け、靴直し屋の窓からこぼれる光で「ニューヨーク・タイムズ紙」を読んでいる。はじめから最後のページまで隈無《くまな》く読んでから床につくのである。彼がそうして新聞を読んでいる間、太って色白の奥さんは窓枠から身を乗り出し、太い白い腕を垂れさがった胸の下で組んで窓枠に載せ、通りに目をやっている。

ときどきカッタンザーラさんは酔って帰ってきたが、静かな酔い方だった。騒ぎを起こすこともなく、単に道を歩くのがぎこちなくなって、玄関へと階段を上る足取りがゆっくりになる程度である。酔ってはいてもいつもと変わるところはない。無口になって、歩き方がぎくしゃくし、目が潤《うる》むだけだった。ジョージはカッタンザーラさんが好きだった。小さい頃、レモンアイスを買う金をくれたことがあったからだ。カッタンザーラさんは近所の連中とはちがった。訊いてくるのもみなと違うことだったし、どの新聞に何が書いてあるかもぜんぶ知っているようだった。太った病気の奥さんが窓から外を見ている間に、彼はあらゆる新聞を読んでしまうのだ。

「この夏はどうしてるんだ、ジョージ?」カッタンザーラさんが訊いた。「夜になると歩き回ってるな」

ジョージは戸惑った。「歩くのが好きなんですよ」

「昼間は何してるんだ?」

「今はとくに何も。仕事を探してるんです」働いてないと言わざるをえなくて惨めな気分になったので、ジョージは付け加えた、「家にいるけど――勉強のためにたくさん本を読んでます」

カッタンザーラさんは興味を示した。ほてった顔を赤いハンカチでぬぐう。

「何、読むんだい?」

ジョージはたじろいだが、それから言った。「図書館の本のリストを手に入れたんです。この夏はそれを読もうと思って」こんなことを言うのは変で、少し嫌な気持ちにもなったが、とにかくカッタンザーラさんにいいところを見せたかったのだ。

「何冊くらいのリストだい?」

「数えたことないけど。百冊くらいはありますよ」

カッタンザーラさんはひゅっと口笛をならした。

「それを読んだら」ジョージは熱をこめて言った。「すごく勉強になると思いますよ。学校でする勉強のことじゃないですよ。学校で習うのとは別のことを知りたいんです。わかりますか」

カッタンザーラさんは頷いた。「そうは言っても、ひと夏に百冊はたいへんだろ」

「夏だけじゃ終わらないかも」

「何冊か読み終わったら、それをネタに二人でいろいろしゃべってもいいな」カッタンザーラさんは言った。

「終わったらね」ジョージが言った。

カッタンザーラさんは家路につき、ジョージは散歩をつづけた。こんなことがあってからも、ジョージはやらなくちゃとは思うものの、結局いつもと違うことは何もできなかった。夜になると散歩し、結局あの小さな公園までやってくるだけだ。ところがある晩、隣のブロックの靴職人がジョージを呼び止めて、がんばってるな、と言った。どうやらカッタンザーラさんが、ジョージの読んでいる本のことを言ったみたいだった。靴職人から話は界隈に広まったようで、直接話しかける人はいなかったものの、何人かがジョージにやさしく微笑みかけてきたりした。ジョージは前より居心地がよくなってこの界隈も好きになったが、永遠に住みたいと思うほどではなかった。ここの人たちが嫌だと思ったことはなかったが、だからと言ってそれほど好きだったわけでもないのである。そういう地区なのだ。驚いたことに、父親とソフィーも彼の読書のことを知っているのがわかった。父親は照れくさいのか何も言わない――もともと口数の少ない人だった――が、ソフィーは前よりやさしくなり、ジョージのことを誇りにしているのが何となく伝わってきた。

夏の間、ジョージは何をするにも上機嫌だった。ソフィーのためにも家の掃除は毎日したし、野球の試合をラジオで聞くのも前より楽しく感じた。ソフィーは毎週一ドルの小遣いをくれる。それだけではまだ十分でなく、ジョージも倹約しなくてはならなかったが、不定期に二ドル渡されたりするよりはずっとよかった。この金のおかげで——だいたいはタバコを買ったが、ときにはビールや映画にも使った——いい思いができた。楽しみ方さえわかれば、人生捨てたものじゃない。ときに彼は新聞売場でペーパーバックを買うこともあったが、読むところまではいかなかった。部屋に二、三冊そうした本があるのは悪いもんじゃないと思っていただけだった。ただソフィーの持って帰る新聞や雑誌は隅々まで読むのである。そして夜こそが楽しかった。商店の連中が表に出て腰掛けているのを通り過ぎるたびに、自分が尊敬のまなざしで見つめられているのがわかるのだった。彼は背筋を伸ばし、何も言わなかったし、向こうからも何も言われなかったものの、一目置かれているのがよくわかるのだった。ときにはあまりに気分がよくて、最後の公園をなしで済ますこともあるほどだった。とにかく近所を歩き回った。子供の頃、パンチボール（ゴムボールを使う野球に似たゲーム）をやるというと彼も必ず加わっていたものだが、この辺の人はみんなその頃から彼のことを知っているのだった。あたりをぶらぶらしてから家に戻り、着替えて床につく。いい気分だった。

この数週間カッタンザーラさんと話したのは一度きりだった。本のこともう話題に出ず、何を訊かれるわけでもなかったのだが、この沈黙がかえってジョージを不安にした。しばらくはジョージがカッタンザーラさんの家の前を通り過ぎることもなかったが、ある晩のこと、迂闊にもいつもとは違うルートでそこに至ってしまった。すでに真夜中すぎだった。もう通りにはひとりふたりの人影が見えるばかりだったので、カッタンザーラさんが街灯のもとでまだ新聞を読んでいてジョージはびっくりした。思わずそのポーチで立ち止まって話しかけようとした。何を言えばいいかわからない。話し始めれば自然と言葉は出てくるかもしれないが。でも考えれば考えるほどそんなことは無理なような気もしてきて、やめようと思った。回り道をして家に向かおうかとも考えたが、すでにあまりにカッタンザーラさんの近くまで来ていたから、走り出したら見られてしまうかもしれない。そうしたら変に思うだろう。そこでジョージは人目につかないように道をわたり、まるで通りの向こうの店のショーウインドウを覗こうとするかのように振る舞った。実際にショーウインドウに目をやってそのまま歩いていったのだが、嫌な気持ちになった。カッタンザーラさんがいつ新聞から目をあげて、道の反対側で自分がこそこそしていることをとがめないかとひやひやしたが、彼はただ座っているだけだった。シャツに汗がにじみ、「ニューヨーク・タイムズ紙」

を読む頭が弱い灯りに光っていた。階上では妻が窓から身を乗り出し、まるで主人と一緒に新聞を読もうとするかのようだった。ジョージは奥さんが自分を見つけてカッタンザーラさんに大声でいいつけるのではないかとも恐れたが、彼女は主人から目を離すことはなかった。

ジョージはペーパーバックを何冊か読むまではカッタンザーラさんを避けようと思っていたが、読み始めてみるとそれらはみな物語の本ばかりで興味がなくなってしまい、読み終える気にもならなかった。ソフィーの持ってくる雑誌や新聞も読まなくなった。ソフィーはそれらがジョージの部屋の椅子に積み上がっているのを見ると、どうして読まないのかと訊いてきたが、他に読むものがたくさんあるから、と彼は答えた。ソフィーも、そうじゃないかと思った、と言った。こうしてジョージは一日中ラジオをつけ、人間の声を聞くのにくたびれると音楽を聴いたりした。彼は家の中はそこそこきれいにしてあったので、掃除をしない日があってもソフィーは別に文句を言ったりはしなかった。彼女は前のように彼にはやさしくて小遣いもくれたが、ジョージはもういい気分にはひたることができなかった。

しかし、そのわりには彼は快調だったとも言える。夜、散歩に出ると、昼の間気が塞《ふさ》いでいても持ち直すことができた。そしてある夜、ジョージは道でカッタンザーラさんが向こうからやってくるのを目にした。ジョージはきびすを返して逃げようとしたが、その歩き方からカッタンザーラさんが酔っているのがわかった。もし酔っているなら、自分のことなど気にとめないかもしれない。そこでジョージはまっすぐ歩き続けついにカッタンザーラさんの間近まで来た。いつ空にぴょんと跳ね上がってしまってもおかしくないくらい緊張のねじは巻かれていたが、果たしてカッタンザーラさんは何も言わずに通り過ぎた。ゆっくりした歩み。顔も身体もぎくしゃくしている。やっぱり、とジョージは思った。そして助かったとばかりに大きく安心の溜め息を吐いたが、そのとき自分の名前が呼ばれた。ふと見るとカッタンザーラさんがすぐそこに立っている。まるでビア樽の内側みたいな匂いがした。こちらを見つめる目つきは悲しげで、ジョージはいたたまれない気分になった。いっそのこと、この酔っぱらいを突き飛ばして先を急ぎたいとも思った。

しかし、カッタンザーラさんに対してそんな態度をとることはできなかった。それにカッタンザーラさんはポケットから五セント硬貨を一枚取り出して渡してきたのである。

「これでレモンアイスでも買え、ジョージ」

「僕はもうそんな年じゃないですよ、カッタンザーラさん」ジョージは言った。「もう大きくなったんです」

「んなことないさ」カッタンザーラさんにそう言われてしまうと、ジョージとしても返す言葉がなかった。

「本の方はどうなった?」カッタンザーラさんが訊いた。まっすぐ立とうとしても、いくらか身体が揺れている。

「うまくいってるんじゃないですか」言いながら、ジョージは顔が赤らむのを感じていた。

「わからないのかい?」彼はいやな笑い方をした。彼のそんな顔を見るのははじめてだった。

「わかってますよ。うまくいってます」

カッタンザーラさんの頭は小さな弧を描いて揺れていたが、視線は揺るがなかった。彼の小さな青い目は、長く見つめすぎるとこちらの目が痛くなるようなものだった。

「ジョージ」彼が言った。「リストの本で、夏の間に読んだのを一冊でいいからあげてみな、そうしたら乾杯してやる」

「乾杯なんかしてほしくありませんよ」

「一冊あげてみろ。そうしたら質問するから。もしいい本なら、オレが自分で読みたいと思うかもしれないじゃないか」

表向きは体裁を保っているはずだったが、内側はぼろぼろだった。

答えようがなくて彼は目を閉じたが、その目を開けると――何年もの月日がたったように感じられたのだが――カッタンザーラさんはこちらに情けをかけて、いなくなっていた。ただ、耳には彼が立ち去り際に残した言葉がまだ残っていた。「ジョージ、オレみたいになるなよ」

次の晩、ジョージは恐くて自分の部屋から出ることができなかった。ソフィーは文句を言ってきたが、ジョージは扉を開けようとしなかった。

「何してるのよ」彼女が訊いた。

「別に」

「本、読んでるんじゃないの?」

「読んでない」

彼女はしばらく黙っていてから、訊いた。「読んだ本はどこにあるの？　部屋に本なんかないじゃない。安っぽいくだらないのが何冊かあるだけで」

ジョージは答えなかった。

「そんなことなら、あたしが一生懸命稼いだお金で小遣いなんかあげないわよ。あんたのためにあくせく働く気になんかならないわ。出てきなさいよ、怠け者。仕事を見つけなさい」

彼はほとんど一週間部屋にこもりっぱなしで、誰も家にいないときをみはからって台所に忍び込むくらいだった。ソフィーははじめは彼のことを罵《ののし》り、それからお願いだから出てきてと言った。年老いた父は涙を流した。しかし、ジョージは屈しなかった。天気は最悪で、彼の部屋は蒸し風呂状態だった。呼吸さえも苦しい。一息一息が、まるで肺に炎を吸い込むような仕業となった。

ある晩、彼はもう暑さに耐えられなくなって、夜中の一時に通りに飛び出した。幽霊のようだった。誰にも見られずに公園まで行こうと思ったのだ。ところがあたりには人があふれていて、みんなくたびれて力なく、涼しい風をもとめていた。ジョージは面目ないとばかりにうつむいたまま彼らから離れていった。ところがまもなくわかったのは、彼らがまだ彼にやさしく接してくれるということだった。きっとカッタンザーラさんはあのことを言っていないのだ。酔っ払って翌朝目覚めたときには、ジョージと出くわしたことも忘れていたのかもしれない。少しずつ自信が戻ってきた。

その晩、街角である人が話しかけてきて、ほんとにそんなにたくさんの本を読んだのかと訊いた。そうだ、とジョージは言った。この年でそれほどの本を読んだのはすごいことだと男は言った。

「そうだね」ジョージは言ったが、気持ちは軽かった。もう誰も本のことなど言わなければいいと思った。そして二、三日して偶然カッタンザーラさんに会ったとき、彼の方は本のことは何も言わなかった。考えてみれば自分がたくさんの本を読んだなどとみんなに言いふらしたのはそもそもカッタンザーラさんじゃないかという思いもジョージにはあった。

ある秋の日、ジョージは家を飛び出して図書館に行った。もう何年も来たことのない場所だった。どこに目をやっても、あたり一面、本だらけだった。心が震えなかなかとまらないが、ともかく百冊の本はある。そうして彼は腰をおろし、読み始めたのだった。

請求書

川からそう離れていないわりに、その通りはいかにも陸に埋没した風情で建物が密集し、古い煉瓦造りの安アパートが曲がりくねった道沿いに立ち並んでいた。子供が空に球を放りあげれば、うすい色の空くらいは見える程度。ウィリィ・シュレーゲルが管理人をしている黒ずんだアパートが角にあり、反対側には、似たようなアパートがもう一軒あって、そこに、このあたりでただひとつの商店があった。石の階段を五段ほど下りていった先の、パネッサ夫妻の経営する狭くて陽のあたらない食材店《デリカテッセン》である。まさに壁の穴だった。

パネッサ夫人が管理人の妻シュレーゲル夫人に言ったところによると、二人の娘たちに頼るのがいやで、なけなしのお金をはたいてこの店を買ったとのこと。シュレーゲル夫人の察したところではどうやら娘たちの結婚相手はいずれも自分勝手らしく、そのせいで彼女たちもすっかり性格がゆがんでしまったという。彼女たちを一切あてにしないために、パネッサは工場の仕事を退職した後、三千ドルあった預金を引き出してこの小さな食材店を買ったのである。シュレーゲル夫人がそこをしげしげと眺めて——道をはさんだ向かいの建物で夫とずっと管理人をしてきたのだからよく知っている店だったとはいえ——あらためて「どうしてこの店にしたの？」と訊くと、パネッサ夫人は屈託なく、手頃な大きさで手間がかからなくていいかと思ったと答えるのだった。パネッサは六十三になる。金儲けをしようというのではなく、ただ、そここそ働いて暮らしていければそれでいい。決断する前にさんざん話し合い、ここなら少なくとも生活費くらいは稼げるだろうということになった。彼女がエタ・シュレーゲルの痩せた目を見つめると、エタは、そうね、と言った。

エタはウィリィに、ユダヤ人商店を買い取って向かいに越してきた夫婦のことを話した。たまにはあそこでも買い物するようにしましょう、と言う。もちろんふだんの買い物はセルフサービスの店ですませるが、ちょっと買い忘れたものがあったりしたら、パネッサのところに行けばいい、というようなことだった。ウィリィはその通りにした。ウィリィは背が高くがっしりした体格で、大きな顔には、冬の間石炭や石炭殻をかき回しているせいで黒い筋が刻みこまれていた。頭にしても、ゴミの缶を清掃トラックの回収に備えて並べるときに巻き上げられる埃のせいで、白髪交じりに見えることがあった。いつもつなぎを着て――年がら年中仕事だとウィリィはこぼしていた――道のあっちからこっちへ、階段の下へと、細かいことで駆けずりまわっていた。そして、パイプに火をつけて一服してはパネッサ夫人と立ち話にふける。その間中、小柄で腰の曲がった、時折思い出したように笑みを浮かべるパネッサの方は、カウンターの向こうで待っていて、ひとしきり話をしたウィリィが、そうだな、と十セント程度のものをいくつか注文するのを待っているのである。そんな買い物も、ぜんぶ合わせて五十セントを超えることはなかった。それからある日のこと、ウィリィは住人がいつも彼をせき立てて仕事をさせること、冷酷でしみったれた家主が自分に何やかやとこの小汚い五階建ての牢獄みたいな建物の用をいいつけることなどについて散々文句を言った。あまりに話に夢中になったせいで、いつの間にか勘定は三ドルにまでなっていた。持ち合わせは五十セントしかない。ウィリィは叱られた犬のようになったが、パネッサは咳払いをしてから、いいよ、と甲高い声で言った。残りは都合の良いときに払ってくれれば、と。何事も信用だからね、という。商売にしてもそれ以外のものにしても。だって信用の根幹にあるのは、誰もが人間だということなのだ。人間というものは相手を信用し、その相手がこんどはこちらを信用してくれる。こんなことを商店の店主が言うのを聞くのははじめてだったので、ウィリィはびっくりした。二、三日してから彼は残りの二ドル五十セントを払ったが、いつでもつけにしてやるよとパネッサが言うと、パイプに火をつけて一息吸いこんでから、あれもこれもと買い始めた。

二つの袋に一杯のものを抱えてウィリィが帰ってくると、エタはいったいどうしたのよ、と声を荒げた。ウィリィは、ぜんぶつけで買ったから、現金は使ってないのだと言った。

「でもいつかは払わなきゃならないでしょ?」エタは激しい口調で言った。「セルフサービスの店よりも、ずっと高いのよ」それからいつもの台詞を言う。「あたしたちは貧乏なんだから。贅沢できないのよ」

たしかにその通りだとウィリィも思ったが、こんなに叱られたのに、通りを渡っていってはつけで買い物をした。あるときなどは、ズボンのポケットにしわくちゃの十ドル札が入っていて、買い物の金額が四ドルにもならないということもあったのだが、現金では払わず、パネッサに言って勘定帳に記入してもらい後払いにした。エタはウィリィが現金を持っていることを知っていたので、つけで買ったと聞くと、気色ばんだ。

「どうしてそんなことするの？　お金があるなら払えばいいじゃない？」

ウィリィはそれには答えず、しばらく間をおいてから、ときにはほかに買わなきゃならないものもあるんだ、と言った。ボイラー室から包みを持ってくると、ほどいてみせた。ビーズのついた黒いドレスだった。

エタはドレスを手にして涙を流したが、ウィリィが何か買ってくれるのはやましいことがあるときだけだから、ぜったいにこの服は着ないよ、と言った。このことがあってから、エタは日常品の買い物はウィリィにぜんぶ任せ、彼が後払いで買ったときにも文句を言わなかった。


ウィリィはパネッサの店で買い物をし続けた。パネッサ夫妻は彼が来るのを待ちかまえているかのようだった。二人は店の上階にある、小さな部屋三つからなる家に住んでいたから、ウィリィが来るのが窓から見えると、パネッサ夫人が店に駆け下りていくのだった。ウィリィは地下からあがってきて道をわたり、食材店《デリカテッセン》への石段をおりていく。ドアを開けるときにはぬっと大きく見える。買い物は少なくとも二ドル、ときには五ドルにまでなることもあった。パネッサ夫人は二重にした底の深い袋にすべてを詰めてやるのだが、その前にまずパネッサがすべての商品を数え上げながら、ルーズリーフ式の帳面に汚い黒の鉛筆で値段を書いていく。ウィリィがやってくると、パネッサはその帳面を開け、指先をなめて帳面の白紙のページをめくっていく。ウィリィの記録は中ほどにあるのだった。品物が詰められ袋のひもが結ばれるとパネッサは値段を足していき、それぞれの数字を鉛筆で押さえていく。足し算をするたびに小さく声をあげ、パネッサ夫人がそれを上から覗きながら数字を追うのである。最後にパネッサが合計を書きつけ、更新された合計額の下には二重線で印がつけられ(ここでパネッサはウィリィの顔に目をやって、ちゃんと見ているか確かめるのだが)、帳面は閉じられる。ウィリィは火をつけていないパイプを口の端にくわえ、帳面がカウンターの下にしまわれるまでそこを動かない。それから腰をあげると品物の包みを抱え——道の向こうまで運びましょうかと言われるのだが、いつも、いいよ、と断るのが習いだ——店から出て行く。

ある日、ツケの合計が八十三ドルと数セントになると、パネッサは頭をあげて笑みを浮かべ、ウィリィにそろそろ請求額の一部でも払ってもらえますか、と言った。その翌日からウィリィはパネッサの店で買い物するのをぴたりとやめ、それ以降はエタが編みあげバッグをさげて、前のようにセルフサービスの店に行くようになった。二人とも、たとえプラムの一ポンド、塩のひと箱を買い忘れたときでさえ、道をわたることはなかった。

エタは、セルフサービスの店で買い物した後は、少しでもパネッサの店から身を遠ざけようとするかのように、通りのこちら側の壁にへばりつかんばかりにして帰ってくる。

しばらくしてから彼女はウィリィに、少しは払ったのかと訊いた。

まだだとウィリィは言った。

「いつ払うの？」

わからない、とウィリィ。

ひと月がたち、エタは近所でパネッサ夫人と出くわした。夫人は表情に影こそあったものの請求書のことは何も言わなかったが、エタは家に帰ってくるとウィリィに注意した。

「うるさいな」ウィリィは言った。「忙しいんだよ」

「何が忙しいのよ、ウィリィ」

「住んでる奴らも、家主もみんな世話がやける」そう声をあげて、ドアをピシャッと閉めて出て行った。

戻ってくるとウィリィは言った。「金なんかないじゃないか？　日々かつがつ生きてる貧乏人なんだよ、オレは」

食卓に腰掛けていたエタは腕を投げ出し、つっぷして泣き出した。

「どうやって払えって言うんだよ？」彼は怒鳴った。顔は暗く輝き、絶望に引きつっていた。「骨から肉をはぎ取って払えって言うのか？　目に吹きこんできた灰でか。オレが掃除させられてる床のしょんべんでか。寝るときに肺でひゅうひゅういう寒々しさでか」

パネッサにも、その妻にも、ウィリィは激しい憎しみを覚えていた。あいつらは大嫌いだからぜったい払わない。とくにあのカウンターの向こうにいる野郎は許せない。こんどあいつがあのうっとうしい目で笑いかけてきやがったら、ぶん投げて曲がった背骨をへし折ってやる、と言った。

その晩、彼は出かけていってひどく酔っぱらい、朝までどぶに転がっていた。彼がどろどろの服と、真っ赤に充血した目で家に戻ると、エタは彼に対し、四歳のときにジフテリアで死んだ息子の写真を差し出した。ウィリィは涙をぽろぽろこぼし、もうぜったい酒は飲まないと誓った。

毎朝、石炭殻の缶をならべるときに、ウィリィは通りの向こうを見据えることができなかった。

「信用する、だと」彼はパネッサの口調を真似てみた。「信用する、だと」

景気が悪くなった。家主は暖房のカットを伝えてきた。お湯もカット。ウィリィの経費と給料もカットされた。住人は怒った。一日中彼らはハエの大群のようにとりついてウィリィに文句を言ってくる。ウィリィはすべて家主の命令だと答えた。そのうちに住人たちはウィリィを罵《ののし》るようになり、ウィリィは住人たちを罵った。住人たちは健康増進委員会に連絡したが、やってきた検査官はこの温度なら法律違反ではないと言った。ただし、建物は隙間風がひどい、と。それでも住人たちは寒くてしようがないと文句を言い、朝に晩にウィリィを責めた。ウィリィは寒いのはオレだって一緒だと言い返した。オレだって凍えそうなんだと言った。しかし、誰も彼の言うことは信じない。

ある日のこと、清掃車に回収してもらうために石炭殻の缶を四つならべながらウィリィが顔を上げると、パネッサ夫妻が店の中からこちらを見ているのがわかった。二人は入り口のガラス張りのドアを通してこちらを睨んでおり、その姿に彼の視界が最初は曇ってしまった。まるで痩せて羽根を失いつつある二羽の鳥のように見える。

ウィリィはスパナを借りに別の管理人のところまで通りを歩いていったが、帰ってきてみるとこんどは二人が、木の床から生える、葉を落とした二本の痩せ細った灌木のようにも見えた。木の向こうには、からっぽの商品棚があった。

春になり、歩道の隙間から草が芽吹いてくると、彼はエタに「全部払えるようになるまで待ってるだけなんだ」と言った。

「全部って、どうやって?」

「節約して貯めればいい」

「どうやって?」

「一ヵ月で、どれくらい貯金してる?」

「ぜんぜん」

「へそくりがあるだろう」

「もうないわ」

「少しずつ払えばいい。ぜったい払うさ」

困ったことに金を作る方法などないのだった。ときには、いったいどうやって金を工面したらいいかを考えているうちに、先走って金を払う場面を想像してしまうことがあった。彼は札束を分厚い輪ゴムでとめ、階段をあがり、通りをわたり、例の石段を五つおりて店に入っていくのだ。パネッサにはこう言う。「さあ、どうぞ。爺さん、あんた、俺が払うわけないと思ってただろう。みんなそう思ってた。俺自身だって、ときにはそう思うこともあった。でも、ほら、ここに耳を揃えて輪ゴムでとめてある」その札束の重さを確かめてから、まるでチェッカーの駒を動かすように、ぴたりとカウンターの真ん中に置いた。そうすると小男とその妻とは、一枚一枚黒ずんだドル紙幣をめくりながらわあわあ騒ぐのだ。ちっぽけな束に見えてぎっしりたくさんの札が重なっていることに感激しながら。

ウィリィはこんな夢を見ていたが、決してそれを実現させることはできなかった。

何とかしようと、彼は一生懸命働いてはいた。朝早く起きて地下室から屋上に至る階段を石鹼と固いブラシで磨き上げ、それからモップがけ。階段の木製の飾りも掃除し、段に沿ってくねくねと続いていく手すりにはワックスがけをしてぴかぴかにした。玄関の郵便受けは、金属磨きとやわらかい布でつるつるにし、自分の顔が映るほどに磨く。そこに映ったウィリィのいかつい顔には、最近生やし始めた黄色い口髭《くちひげ》が驚くほどたくわえられ、頭には黄褐色のフェルト帽が乗っている。ウィリィが引っ越してきたときに、前の住人が物置一杯に残していったがらくたに混じっていた帽子である。エタも手伝って、二人で地下室と、縦横に張り巡らされた物干し綱の下の薄暗い中庭とをすっかりきれいにした。シンクだのトイレだのの具合が悪いなどという話があると、たとえ嫌な住人に言われたのであっても、飛んでいって直してやった。毎日、二人ともくたくたになるまで働いたのだ。でも、最初からわかりきっていたことだったが、それで余分な金が入るわけではなかった。

ある朝、ウィリィが郵便受けを磨いていると、自分の箱に一通の郵便が届いていた。帽子をとり、封筒を開け、手紙を光にかざしながら震える筆跡で書かれた文面を読んだ。手紙はパネッサ夫人からのものだった。通りの向こうでは、彼女の夫が病気に倒れたという。家にはまったくお金がないので、十ドルでいいから払ってもらえないか、残りは後でいいから、という内容だった。

彼は手紙をびりびりに引きちぎり、一日中地下室にこもった。表で彼のことをずっと探して見つけられなかったエタは、その晩、ボイラーの陰の、パイプの隙間に隠れたウィリィをやっと見つけた。そんなところで何をしているのかと訊いた。

ウィリィは手紙のことを告げた。

「隠れたってしょうがないでしょう」エタは力なく言った。

「じゃ、どうすればいいんだ?」

「寝たら」

ウィリィは床に着いたが、翌朝、布団から飛び出すとつなぎを着て、肩にコートを引っかけたまま家から駆け出していった。すぐそこに質屋があった。コートと引き替えに十ドルを受け取りウィリィはほっとした。

しかし、家に駆け戻ってみると、通りの向こう側には霊柩車のようなものが停まっていて、喪服を着た二人の男が、家からマツでできた小さな細い棺を運び出しているところだった。

「誰か亡くなったのかい?　子供か?」ウィリィはアパートの住人に訊いた。

「いや、パネッサって人だ」

ウィリィは言葉を失った。喉が骨と化して硬直していた。

マツの棺が何とか玄関の戸を通り抜けてくると、パネッサ夫人は悲しみに暮れ、ひとりとぼとぼと表に出てきた。ウィリィは顔を背けたが、どっちみち最近生やした口ひげと黄褐色の帽子とでパネッサ夫人には見分けがつかないだろうと思った。

「どうして亡くなったんだろう?」ウィリィはさっきの住人に小声で訊いた。

「さあねえ」

しかし、棺の後ろを歩いていたパネッサ夫人はその言葉を耳にとめた。

「老衰よ」甲高い声でパネッサ夫人は答えた。

ウィリィは何かなぐさめの言葉をかけようとしたが、舌はさながら木にぶらさがったまま腐ってしまった果物で、心も黒く塗りつぶされた窓と化していた。

パネッサ夫人は引っ越していき、はじめは仏頂面の娘と暮らし、それからもうひとりのところに移った。請求書の金額は、結局、払われなかった。

最後のモヒカン族

画家のなり損ねと自ら認めるフィデルマンは、ジオットの研究書の下調べのためにイタリアまでやってきた。研究書のはじめの章も真新しい豚革の鞄に入れ、海を越えてはるばる持ってきた。その鞄は今、彼の汗まみれの手に握られている。ゴム底の濃赤色の靴に、新品のツイードのジャケットという出で立ちだった——スーツケースには薄手のものが入っているというのに。ローマの太陽は、九月終わりでも斜めから強烈に射していた。さらにダクロンのシャツ、綿とダクロン混紡の下着セット。旅行中さっと洗うのに便利なのだ。スーツケースはやたら大きく留め具も二つついていて、これはさすがに大袈裟な気がしたが、姉のベシーからの借り物だから仕方がない。年の終わりにまだ金が残っていたら、フィレンツェで新しい物を買おうと彼は思っていた。アメリカを発つときは気分は塞《ふさ》ぎ気味だったが、ナポリに着くと元気が出てきた。そして今、彼はローマの駅の前に立ち、この永遠の都市をはじめて目にして二十分ほどたっても依然として圧倒されたまま、自分の中に精気がみなぎってくるのを感じていた。何しろ車のあふれる広場の向こうにはディオクレティアヌスの浴場の遺跡があるというのだ。そういえば前に何かの本に書いてあったが、この浴場が教会と修道院とに改装される際、ミケランジェロも加わっていたという。修道院の方はさらに美術館へと改装され今に至っている。「すごいな」フィデルマンはつぶやいた。「すごい歴史だ」

そんなふうに歴史に思いをはせている最中に、彼は突然、自分自身の姿が中から外までくっきり見えてしまうような感覚を味わった。ほろ苦い甘さがともなっていなくもない。よく見知った自分の顔が眼前に現れた。眼鏡のレンズで少し拡大された目には、どこまでも無垢な感情がのぞいていて思わずはっとした。長い鼻と震えがちの唇は繊細なもので、鼻と唇の間に伸ばし始めたばかりの口髭《くちひげ》はまるで彫刻されたように見えるとフィデルマンは思った。小柄な彼に、この口髭のおかげで威厳が備わっていた。ただ、ほとんど時をおかずに、思いがけず訪れたこの強烈な自己意識が――それは単に見かけのことだけではなかったのだが――消えてしまい、高揚感もいかにも高揚感らしくさっと失せてしまった。どうも彼が見、また感じたほとんど立体的と言ってもいい妙な自己像を出現させたのは、外にあるもののような気がしてきた。すると彼の背後、ちょっと離れた右の方に誰かがいて――骸骨にちょっと肉のついた程度の人間だ――彫りの深いエトルリア式のオオカミの銅像が石の台座の上で幼いロムルスとレムスとをあやす、そのわきをうろついているのがわかった（伝説によれば、軍神マルスの双生児ロムルスとレムスがローマを建国した）。この男はフィデルマンの方をすでに物欲しそうに見つめ、彼が（その一切合切《いっさいがっさい》まで）その目にもうかなりの間、おそらく汽車から降りてからずっと、映っていたと思わせるのだった。それとなくわからないように男に目をやると、自分と同じくらいの背丈で、その格好ときたら茶のニッカボッカーの下にのぞく痩せぎすの少し曲がった脚に、膝丈までの黒い毛糸の靴下、さらに通気孔のある先の尖った小さい靴を履いているという珍妙なものだった。黄ばんだシャツからはがりがりの胸元がのぞき、たくし上げた両の袖から毛むくじゃらの細い腕が見えた。男の秀でた額は日焼けし、小さな耳のうしろにはざっくりと黒い髪、それに短く刈り込まれた濃い色の顎髭《あごひげ》が顔を隙間なく覆っていた。わけ知り気の鼻はその突端が丸みを帯び、薄茶色の瞳がともかくくれと訴えていた。表情には慎みがあらわれているものの、元画家のフィデルマンに歩み寄るときには舌なめずりせんばかりにしていた。

「シャローム」（「平安」を意味するヘブライ語の挨拶）、彼がフィデルマンに声をかけてきた。

「シャローム」こちらも仕方なく答えた。この言葉を口にするのは――覚えている限り――生まれてはじめてだった。これはすごい、彼は思った。神の恵みだ。ローマでの最初の挨拶がよりによってたかり屋《シュノーラ》（イーディッシュ語）相手だ。男はにこやかに手を差し出してきた。「サスキンドです」と言った。「シモン・サスキンド」

「アーサー・フィデルマン」大きなスーツケースの前に立ちはだかり書類鞄を左手に持ちかえてから、フィデルマンはサスキンドと握手をした。青い制服のポーターが通りかかりフィデルマンのスーツケースに目をとめ、彼の顔を見、そして歩み去った。わざとなのかどうか、サスキンドは両の手のひらを熱心にこすり合わせていた。

「イタリア語、ハナシマスカ《パルラ・イタリアーノ》？」

「あんまり。読むのは問題ないけど。まあ、練習が足りないんだろうな」

「イーディッシュ？」

「一番得意なのは英語だ」

「じゃ、英語がよろしい」サスキンドの英語には少しイギリス訛りがあった。「ユダヤ人とわかりました」彼は言った。「見てすぐに」

フィデルマンはそのコメントについては何も言わなかった。「英語はどこでおぼえたの？」

「イスラエル」

イスラエルと聞いてフィデルマンは興味を持った。「住んでるの？」

「前に。今、違います」サスキンドはごまかすように言った。急につまらなそうな口ぶりになっていた。

「どうして？」

サスキンドは肩をすくめてみせた。「あたしみたい体弱い人間には、仕事きつすぎる。先行きもわからんです」

フィデルマンはうなずいた。

「それに砂漠の空気、どうも気が塞ぎます。ローマにいると楽しい」

「イスラエルからのユダヤ人難民というわけか」フィデルマンは冗談まじりに言った。

「あたし、いつも逃げてるです」サスキンドは陰気な口調になっていた。ローマに来て楽しいというが、どこが楽しいのかよくわからない。

「差し支えなければ、他にはどこから逃げてきたんだい？」

「そりゃ、ドイツとハンガリーとポーランドからに決まってるでしょ？　他にどこありますか？」

「ああ、それなら随分前の話だね」フィデルマンは男の髪に白いものがまじっているのに気づいた。「もう行かなきゃ」と、自分のスーツケースに手を伸ばした。ポーターがふたり、所在なげに近くをうろついている。

そこへサスキンドがうやうやしげに言ってきた。「ホテル、決まってます？」

「ちゃんと予約してあるよ」

「どれくらい滞在するです？」

知ったことか、と思ったが、フィデルマンはぐっとこらえて丁寧に応じた。「ローマに二週間。あとはフィレンツェ。シエナやアッシジ、パドヴァ、あとヴェネツィアにも行こうと思ってる」

「ローマでガイドいらないですか？」

「ガイドをしているの？」

「やれますよ」

「けっこう」フィデルマンは言った。「美術館や図書館に通いがてら、いろいろ自分で見物できるからね」

これにサスキンドが反応した。「仕事、何です？　大学教授？」

フィデルマンは思わず赤面した。「そうじゃない。ただの学生だけど」

「どこの大学？」

フィデルマンは咳払いをした。「つまり、大学に通う学生ということじゃなくて、自分で勉強してる研究者ということだよ。ほら、チェーホフの小説にトロフィーモフ（「桜の園」の登場人物）っていうのが出てくる。ああいう感じで、気の向くままに研究を続けてるんだ」

「研究課題あるですか？」サスキンドがさらに訊いてくる。「奨学金もらってる？」

「いや。お金は自分で必死に稼いだんだよ。イタリアで一年をすごすために長いこと働いて貯金した。それなりの犠牲を払ったんだ。課題ということでいうとね、画家のジオットについての本を書いてるんだ。ジオットというのはきわめて重要な画家で……」

「知ってます、ジオットくらい」サスキンドは笑みを浮かべながらフィデルマンを遮った。

「ジオットの勉強をしたことがあるの？」

「誰だって知ってるでしょ、ジオットくらい」

「なるほど」フィデルマンはそう言いながらも、密かに苛立っていた。「ジオットのことをどこで？」

「どういうこと？」

「僕はずっとジオットを研究してきたんだ」

「あたしだって、ジオットくらい知ってる」

面倒なことにならないうちにきりあげよう、とフィデルマンは思った。スーツケースを置いて、革製の小銭入れを指で探った。二人のポーターがその様子をまじまじと見つめている。一人がポケットからサンドイッチを取り出し、包んでいた新聞をはがして、食べはじめた。

「ほら、どうぞ」フィデルマンが言った。

サスキンドは目もくれないまま、その硬貨をズボンのポケットに落とした。ポーターたちがいなくなった。

サスキンドが身じろぎもせず立っているさまは独特で、まるでタバコ屋のインディアンが今にも空に飛び立っていこうとしている、というような様子に見えた（ヨーロッパにタバコをもたらしたのがアメリカ・インディアンだったことから、欧米のタバコ屋ではアメリカ・インディアンの人形などが目印として置かれてきた）。「そのスーツケースですがね」サスキンドは何気ない口調で言った。「いらないスーツ入ってるじゃないですか？　あたし、スーツがあるの、いいなと思ってるですよ」

そういうことか。フィデルマンはむかっとしたが、ぐっと我慢した。「僕が持っているのは、今着てるのの替えが一つだけだ。間違えないでくれるかな、サスキンドさん。僕は金持ちじゃない。はっきり言って、貧乏だ。新品の服を着てるからって、勘違いしないでくれるかな。姉に金を借りて買ったんだよ」

サスキンドは自分のぼろぼろで、着古したニッカボッカーを見下ろした。「あたしはもう何年、スーツなんか着たことない。ドイツから逃げるとき着てたの、もう破けてしまった。裸で歩いてたことあるよ」

「ここにはあんたを助けてくれるような福祉組織はないの？　ほら、ユダヤ人の仲間で難民を助けてくれるような」

「ユダヤ人の組織が恵んでくれるの、むこうがくれたいものですよ。あたしが必要としているものじゃない」サスキンドは苦々しそうに言った。「連中がくれるの、イスラエル行きの航空券だけです」

「いいじゃない、もらえば」

「言ったでしょ。ここの方が自由」

「自由と言ったって、程度の差でしょ」

「そんなこと、いちいち言われなくてもわかります」

それも承知の上というわけか、とフィデルマンは思った。「自由なのはいいけど」フィデルマンは訊いた。「どうやって生活してるの？」

サスキンドは咳きこんだ。激しい咳だった。

フィデルマンはもうひと言、自由について何か言いたかったが、口にはしなかった。まったく、気をつけないと一日この男の相手をすることになるな。

「もうホテルに行かなきゃ」フィデルマンは再び身をかがめてスーツケースに手を伸ばした。

サスキンドが肩に触れた。フィデルマンがうんざりしたように背を伸ばすと、さっきサスキンドにやった五十セント玉が目の前にかざされていた。

「これじゃ、二人とも損です」

「どういうことだ？」

「今日のレートは一ドルが六百二十三リラです。でも、硬貨だとそれが五百リラにしかならない」

「わかったよ。それを返せ。一ドルをやるから」フィデルマンは財布から手早くぱりっとした一ドル札を取り出し、サスキンドにやった。

「これだけ？」サスキンドは溜め息まじりに言った。

「これだけだ」フィデルマンは断固とした口調で言った。

「ディオクレティアヌスの浴場見たくない？　ローマ時代の棺があっておもしろいです。もう一ドルくれたら、案内します」

「けっこうだ」じゃあ、とフィデルマンは言ってスーツケースを持ち上げ道路端まで運んだ。ポーターがやってきた。フィデルマンはちょっとためらってから、広場を埋めた小さな濃い緑色のタクシーの列までそのポーターにスーツケースを運ばせた。ポーターは鞄も持ってやろうとしたが、フィデルマンは渡そうとしなかった。運転手にホテルの住所をつげると、タクシーは大きく傾きながら発進した。フィデルマンはやっと息をついた。サスキンドの姿が見えなくなっていることにフィデルマンは気づいた。そよ風とともに去りぬか、と彼は思った。ところがホテルに向かう途中、彼は不安になってきた。あの難民が低く身をかがめ、タクシーの後ろの小さなタイヤにしがみついているかもしれない。わざわざその目で確かめるまではしなかったが。

フィデルマンは駅から遠くない手頃なホテルに部屋を予約してあった。駅にはバスのターミナルがあって便利だった。そうして、いつものようにすばやく効率よくことにとりかかった。彼はいつも時間を無駄にしないようにと思っている。まるで時間だけが彼の唯一の財産であるかのように――もちろんそれは違うが、自分が野心家であるのは確かだ――ほどなくして彼は、少しでも時間を有効に活用するような日課をつくった。まず午前中は図書館に行き、薄暗い照明の下でカタログを見たり古文書を閲覧したりして、たくさんメモをとった。昼食のあとは一時間の昼寝。そうして四時になったら教会や美術館の昼休みが終わるので、リストアップしておいた必見のフレスコ画や絵画を慌ただしく観に行くのである。早くフィレンツェに行きたかったが、そうするとローマをゆっくり見物する時間がなくなり残念だとも思っていた。可能なら戻ってこようとフィデルマンは思った。春頃に戻ろう。そして行きたいところに行くのだ。

日暮れとともに彼はペースダウンしてくつろいだ。ローマの人たちと同じように遅い夕食をとり、白ワインを半リットルほど飲んで、煙草をくゆらせた。その後は町を散策する。テーヴェレ川のほとりの旧市街がとりわけ彼のお気に入りだった。ものの本によると、彼が今立っているまさにこの足下に、古代ローマの遺跡が埋まっているとのことだった。ブロンクス生まれのアーサー・フィデルマンが、そんな歴史のただ中を歩き回っているなんて、考えただけでも胸が高鳴る思いがした。歴史とは不思議なものだ。自分が直接知りもしないものを想起するというのだから。それは面倒な作業でもあるけれど、とてもおもしろいものでもある。彼の気持ちは高揚するかと思うとうち沈んだ。どうしてかよくわからない。少なくとも自分にはあまり興奮が過ぎるのはよくないと思っていた。ある程度気持ちが沸き立つのはいいかもしれない。芸術家になら最高だろう。しかし、研究にはあまりよくないのだ。研究者は覚醒しているのが肝心だ。彼は蛇行する川に沿って何キロも歩き、星空を見上げたりした。あるとき、ヴァチカン美術館を二日つづけて訪れた後、彼は天使たちが飛ぶのを見た――金、青、白――空に混じっていた。「これはまずい。目の使いすぎだな」フィデルマンは一人呟いた。しかし、部屋に戻ると、明け方まで原稿を書き続けることもあった。

ある晩遅く、もうローマ到着から一週間たった頃だったが、フィデルマンがその日見学したビザンチン様式のモザイクについてメモを書きつけていると、ドアをノックする音がした。仕事に没頭していて「どうぞ《アヴァンティ》」と口にしたのも意識になかったのだが、おそらくそう言ったのだろう、ドアが開いて天使の代わりにサスキンドが例のシャツとぶかぶかのニッカボッカーをまとって現れた。

フィデルマンはほとんどこの難民のことを忘れており、頭に浮かべたことすらなかったので、驚いて腰をあげかけた。「サスキンドか」彼は声をあげた。「どうしてここに入ってこられた?」

サスキンドは身じろぎもせずに立っていたが、それから、くたびれたような笑みを浮かべた。「実はね、フロントの人を知ってたんですよ」

「でもどうしてここがわかった?」

「街角で見かけたです。だから後つけてきた」

「たまたま見かけたって言うのか?」

「それしかないでしょ？　あなた住所教えてくれました？」

フィデルマンは腰をおろした。「それで用件は？　サスキンド」不機嫌な口調になった。

難民のサスキンドは喉を鳴らした。「先生、今、昼間は暖かいが、夜には冷えこむです。あたしは裸で歩き回ってるですよ」差し出された腕は青ざめ鳥肌が立っていた。「古い方のスーツくださる件、もう一度考えてもらえないか思って来たですよ」

「誰があのスーツが古いなんて言った？」我知らず、フィデルマンの声には怒気がこもっていた。

「新しいスーツがあるんだから、もうひとつは古いでしょ」

「そんなことはない。悪いけど、あんたにやるスーツはないよ、サスキンド。クローゼットにかけてあるスーツはまだ一年しか着てないんだ。とても人にやるわけにはいかない。それにあれはギャバジンのスーツで、どちらかというと夏用だ」

「あたしなら年中着られます」

ひととき考えてから、フィデルマンは札入れを取り出し、一ドル紙幣を四枚抜き出した。それをサスキンドに渡す。

「これで暖かいセーターでも買ってくれ」

サスキンドは札を数えた。「どうせ四枚くれるなら」彼は言った。「五枚でも？」

フィデルマンは顔を紅潮させた。この男の神経はどうなってるんだ。「ちょうど四枚あったんだ」彼は答えた。「それで二千五百リラだ。暖かいセーターを買っても、まだ少しあまるくらいだろ」

「欲しいのはスーツ」サスキンドは言った。「昼間は暖かいけど、夜になると冷えこむ」腕をさすっている。「それ以上何かくれとは言わんですよ」

「それなら腕まくりをやめたらどうだ。そんなに寒いなら」

「たいして変わりません」

「いいか、サスキンド」フィデルマンはおだやかに言った。「もし余裕があればあんたにスーツをやったっていい。でも無理なんだ。ここにやっと一年いられるくらいの金しかないんだ。前にも言ったと思うけど姉にも借金をしてる。あんたも仕事を探したらどうだ？　汚れ仕事だっていいだろ。しばらくやってれば、まともな職にもありつけるさ」

「仕事ですと」サスキンドは暗い低い声で言った。「イタリアで仕事を探すというのどういうことかわかる？　いったいどこに仕事ある？」

「仕事は向こうから降ってくるものじゃない。自分で探しに行かなきゃ」

「わかってない、先生。あたしはイスラエル人。だから仕事があるのイスラエルの会社だけ。この国にどれだけイスラエルの会社ある？　せいぜいふたつ。イスラエル航空か、ツィム（海運会社）。でもそこで求人あっても、あたしには無理。パスポートを無くしてしまったから。いっそ無国籍の方がよっぽど良かったですよ。無国籍だったら通行許可証だけ見せて、ちょっとした仕事にありつくことできる」

「パスポートを無くしたなら、再発行願いを出したらいいだろ」

「出しました。でも、ご覧の通り、連中何かしてくれましたか？」

「どうして？」

「どうして？　連中はあたしパスポート売ったと言います」

「根拠があるの？」

「誓ってもいい。盗まれたですよ」

「そんなことになってるなら」フィデルマンは訊いた。「いったい、どうやって生活してるんだ？」

「生活？」サスキンドは歯を食いしばった。「カスミを食ってますよ」

「まじめにさ」

「ほんとです。カスミを食ってます。行商もしてますが」やっと言った。「でも行商に、許可証がいる。イタリア人くれないです。で、無許可で行商して捕まると、六ヵ月も収容所に入れられて強制労働」

「強制送還にはならなかったの？」

「なりましたよ。でもね、母親の古い結婚指輪がずっとポケットにいれてあったのを売ったです。イタリア人ほんと情け深い。金をやったら釈放。もう行商するなって」

「じゃ、今は何をしてるんだ？」

「行商です。他にどうしろと。乞食か？　だけどこの春に身体悪くなって、わずかな蓄え、医者に払ってしまった。まだ咳が続いてるです」彼は大きな音を立てて咳をした。「もう品物を仕入れる資金もない。ねえ、先生、一緒に仕事をしません？　二万リラほど貸してくれたら、女性用のナイロンストッキング仕入れる。それ売ったら、借りた金、返します」

「僕には投資に回す金なんかないよ、サスキンド」

「金、戻ってきます。利子もつく」

「ほんとにあんたのことは可哀想だと思う」フィデルマンは言った。「だけどもう少しうまい方法を考えたらどうだい？　たとえば共同配給委員会《ジョイント・ディストリビューション・コミッティー》（四十五のユダヤ人救援機関が合同でつくった組織）に行って援助を頼んだらどう？　それが彼らの仕事だろう」

「言ったでしょ。連中はあたしイスラエルに帰らせようとする。だけどあたしここにいたい」

「あんたのためにも帰るのが一番だと僕は思うな」

「そんなことない」サスキンドは怒って声をあげた。

「もしそれが、自由意志でした君の決断なら、どうして僕にからむ？　僕の責任じゃないだろう？」

「他に誰いる？」サスキンドが大きい声で応じた。

「ちょっと、あまり大きい声を出さないでくれよ。みんな寝てるんだから」フィデルマンは汗をかきはじめた。「僕の責任だと言うのか？」

「責任どういう意味かわかる？」

ょ？　そうじゃない？」

「たぶんね」

「なら、あなた責任ある。だって、あなたひとりの人間でしょ？　ユダヤ人でし
「ああ、そりゃそうだとも。でもこの広い世界にいるのが僕一人というわけじゃないだろう。はっきり言っておくが（直訳すると「権利を放棄することなく」、法律用語）、そんな義務を負うつもりはない。僕は一人の個人だ。他の人が抱えている問題まで背負いこむことはできない。僕だって僕なりにたいへんなんだ」

彼は財布を取り出し、もう一枚、ドル紙幣を抜いた。

「これで五ドルだ。ほんとはこんなにやる余裕はない。でもいいから、あとはもうつきまとわないでくれ。僕にできることはしただろ」

サスキンドはそこに立ったままだった。まるで感情をたたえた彫像のようで、身動きしないのが不自然に見えた。このまま一晩中ここにいるつもりじゃないかとフィデルマンは思ったほどだったが、やがて難民は腕をぎこちなく差し出して五枚目の紙幣を受け取り、部屋から出て行った。

翌朝早く、フィデルマンはこのホテルを引き払って別のホテルに移った。こんどの

ホテルは不便な場所にあったが、シモン・サスキンドからも、彼の止むことのない要求からも離れられる。

これが火曜のことだった。水曜は午前中図書館で忙しく過ごしてから、近くの食堂《トラットリア》に入ってトマトソースのスパゲティを注文した。持ってきた「イル・メッサジエーロ紙」を読みながら、いつになく腹を空かせていたこともあり食事が早く来ないか待ち構えていると、ふとテーブルに誰かのいる気配を感じた。ウェイターかと思って顔をあげると、そこにはあろうことか、例のサスキンドがいつもの出で立ちで立っていた。

この男から逃れることはできないのか、とフィデルマンは思った。絶望的な気持ちになった。こんな目に遭うためにローマまで来たというのか？

「こんにちは、先生《シャローム》」サスキンドは言った。テーブルからは目を逸らしたままだった。「通りかかったらあなた一人いたから、挨拶しよう思ったです」

「なあ、サスキンド」フィデルマンは怒りをこめて言った。「またつけてたのか？」

「どうしてつけることできるです？」サスキンドはびっくりして言った。「あなたがどこにいるか、知らないよ?」

フィデルマンは少し気まずい表情になったが、だから何だ、と心の中では思った。ということは、この男も自分が引っ越したことを知ったのだ。ざまあみろ。

「足疲れました。五分だけ、腰掛けていいです?」

「お好きに」

サスキンドは椅子を引き寄せてきた。ほかほかのスパゲティが来た。フィデルマンはそれに粉チーズを振りかけると、フォークに何本かのやわらかいスパゲティを巻きつけた。一本は何キロもつながってるのじゃないかというほど長く、彼は途中で諦めて、フォークにたっぷり巻きつけたものをそのまま口に押しこんだ。長い麺を切っておかなかったのは失敗で、口でちゅうちゅう吸いつづけざるをえなくなった。フィデルマンは恥ずかしい思いをした。

サスキンドはじいっとこちらを見つめていた。

フィデルマンはやっと麺の先端までたどりつくと口をナプキンでぬぐい、食べる手をひととき休めた。

「少し食べる?」

サスキンドは目に飢えをあらわしつつ、躊躇している。「どうも」

「いただきます、か、けっこうです、か。どっち?」

「けっこう」サスキンドは目を逸らした。

フィデルマンは再び食べ始めた。慎重にフォークに麺を巻く。こんなこと今までやりつけてないから、またさっきと同じように窮地に陥った。サスキンドがこちらを見ているのがわかっていたので、よけい緊張した。

「先生、あたしたちイタリア人のようにいきません」サスキンドが言った。「ナイフで短く切ればいいです。そしたらうまく食べられる」

「放っておいてくれ」フィデルマンは苛々していた。「僕のことにかまわないでくれ。あんたはやることがあるだろう」

「やることなんかないです」サスキンドは溜め息まじりに言った。「今朝だって、せっかくチャンスだったのに、みすみす逃してしまった。六ダースまとめて買えれば、ストッキング一足あたり三百リラなったかもしれなかった。一足五百で売れるです。けっこうな儲けだった」

「興味ないね」

「ストッキングお嫌なら、セーター、スカーフ、男の靴下。革製品の安いのや瀬戸物とか。お好みのもの手に入れる」

「お好みも何も、僕がセーターを買うためにやった金はいったいどうなったんだ？」

「先生、寒くなってきたです」サスキンドは困惑した様子だった。「もうすぐ雨の多い十一月。冬になるとアルプスおろし《トラモンターナ》吹く。いただいた金、栗を二キロばかりと、コンロ用の炭一袋買うのにとっておこう思ったです。人通りの多い街角一日座ったら、一日で千リラ稼げることとある。イタリア人は焼き栗好きです。でもこのため、暖かい服必要だ。スーツいる」

「スーツだと」フィデルマンは嘲《あざけ》るように言った。「コートの方がいいんじゃないか？」「コートは持ってるです。ぼろだけど。要るのスーツです。スーツなきゃ、客商売できないですね？」

フォークを置くフィデルマンの手がわなわなと震えていた。「僕に言わせれば、あんたはまったく口先だけの人間だね。巻きこまれるのはご免だからな。僕は自分でかかわりたいと思ったことにだけかかわるつもりだ。それと、プライバシーを侵害されるのもこりごりだ」

「まあまあ先生、おさえて。消化悪いですよ。食べるとき穏やかに」サスキンドは立ち上がって食堂《トラットリア》から出て行った。

フィデルマンはもうスパゲティの残りを食べる気にならなかった。勘定を払うと、十分ほどそこにとどまり、それから店を後にした。ときどき尾行されないようあたりに注意を払った。坂道をくだっていくと、小さな広場にタクシーが二台ほどとまっていた。タクシーに乗るような金があるわけではなかったが、サスキンドにつけられて今のホテルまでつきとめられるのは避けたかった。フロントの人間にあの難民の顔と名前を知らせて、一切何も教えるなと言っておこうと思った。

ところがサスキンドは現れた。小さな広場の真ん中にある、水しぶきを立てる噴水の背後から。唖然とするフィデルマンに、彼は丁寧な口調で言った。「もらうばかりじゃないです、先生。あげるものあれば、喜んであげます」

「そりゃどうも」フィデルマンはぴしゃりと言った。「くれるというなら、心の平安をもらいたいね」

「それ、自分で見つけてください」サスキンドが言った。

タクシーに乗るとフィデルマンは、週末まで待たず明日にはフィレンツェに移動しようと決めた。そうすればこの疫病神ともおさらばだ。

その晩、気持ちの悪いままトラステーヴェレ（テーヴェレ川の右岸。古い町並みが残る）を歩いて部屋に戻ってくると——夕食のときにワインを飲み過ぎたのがいけなかった——ドアが開けっ放しになっていた。そういえば鍵はいつものようにフロントに預けたけれど、ドアをロックするのを忘れていた。フィデルマンはぎくりとしたが、洋服とスーツケースを入れた箪笥《アルマーディオ》はしっかりと鍵がかかっている。すぐに鍵を開けてみると、例の青いギャバジンのスーツが——一つボタン式で、ズボンは折り返しのところが少しすり切れているがあとは大丈夫、まだ何年も着られそうだ——メイドがアイロンをかけてくれたシャツにまじってちゃんとかかっていてほっとした。スーツケースも中を確かめてみると、何もなくなっていない。何よりパスポートとトラベラーズチェックが無事でほんとうに助かった。部屋を見渡してみるが、とくに異常はないようだった。安心し、本を手にとって読み始めた。しかし、十ページほど進んだところで鞄のことが頭をよぎった。フィデルマンは飛び上がらんばかりに立ち上がって、部屋中を探した。たしかに午後ベッドに横になって書き上げた章を読んでいたときには、ナイトテーブルに載っていたはずだ。ベッドの下やテーブルの裏を見、それからもう一度部屋中を見まわし、さらに箪笥の上や裏も探した。フィデルマンは絶望的な気持ちでどんなに小さいものも含めてあらゆる引き出しをあけたが、書類入れも、なお悪いことに、その中に入っていた原稿も見つからなかった。

うめき声をあげてフィデルマンはベッドに体を落とした。どうして原稿のコピーをつくっておかなかったのかと自分を責めた。こういうことになるんじゃないかという予感が一度ならずしたのに。でも、いくつか直しを入れるつもりだったから、先送りにしたのだ。そうして、次の章にとりかかる前に、全体を清書しようと思っていたのだ。一つ下の階にいるホテルの主人に文句を言おうと思ったが、もう真夜中すぎだった。朝まではどうしようもない。いったい誰が盗ったのだろう？　メイドか？　ポーターか？　質屋に持っていってもせいぜい二、三千リラにしかならないような革製品を盗んで職を失う危険をおかすとも思えなかった。泥棒か？　同じ階に何かなくなったもののある人がいないか、明日の朝、確かめてみようと思った。どうも泥棒とは思えない。もし泥棒なら中の原稿などその場で捨てて、鞄にはその替わりに、ベッドわきにおいてあった濃赤色の靴でも入れるだろう。それから机の上におおっぴらに広げてあった十五ドルもするR・H・メイシーのセーターだって入れただろう。でも、メイドでもポーターでも泥棒でもないとすると、誰だというのか？　その疑いを裏づける証拠はまったくなかったけれど、フィデルマンが思い浮かべることができるのはたった一人の人間だけだった――サスキンド。このことを考えると、彼は胸が悪くなりそうになった。でもサスキンドだとすると、なぜだ？　腹いせか？　欲しいと言っていたスーツがもらえなかったから？　箪笥をこじ開けてスーツを奪えなかったから？　いくら考えても他に誰もいそうになかったし、理由も思いつかなかった。どうにかしてあの男は自分を宿までつけてきて（きっと噴水で会った後だ）、自分が夕食をとりに行っているスキに部屋に忍びこんだのだ。

その晩、フィデルマンは悪夢にうなされた。古代のアッピア街道の下にあるユダヤの地下墓地《カタコンベ》まであの難民を追いかけていき、手に握りしめた七つに枝分かれした大燭台《メノラー》でこの図々しい男の頭をたたきつぶすぞと脅すのである。しかしサスキンドは小賢《こざか》しい幽霊よろしく、迷路の隅々まで知っているから、うまいこと彼の追及を逃れるのである。そのうちにフィデルマンの大燭台の火は消えてしまい、墓の暗闇の中に彼はひとり取り残されることになった。ところが、朝になってフィデルマンが起き、ものうげにブラインドを引き上げると、イタリアの黄色い太陽は充血した彼の両の目に陽気な目配せを送ってくるのであった。

フィデルマンはフィレンツェ行きを延期した。警察署《クエストゥーラ》に届けを出すと、係の人は態度も丁寧で親身になってくれたものの実際には何もできなかった。警官は調書に詳細を書きこむ際、鞄を一万リラとし、「原稿の価値《ヴァローレ・デル・マーノスクリット》」の欄は線を引いて消した。フィデルマンはさんざん迷った末、サスキンドのことは言わなかった。何より、証拠がまったくなかった。フロントの係はニッカボッカーを穿いた男など見なかったと言い張っていた。それから、「無許可の販売」やら長年の難民生活に加えて「窃盗容疑」という烙印まで押されたら、あの男もさすがにたいへんなことになるかもしれないとフィデルマンは思ったのである。仕方がないので原稿を書き直そうとしたが、ぜんぶ頭の中に入っていると思っていたのに、実際に机に向かってみると大事な議論の端々や、段落の全体、いや、何ページにもわたってまるきり思い出せない部分があった。アメリカに連絡して原稿のためにとったメモを送ってもらおうとも思ったが、それらはレヴィットタウンに住む姉の家の屋根裏部屋の樽に入れてあるのだ。他の仕事のためのメモとごっちゃになっている。五歳の子供のいるベシーに、彼の持ち物をあれこれ探させるというだけでもフィデルマンは、言いようのないほど気が重くなった。メモのカードをより分けるだけでも一苦労だし、それを梱包して船便で送るとなるとたいへんな作業だ。きっと間違ったものを送ってくるにきまっている。フィデルマンはペンを置いて表に出て、サスキンドを探した。以前、彼に会ったあたりを見て回った。しかし、何時間も、いや、文字通り何日も探したのに、サスキンドは現れなかった。現れたとしても、フィデルマンを見て逃げてしまったのだ。イスラエル領事館で尋ねてみたが、新入りらしい係の男はそのような人物についてもパスポートの紛失の件についても、記録には残っていないと言った。統合配給委員会にはサスキンドの記録があったが、分かったのは名前と住所だけで、これではだめだ、とフィデルマンは思った。住所は教えてもらったものの、そこはずっと前にマンション建設のために取り壊されていた。

仕事の進まぬまま時は過ぎた。何の成果もあげられない。このおそるべき時間の無駄を何とかしたいと思い、フィデルマンは無理矢理、資料調べと絵画鑑賞の習慣を再開しようとした。前のホテルは引き払うことにした。あんなことがあったところにもうこれ以上いたくなかったのだ(電話番号は知らせておき、少しでも手がかりがあったら教えてくれるよう頼んでおいた）。駅近くの下宿屋《ペンシオーネ》に部屋を借り、朝と夜は外食せずに宿でとった。出費が気になっていたので、専用のノートを手に入れて細かく記録をつけた。夜になっても、以前のように町を散策してその美しさと神秘に浴するということもなく、かわりに机にかじりついて穴の空くほど原稿用紙に見入り、何とかして第一章をもう一度書き直そうとした。出だしの章なしには、前に進めないのだ。手元のメモをたよりに第二章を書こうともしたが、うまくいかなかった。いつものことだが、フィデルマンは前に進むときには何か確かなものの支えを必要とした。これならという達成を礎にしてその上に次のものを組み立てるのである。遅くまで仕事に取り組んだが、気分なのか霊感なのか、何にせよ、そういうものが失せてしまっていて、焦りばかりがつのり、ほとんどどうしていいかわからなくなってしまった。こんなことが起きるのは何ヵ月ぶりかに思えたが、次に何をしたらよいかがわからないのであった。彼にとってはこれは拷問に等しいものだった。それで彼はもう一度あの難民を探しはじめることにした。彼の考えはこうだった。とにかく解決がつけられればいい、とにかくサスキンドが彼の原稿を盗ったのかどうかがわかればいい。原稿を取り戻せるかどうかはこうなるとたいした問題ではないように思えた。真相がわかりさえすれば気持ちが落ち着き、仕事に戻る気になるのだ。それが何より大事なことだった。

毎日、フィデルマンは人混みを探して回った。物売りがいれば、サスキンドがいないかと目をやった。日曜日になるといつも、はるばるバスに乗ってポルテーゼ門の市場まで行き、裏通りに延々と軒をならべた中古品やがらくたを見て回った。もしや自分の鞄が奇跡的に現れるのではないかと願ってのことだったが、徒労だった。フォンタネッラ・ボルゲーゼ広場の青空市を訪れたり、ダンテ広場の露天商を覗いたりもした。通り沿いで野菜や果物を売っている屋台があれば必ず目を向け、夕暮れ後は乞食やあやしげな物売りに混じって繁華街をうろついた。十月の終わりに最初の寒気がきて、赤く燃える石炭のバケツに身を寄せた焼き栗売りが町中に現れると、彼らの顔をいちいち覗いてサスキンドはいないかと探した。この新旧の入り交じったローマの、いったいどこにサスキンドはいるのだろう。あの男の活動場所は外だ。どこかにいるに違いない。ときどきバスや路面電車に乗っていて群衆の中にあの難民の身なりをした人間を見たような気がすることがあった。そういうとき、彼は必ずその人物の後を追った。あるときはそれはサント・スピーリト銀行の前にいる男だった。フィデルマンが息をぜいぜい言わせながらたどり着くともういない。あるときはニッカボッカーを穿いている男がいて、やっとのことで追いついてみると片眼鏡《モノクル》をしていた。イアン・サスキンド卿か？　とでもいう恰好だった。

十一月になると雨が降った。フィデルマンは青いベレー帽にトレンチコートを着こみ、黒いイタリア製の靴を履いた。尖端は長いけれど、例のごつい濃赤色の靴よりは小さかった。あっちの靴は足が蒸れたし、色が気に入らなかった。フィデルマンは美術館よりも映画館に行くようになった。安い席に座り、それでも金がかかることに心を痛めた。ふとしたときに町のそういう場所で、売春婦に声をかけられたことも何度かあった。びっくりするほど可愛い子もいて、一人はやせて薄幸そうで目の下にたるみがありフィデルマンはとても心を惹かれたが、病気をうつされるのが嫌だった。ローマの様子がだいぶわかってきたしイタリア語もかなりうまくなったが、気持ちは重かった。あのがに股の難民に対する激しい怒りは――ひょっとしたら自分がまちがっているかと思うこともあったとはいえ――彼の血を煮えたぎらせ、呪い殺さんばかりの恨みになることも何度となくあった。

ある金曜の夜、テーヴェレ川の上に宵の明星が輝くころ、フィデルマンはあてもなく左岸を歩いていてたまたまシナゴーグを見つけ、イタリア人風の顔立ちをしたセファルディム（スペイン・ポルトガル・北アフリカに住むユダヤ人）の一団とともに中に入った。ひとりひとりが小部屋の聖水の前で立ち止まり、流れ出す水に手をひたす。それから礼拝堂に入ると聖櫃にお辞儀をしながら指で額と口と胸とにゆるく触れた。フィデルマンも同じようにした。自分はいったいどこにいるのか？　三人のラビがベンチから立ち上がってミサが始まった。長い祈りにはときに朗唱が混じり、ときにはどこからかオルガンの伴奏が伴うこともあった。サスキンドの姿はどこにも見えなかった。フィデルマンは最後列の机のような形をした座席についた。そこからなら、会衆を見わたしながらドアにも注意を向けることができた。シナゴーグには暖房はなく、大理石の床から寒さが滲《し》み出すようにのぼってきた。フィデルマンの凍える鼻は、火のついた蠟燭のようにひりひりした。彼は立ち上がって出て行こうとしたが、堂守《どうもり》がその強烈な左の視線でフィデルマンを釘付けにした。高い帽子をかぶり丈の短い長袖のガウン《カフタン》を身にまとって、首には長い太い銀の輪鎖をかけている。がっしりした男だった。

「ニューヨークからですか？」ゆっくりとこちらに近づきながら訊いてきた。

会衆の半分が彼の方に目を向けた。

「ニューヨーク市ではなくて、ニューヨーク州から来ました」フィデルマンが答えた。こんなに人目を引いてしまって、すごく後ろめたい気分だった。そこでちょっと間があり、すかさず彼は「サスキンドという男を知ってますか？　ニッカボッカーを穿いてます」と言った。

「ご親戚？」堂守は悲しげな目で彼の方を見つめた。

「いえ、そうではないんですけど」

「私の息子はアルデアティーネの洞窟（一九四四年三月二十四日、パルチザン運動への報復としてドイツ占領軍による大量虐殺が行われたローマの洞窟）で殺された」堂守の目に涙が浮かんでいる。

「そうですか。お気の毒に」

しかし堂守はそれ以上、その話題はつづけなかった。ずんぐりした指で濡れた唇をぬぐう。こちらを見ていたセファルディムの会衆は再び祈禱書に目を落とした。

「サスキンドさんの名は？」堂守が訊いた。

「シモンです」

堂守が耳を搔いた。「ユダヤ人街《ゲットー》に行きなさい」

「行きました」

「もう一度行ってごらんなさい」

堂守はゆっくりと去っていった。フィデルマンはシナゴーグを抜け出した。

シナゴーグの背後の、ごみごみと入り組んだ何ブロックかがゲットーだった。そこでは元々貴族の住まいだった屋敷《パラッツォ》が、長年の風化と過剰な人口とのためにすっかり傷んだ姿をさらしていた。建物の変色した正面《ファサード》には所狭しと張りめぐらされた洗濯紐に古びた衣類が干され、広場の噴水は水も涸れてゴミが堆積していた。濃い色の石のアパートは、何世紀も前からあるゲットーの壁に沿って建てられた箇所もあり、狭い石畳の小道を挟んでお互いにもたれかかるように立っていた（ユダヤ人を壁で隔離したゲットーは、ローマではヨーロッパでももっとも長く存続し、壁が撤去されたのは一八八八年だった）。極貧にあえぐ居住区のただ中には金持ちのユダヤ人の豪邸もある。暗い入り口の先にある室内には宝石がちりばめられ、絹やさまざまな色の銀製品がのぞく。迷路のような道を、現代の貧者は歴史に押しつぶされそうになりながら行くのであった。フィデルマンもまたその一人。しかし、彼は冗談まじりに、おかげで長く生きてきた気分になる、などと独りごちたものである。

ゲットーの上に白い月がかかった。まるで闇を照らすかのようであった。ふと彼は見覚えのある人影が目に入ったように思った。急いでその後を追ってごつごつした石畳の道を行くとのっぺりした壁につきあたった。小さな電球の下に、くっきりと白い文字。「立ち小便禁止《ヴィエタート・ウリナーレ》」その臭いはあったが、サスキンド本人は見えない。

道端で自転車の物売り(S氏ではない)からフィデルマンはちっぽけな黒ずんだバナナを三十リラで買い、立ち止まって食べた。子供達が集まってきて彼を見物した。

「誰かサスキンドという人を知らない？　ニッカボッカーを穿いた難民だ」フィデルマンがそう言いながら、バナナでニッカボッカーの裾にあたる膝下を示して見せた。膝を曲げてがに股の真似もしてみせたが、誰も気づいたふうはなかった。

彼がバナナを食べ終えるまで誰も何も言わなかったが、それから、細い顔に茶色い目を潤《うる》ませた、まるでムリーリョの絵から出てきたような少年が甲高い声で言った。

「ヴェラーノ墓地で働いてるよ、ユダヤ人墓地」

そんなところでも？　フィデルマンは思った。「墓地で働いているというの？」彼は聞き返した。「ショベルをつかって？」

「死者のためにお祈りをしてる」子供は答えた。「少しだけお金をとって」

フィデルマンはこの子にすぐにバナナを買ってやった。他の子供はいなくなった。

墓地は安息日《サバト》（ユダヤ教では土曜日）ということもあり人気がなかった――日曜に来ればよかったのだ――フィデルマンは墓地を歩き回り、墓石に刻まれた物語に目をやった。多くの墓には小さな銅製の燭台がしつらえられているが、枯れた黄色い菊が石の銘板に添えられている墓もあった。フィデルマンは想像した、きっとこれらは万霊祭（一一月二日。煉獄の死者の魂を祈るカトリックの祭）にでも――何しろ同じ墓でもカトリックの区画ではこの日はお祭りだから――ユダヤ教を捨てた息子や娘たちがこっそり置いていったものなのだ、異教徒《ゴイム》の方は地下聖堂まで光に照らされ花で飾られてるというのに、自分たちの祖先の墓だけ花がないのには堪えられなかったのだ、と。碑文によると、多くの墓は何らかの理由で先の大戦中に亡くなった人を葬っているようだった。中には本人の遺骸の納められていない墓もある。その墓の主が誰かは、代わりに置かれたダヴィデの星（三角形をふたつ重ねたもので、ユダヤ人の象徴）をあしらった大理石の石碑からわかる。そこには「愛する父よ／ファシストに裏切られ／残虐なナチによってアウシュビッツで殺された／恐るべき犯罪」と刻まれていた。しかしサスキンドの姿はない。

フィデルマンがローマに着いてから三ヵ月がたった。彼は何度も自問した、この馬鹿馬鹿しい追跡をやめてさっさと移動するべきじゃないのか、と。フィレンツェに行ったらどうだ。フィレンツェでまばゆい美術品に囲まれれば、再び仕事に取りかかる気にもなるのではないか？　しかし、最初の章を失ったことが、彼にはまるで呪いのように作用していた。ときには彼も、そんなのは所詮人の手になるもの、元通りにできるさ、と開き直ることもあったが、逆に原稿がどうこうというより、物好きな自分の好奇心がサスキンドのあやしい人柄に取り憑かれてしまったのではないかと恐ろしく思うこともあった。自分がよくしてやったのに、あの男は恩を仇で返すかのように僕のライフワークを盗んだのか？　あの男はそこまで心がねじくれているのか？　自分で自分を納得させるために、人間というものを知るために、フィデルマンとしてはこれらの問いに答えを出す必要があった。どんなに手間と時間がかかろうと。彼はこんな自分のザマに皮肉な笑みを浮かべることもあった。馬鹿馬鹿しい。原稿が無くなったのが悔しいだけだ。必死になって書いたものが無くなったのだから。とくに執筆にかかった長い我慢の時を思うとそうだった。自分がそれぞれの考えをどれほど苦労して組み立てたか、どれだけ精緻に配置や形式を整えたか、どれだけ仕上がった原稿が素晴らしかったか。まるでジオットの再来のようだったのに！　考えるだけでがっくりきた。自分が何ヵ月もここにいるのは、あの原稿を取り戻すため以外の何物でもないのだ。

そしてフィデルマンは相変わらずサスキンドがあの原稿を盗ったと確信していた。さもなくばどうして彼はこそこそ隠れているのだ？　彼はため息ばかりつき、太っていった。前に進めなくなってしまった自分の身について考えながら、返事を書いていない姉のベシーからの手紙が入った封筒の裏に、徒然《つれづれ》なるままに空飛ぶ天使の絵を描いたりした。あるとき、自分の小さな落書きを見つめながら、いつかまた絵を描いてもいいかもしれないとちらと思ったりしたが、その考えはあまりに辛いものでもあった。

十二月半ばのある晴れた朝、何週間ぶりかでぐっすり眠った後、彼は心を決めた。もう一度だけ「ナヴィチェッラ」を見てから、フィレンツェに行こう、と（「ナヴィチェッラ」は「小舟」の意。元々ローマのサン・ピエトロ寺院にあったジオットのモザイクで、「マタイ伝」「マルコ伝」「ヨハネ伝」に書かれたキリストが海上を歩くエピソードを描く。とくに「マタイ伝」中では、キリストの弟子ペトロが水面を歩こうとして、一瞬信仰が揺れたために溺れそうになる場面が描かれている。現物は傷みが激しい）。昼少し前、彼はサン・ピエトロ寺院の玄関まで行き、ジオットのスケッチの記憶を頼りに、数多くの修復を経る前のモザイクを想起しようとした。二、三のメモを慌ててとり、教会から出て延々と続く階段をおりていくと、一番下に――彼は不安になった、自分はまだ絵画を前にしているのではないか？　もう舟は一杯だというのにさらにもう一人使徒が加わったというか？――そこにサスキンドがいるのだ！　彼はベレー帽をかぶり、緑色の長いGI風レインコートを着、その裾からは黒い靴下を履いたがりがりの足首――見えないけれどきっとその上にはニッカボッカーを穿いているに違いない――そんな出で立ちで、白黒の珠のつらなるロザリオを道行く人に売っている。彼は一方の手にいくつかのロザリオを持ち、もう一方の手のひらには冬の太陽を浴びた、金メッキの護符《メダイヨン》が光っていた。上に着ているものこそ違うけれど、こうして見るとサスキンドは前と変わらないように思えた。肉も脂肪もつかず、年をとっているのはたしかだけど、年齢は不詳。サスキンドを見つめているうちに、フィデルマンにはこれまでの思いがこみあげてきて歯をかみしめてしまった。彼はすぐに隠れようと思った。そうして向こうには気づかれずにこの泥棒をしかと見てやりたかった。しかし、長い苦しい捜索をへていただけに、もう我慢できなかった。身体の震えを抑えながら彼は、サスキンドの左方から歩み寄った。サスキンドは右を向いて物売りに一生懸命だった。黒ずくめの女性にロザリオを売りつけようとしている。

「珠だよ、ロザリオだ、お祈りにロザリオだ」

「やあ、サスキンド」フィデルマンは言った。足下も危うく階段をおりながら、満足と平安に包まれた全き人を気取っている。「あちこち探したけど、ここにいたんだな。どうだい《ヴィー・ゲーツ》？」

サスキンドの視線が泳いだが、とりたてて驚いた様子でもなかった。束の間、彼の表情には、この人いったい誰、とでもいうような、フィデルマンのことなど覚えていない、あ、でも、やっと思い出した――ずっと前に会った、外国からのお客さんで、一度微笑みかけたけどその後すっかり忘れていた人だ――とそんな様子が見えた。

「まだいるですか？」サスキンドは皮肉をこめたふうに言った。

「ああ、まだいるよ」声がうまくでなくてフィデルマンは慌てた。

「ローマから離れられなくなったですか？」

「ローマは」フィデルマンは口ごもった。「――カスミだ」彼は深く呼吸して、気持ちを高ぶらせた。

サスキンドはろくにこちらに注意を払わず、客はいないかと目をやってばかりいるので、フィデルマンは身を引き締めて言った。「ところで、サスキンド。僕の鞄を知らない？　九月に会ったときに僕が持ってたやつさ」

「鞄？　どんな？」気もそぞろにサスキンドは言った。視線は教会のドアにやったままだった。

「豚革のだ。あの中に」——ここでフィデルマンはしゃがれ声になった——「ジオットについて僕が書いていた論文の原稿が一章分入っていたんだけど。知ってるよね、あの十四世紀の画家のことは」

「ジオットを知らない人いないでしょ？」

「あのさ、覚えてないかな、つまり」彼にはもう罵《ののし》り以外の言葉が思いつかなかった。

「すいません、お仕事だ」サスキンドは身を翻し、階段を二段ずつ駆け上がった。サスキンドが寄っていった男は、いらない、と言っている。もうロザリオは持ってる。ひとつで十分。

フィデルマンはサスキンドを追いかけていった。「報酬をやるよ」サスキンドの耳元でそう囁《ささや》いた。「原稿を見つけたら一万五千リラやろう。しかも鞄の方はくれてやる。好きにしてもらっていい。事の経緯は一切訊かない。なかなかいい話だろ？」

サスキンドが女性の観光客を見つけた。カメラとガイドブックを手にしている。「ロザリオだよ、お祈りのロザリオ」サスキンドは両手をあげたが、この女性はルター派らしく、そのまま行ってしまった。

「今日売れ行き悪いです」サスキンドは階段をおりながら愚痴をこぼした。「悪いのはきっと商品。みな同じの、持ってる。聖母マリアの大きな陶磁器あれば、ちょっとした儲けなる――お金あるならいい投資よ」

「僕からの報酬を投資にあてればいいだろ」フィデルマンは抜け目なく囁いた。「それで聖母マリアの陶磁器を買えばいい」

それが耳に入ったのだとしても、サスキンドはそんな素振りは見せなかった。九人家族が上の正面扉から出てくる気配を見てとって、彼は肩越しに別れを告げ、階段をさっさとあがっていった。フィデルマンは何も言わなかった。いつか捕まえてやる。彼はその場を去って広場にある大きな噴水の陰に隠れた。ところが風で水しぶきがかかって濡れるので、彼は大きな柱の後ろに身を隠すことにした。そしてちょくちょく顔をのぞかせてこの物売りを見張るのであった。

二時になってサン・ピエトロ寺院が閉まると、サスキンドは商品をレインコートのポケットに放りこんで店じまいをした。フィデルマンは彼を家までつけていった。たしかにゲットーだった。ただ、今まで来た覚えのない通りで、そこからさらに路地に入っていくのだった。サスキンドが左側にノブのついた戸を開けると（ユダヤ教の護符メズーザは戸の右側につけるため、戸は左開きになる）、それ以上は何もなし、そこが「家」だった。フィデルマンは後ろからぴたりとついていって、クローゼットとベッドとテーブルの一体になっている中をちらりと覗き見た。壁にもドアにも住所などない。驚いたことに戸には錠もなかった。これを知って、彼はしばしがっかりした。ということは、サスキンドは盗られるようなものを持ってないということだ。つまり、フィデルマンのものもない。明日、この部屋の住人がいない時間にもう一度来よう、と彼は思った。

朝になってフィデルマンは戻ってきた。かの商売人サスキンドは信仰用の商品の販売にでかけている。あたりを見渡し、さっと中に入った。身体が震えた――真っ暗の凍えるような洞穴《ほらあな》なのだ。マッチを擦ってみると、ベッドとテーブルが見える。それにぐらぐらの椅子。しかし、暖房も照明もない。テーブルのソーサーに短くなった蠟燭が立っているだけだった。フィデルマンはその黄色い蠟燭に火をともし、部屋をくまなく探した。テーブルの引き出しには調理器具と安全カミソリがあったが、サスキンドがどこで髭を剃っているのかはわからなかった。公衆便所だろうか。薄っぺらい毛布のかかったベッドの上の棚には赤ワインが半分ほど残った瓶と、使いかけのスパゲティと、硬くなったパニーニがある。それから思いがけず見つけたのは小さな水槽で、やせた金魚が極寒の水を泳いでいた。フィデルマンが見つめていると、金魚は蠟燭の火を反射させながら、たえず何かを飲みこみ、冷たい尾を揺らしていた。生き物が好きなんだな、と彼は思った。ベッドの下には便器もあったが、あの見事な研究論文の入った鞄だけはどこにもない。その家は冷蔵庫そのもので、きっと雨露を凌ぐためだけに誰かが貸してくれたものなのだ。なんてことだ、とフィデルマンは溜め息をついた。下宿に戻っても、湯たんぽで身体を温めるのに丸々二時間かかったし、それでも、この訪問のことを忘れ去ることはできなかった。

フィデルマンはこんな夢を見た。墓石が所狭しと並ぶ墓地がある。空いた墓から長い鼻のサスキンドならぬ「ヴィルジリオ・サスキンド」(『神曲』ではウェルギリウスがダンテの導き手になる)の茶色がかった幻影がこちらに手招きしていた。

フィデルマンは急いでそちらに行った。

「トルストイを読んだことがありますか?」

「少しね」

「どうして美術を?」幻影は言いながら、去っていこうとする。

フィデルマンが否応なくその後を追うと、幻影は少しずつ霞《かす》みながら、段をのぼってゲットーを通り抜け大理石でできたシナゴーグへとたどり着いた。

フィデルマンはそこに一人残されると、理由もなく石の床に横たわった。太陽に照らされた天蓋を見つめているうちになぜか肩がぽかぽかしてくる。中のフレスコ画には色褪《あ》せつつある青で聖人が描かれていて、頭から空が流れ出している。聖人は薄赤い服を着た老騎士に、自分の金色の衣を手渡そうとしているところだった。脇に痩せた馬が一頭。それから石の丘がふたつ見える。

ジオットだ。「聖フランチェスコ伝　貧者に衣服を贈る」(「アッシジのフランチェスコ」を描いた連作壁画の一枚。聖フランチェスコ大聖堂にある)という絵だ。

フィデルマンは目覚めるや駆けだした。自分の青いギャバジンのスーツを紙袋に入れ、バスに飛び乗り、サスキンドの部屋の重い扉をノックした。

「どうぞ《アヴァンティ》」サスキンドはすでにベレー帽をかぶり、レインコートを着こみ(きっとパジャマ替わりだ)、テーブルのところに立って燃える紙で蠟燭に火をつけようとしていた。フィデルマンにはその紙がタイプで文字を打った用紙の端切れに見えた。反射的に彼の頭には、自分の書き上げた論文のすべてが炎の文字となって蘇った。

「ほら、サスキンド」彼は震える声で言いながら、荷物を渡した。「僕のスーツを持ってきたよ。これを着て、暖かくしてくれ」

サスキンドは顔色ひとつ変えることなくそちらに目をやった。「何が欲しいですか?」

「何もいらないさ」フィデルマンは袋をテーブルに置くと、別れを告げてその場を立ち去った。

まもなくして石畳を追いかけてくる足音がした。

「ちょっと待って。マットレスの下に、これをあなたのため、とってあったです」サスキンドはフィデルマンに豚革の鞄を差し出した。

フィデルマンはひったくるようにそれを開け、それぞれのポケットを調べたが、中には何もなかった。サスキンドはすでに駆けだしていた。フィデルマンは声をあげてその後を追った。「この野郎、僕の論文を燃やしちまったな!」

「ごめん」サスキンドが声をあげた。「あなたのため」

「お前にもお返しをしてやる。ぶっ殺してやる」

「言葉立派でも、気持ち入ってなかった原稿です」

燃えさかる怒りに駆られてフィデルマンは必死に走ったが、あの奇怪なニッカボッカーを身にまとった難民はまさに風のごとし。緑のコートの裾をはためかせながら、どんどん行ってしまった。

驚きにつつまれたゲットーのユダヤ人たちは、中世のままの窓に寄ってきて、この激しい追跡劇を見物した。しかし、途中で肉づきのよいフィデルマンは息があがったものの、この一連の出来事で思うところあり、勝ち誇ったような悟りの気分に達したのである。

「サスキンド、待ってくれ」彼は叫んだ。涙を流さんばかりになっていた。「スーツはやるから。もういいんだよ」

フィデルマンは完全に足をとめたが、難民は走り続けた。最後に見えたときもまだ、彼は走っていた。

借金

甘くてくらくらするようなリーブの白パンの香りは、まだ焼き上がる前だというのにたくさんの客を引き寄せた。リーブの後妻ベシーはレジのところで目を光らせていて、そんな客の中に知らない顔がいるのに気づいた。山高帽をかぶった、弱々しい節くれだった男で、人だかりの端で所在なげにしている。我勝ちにパンを手に入れようとする連中に比べればよほどおとなしそうだが、ベシーは胸騒ぎがした。男はこちらが目を合わせると、いや、待つから、とばかりに帽子をかぶった頭を振る。大丈夫だから(いつまででも)と。しかし、その顔からは悲惨さが光っていた。不幸の印がくっきり浮かんでいるのに、それを隠そうともしない。不幸は今や彼の一部――彼そのもの――なのだった。ベシーにはそれが怖ろしいことに思えた。

ベシーは群がったお客を手早く片づけ、みなが散ってしまうとまた彼の方に目をやった。

男は帽子を傾けた。「すいません、コボツキーという者です。このパン屋の主人はリーブさんですか？」

「どちらのコボッツキーさん？」

「古い友人です」ベシーはこれにさらにぎくっとした。

「どちらから来ました？」

「昔から、来ました」

「ご用件は？」

この問いには棘があった。コボッツキーは言葉を返さなかった。

まるで魔法の声に呼び寄せられたかのように、上半身裸のリーブが奥から店内に入ってきた。ピンクがかった肉付きのいい腕にはパンの生地がこびりつき、頭には小麦粉だらけのハトロン紙の袋がさっそうとかぶられていた。眼鏡も小麦粉で曇り、訝《いぶか》る顔も真っ白で、まるで太鼓腹の幽霊のようだ。しかし、幽霊はそのリーブではなく、リーブの眼鏡越しの目に映ったコボッツキーの方だった。

「コボッツキーじゃないか」リーブはほとんど泣き出さんばかりの声をあげた。コボツキーの姿に彼はずっと昔のことを思い出したのだ。その頃、ふたりとも少なくとも若さだけはあり――そうなのだ――今とは状況もちがった。感極まってひりひりとしみるような涙があふれてしまうので、リーブは手でぬぐわざるをえなかった。

コボッキーは帽子をとると――リーブが白髪なのに対しコボッキーはもうほとんど禿《は》げていた――しみひとつないハンカチでつるつるの額を拭いた。

リーブは飛び出さんばかりに椅子を差し出した。「座れよ、コボッキー」

「ここはだめよ」ベシーが低い声で言った。

「お客さんが来るから」コボッキーに言い訳した。「もうすぐ夕食のパンを買いにたくさんの人が来るから」

「奥にいこう」コボッキーも頷いて言った。

こうしてふたりは場所を移すことになった。人目がないのがいい。ところがちょうど客が途絶えていたので、ベシーも奥にやってきて話を聞くことになった。

コボッキーは部屋の隅にあった高い椅子にしっかりと腰をおろした。肩を丸め、黒いコートと帽子はそのままで、灰色の静脈の浮き出たこわばった腕を、細い腿の上に垂らしている。リーブはオーブンの中の丸型のパンを覗きこみながら、小麦粉の袋に身体をもたせかけた。ベシーは耳を澄ましたが、訪問者は口をひらかなかった。気まずいのでリーブの方が話しかけた。そう、昔のことである。世の中は変わった。俺たちは若かったな、コボッキー。覚えているか。ふたりとも三等船室で海を渡ってきた移民だったんだ。一緒に夜学に入学したよな。

「ハーベン、ハッテ、ゲハプト（ドイツ語の動詞'haben'(=have)の活用）」ドイツ語を口にしながら、彼は嬉しそうに笑い声をあげた。

腰掛けに座った痩せ細った男からは反応がなかった。ベシーはいらいらしながら、はたきをかけてまわった。ちらっと店を見やったが、客はいない。

リーブは上機嫌を装って友人を元気づけるべく朗唱した。「「おいで」ある日風が木々に呼びかけた。「野原を越えて来て、一緒に遊ぼうよ」覚えてるかい、コボッキー？」

ベシーがくんくんと鼻をきかせた。「リーブ、パンが！」

リーブは飛びあがってガスオーブンのところまで行き、並んだ扉のひとつを引っ張った。熱々の型に入った黒パンを天板ごとぎりぎりで取り出し、ブリキの台の上に置いた。

あまりの危なっかしさにベシーは舌打ちした。

リーブは店の方をのぞいた。「お客だよ」それ見たことかというように彼が言った。

ベシーが顔を赤らめて戻っていく。涎《よだれ》をしたたらせたコボツキーは、彼女が行くのを見やった。リーブはボールの中の膨らんだパン生地を、ふたつの天板に並べた型に入れこむ作業にとりかかった。もうすぐパンが焼けるが、ベシーは戻っていた。

焼きたてのパンの蜂蜜のような香りがコボツキーの注意を奪った。彼はまるではじめて呼吸する空気のようにその芳香を吸いこみ、あまりの香《かぐわ》しさに拳で胸を叩きさえした。

「何てこった」彼は泣きださんばかりだった。「すばらしい」

「涙が混じっているからね」リーブは驕るふうもなく、パン生地の入った大きなボールを指さした。

コボツキーは頷いた。

三十年というもの、一文無しだった、とリーブは説明した。あまりにひどくて、ある日、パン種に涙を流した。それからというもの、彼のパンがとてもおいしいとあちこちからお客が来るようになった。

「ケーキはそれほど人気がないけど、食パンやロールパンは遠くから買いに来てくれるんだ」

コボッキーは鼻をかみ、店の方をのぞいた。客が三人。

「リーブ」囁《ささや》き声で言った。

思わずリーブは身構えた。

コボッキーは表で働いているベシーに目をやり、それから眉を上げたまま問いかけた。

しかし、リーブは黙っている。

コボッキーは咳払いをした。「リーブ、二百ドルいるんだ」涙声になっていた。

リーブはゆるゆると力なく小麦粉の袋に身をもたせた。わかってる——はじめからわかっていたのだ。コボッキーが現れたその瞬間から、こういう頼みをされたらどう反応しようか彼は頭の中で迷っていた。十五年前の、百ドルを返してもらえなかったあの嫌な思い出が蘇る。コボッキーは、ぜったいに返したと言った。リーブは返してもらっていないと言った。二人はこうして絶交したのだった。そのときの怒りを忘れ去るのに何年もかかった。

コボッキーは頭を下げた。

それならせめて自分の誤りをみとめたらどうだ、とリーブは思った。そうして残酷なほど、長い間をおいた。

コボツキーは自らの不自由になった手に目をやった。以前は毛皮刈りの仕事をしていたが、関節炎のためにできなくなった。

リーブも視線を返した。脱腸帯《ヘルニア・バンド》の下端が腹に食いこんでいる。両の目は白内障のために曇っていた。医者は手術をすれば必ず見えるようになると言ったが、リーブはむしろ失明を恐れた。

溜め息が出た。行き違いは過去のことだ。赦してやろう。かすんだ視界に映るコボツキーを見たら、赦す気持ちになった。

「オレとしてはかまわない。ただ、あいつが……」そうして店の方に顎《あご》で示した。

「……二人目の女房で、すべてがあいつの名義になってる」空の手を持ち上げてみせた。

コボツキーの目は閉じられていた。

「だけど、訊いてみる」リーブは沈鬱な顔になっていた。

「うちのが困ったことになって……」

リーブは制止するように手をあげた。「言うな」

「奥さんに伝えてくれ」

「何とかする」

リーブが箒を手に取って部屋をひとまわり掃くと、もくもくと白い粉が舞いあがった。

ベシーは息せき切って戻ってくると、ふたりに一瞥をくれてから口を真一文字に結び、毅然として待った。

リーブは手早く流しにあるポットを洗うと、パンの型をテーブルの下にしまい、香ばしく焼けたパンを積み重ねた。オーブンの覗き穴に目をやる。焼けてる。みな順調だ。

ベシーに面と向かうとやけに熱い汗が流れ出して、一瞬、どうしていいかわからなくなった。

コボツキーは椅子で身もだえるようにしていた。

「ベシー」リーブがついに言った。「こいつは古い友人だ」

ベシーは浮かぬ様子で挨拶した。

コボツキーが帽子をとった。

「こいつの母さんが――すごくいい人だったよ――熱々のスープを飲ませてくれたもんだ。この国に来てからも、何年も家でごちそうになってた。奥さんもすばらしい人だ。ドーラっていう。君にも会わせたいな」

コボツキーは静かにうめき声をあげた。

「じゃ、どうしてこれまであたしに会わせてくれなかったの?」ベシーはリーブと一緒になってもう十年以上たつというのに、最初の奥さんに負けているような、やっかみの気分が消えていないのだ。

「だから、会わせるさ」

「どうして今まで会わせなかったの?」

「リーブ……」コボツキーが口を挟もうとした。

「それは、オレもこの十五年、ドーラと会ってないからだ」リーブが認めた。

「どうして?」ベシーはすかさず訊いた。

リーブが間をおいた。「行き違いがあった」

コボツキーは顔をそむけた。

「オレが悪かったんだ」リーブが言った。

「どこにも出かけないからよ」ベシーはなじるような口調になった。「いつも店にこもってるからでしょ。友達なんてどうでもいいと思ってるからでしょ」

リーブは重々しく頷いた。

「ドーラは病気なんだ」リーブは切り出した。「手術が必要だ。二百ドルかかる。コボッキーに約束したんだ……」

ベシーが金切り声をあげた。

帽子を手にとってコボッキーが椅子からおりた。

ベシーは胸に手をあてながら腕で目を覆った。足下がふらついている。ふたりは彼女を支えようと飛び出していったが、倒れはしなかった。コボッキーはすぐに椅子に座り直し、リーブは流しに戻った。

ベシーの顔はパンの内側のように青白くなっていたが、静かにコボッキーに話しかけた。

「奥さんのことはお気の毒に思いますけど、あたしたちには何もできません。ごめんなさいね、コボッキーさん。あたしたちは貧しいの。お金がないの」

「行き違いがあったんだ」リーブは激した声をあげた。

ベシーは棚のところに行って、請求書の箱を引き抜いた。中身をテーブルにあけてみせる。紙切れがあちこちに舞った。

「みんな請求書よ」ベシーが声をあげた。

コボツキーは身をすくめた。

「ベシー、うちは銀行に預金が……」

「ないわ……」

「通帳を見たぞ」

「そんなこと言う前に少しでも倹約してよ。生命保険でも入ったらどうなの？」

リーブは答えなかった。

「どうなの？」彼女は詰め寄った。

表でドアの音がした。音は続いた。店には客がたくさん来ていて、パンを求めている。ベシーは大きな足音を立てて出て行った。

店の奥ではともに傷ついたふたりがうごめいていた。コボツキーは節くれ立った手でコートのボタンをとめた。

「座れよ」リーブが言った。

「リーブ、ごめん――」

コボツキーは腰をおろした。顔には悲しみの色が浮かんでいる。ベシーと客とのやり取りが一段落つくと、リーブは店に入っていった。リーブは穏やかに、ほとんど囁くようにベシーに話しかけた。彼女の方も穏やかな口調だったが、一分もたたないうちに言い合いになってしまった。

コボツキーは椅子から降りていった。流しに行ってハンカチの半分を湿し、乾ききった目にあてた。その濡れたハンカチを畳んでコートのポケットに入れると、小さなペンナイフを取り出し、手早く爪を整えた。

店に行くとリーブがベシーに対し、いかに自分が長い時間辛い思いをして働いているか、来る日も来る日も苦労が絶えないかということを訴えていた。ちょっとした金が貯まったというのに、それを大事な友人と分かち合えないというなら、何のために働いてきたというのだ。しかし、ベシーにはベシーで言い返すことがあった。

「やめてくれ」コボツキーが言った。「喧嘩はやめてくれ。もうオレは帰るから」

リーブは苛立ちの表情を浮かべたまま、彼を見つめた。ベシーは顔をそむけたままだった。

「そう」コボツキーは溜め息まじりに言った。「金はドーラのためのものだ。でもほんとうは病気じゃないんだ、リーブ。彼女はもう死んだんだ」

「そうなのか」リーブは声をあげ、手に力をこめた。

ベシーは蒼白になって、コボツキーに顔を向けた。

「最近のことじゃない」コボツキーは、穏やかな口調になって言った。「五年前だ」

リーブはうめくような声を出した。

「金は彼女の墓に立てる石のためなんだ。女房の墓は、墓石がない。次の日曜でもう死んで五年になるけど、毎年あいつには約束してきた、「ドーラ、今年こそは墓石をつくってやるからな」って。でも毎年、約束を反古《ほご》にしてる」

実に恥ずかしいことだが、墓は墓標がないままの裸の状態なのだった。ドーラの名前をしっかり刻んだ墓標をつくるために、ずっと前に前金で五十ドルを払ってあったが、その残りはいまだに払っていない。一難去ってまた一難だったのだ。最初の年には手術があった。二年目には職を失って、関節炎のために入院を強いられた。三年目には未亡人である彼の妹がひとり息子を亡くしたので、やっと稼いだわずかばかりの金をその援助に回さなければならなくなった。四年目にはおできができて、人前に出られないほどになった。今年は少なくとも仕事はできたが、家賃を払い食べていくだけで精一杯で、未だにドーラは墓石のないまま眠っている。ある日墓地に行ったら、ドーラの墓がなくなっていることになりかねない。

リーブの目に涙が浮かんだ。ベシーの顔を見やった。首から肩にかけて、いくらかこわばりが解けていくようで、彼女も心を動かされているのがわかった。やっと何とかなったのだ。これでベシーはうんと言い、金をやるだろう。そうして一緒に食卓について食事をするのだ。

ところがベシーは涙を流しながらも、頭を振った。そしてふたりに考える間も与えずに、自分がこれまでいかに苦労してきたか語り始めた。彼女がまだ小さいとき、ボルシェビキ(ロシア革命を先導した共産党員たち)がやってきて大好きだった父親を靴も履かせぬまま雪原に連れ出した。銃声は木々にとまったクロウタドリを追い散らし、雪を血で染めた。結婚して一年がたったと思ったら、教養ある会計士の思いやりのあるやさしい夫が——

当時、あのあたりではそんな人はなかなかいなかったのだが――発疹チフスのためにワルシャワで死んでしまった。ひとりぼっちで悲しみに暮れ、何年か後にやっとドイツにいる兄の家に落ちついたと思ったら、その兄は、自分を犠牲にして何とか戦争が始まる前にアメリカにベシーを送り出し、自分は妻や娘とともにヒトラーの焼却炉に連れて行かれてしまった。

「こうしてあたしはアメリカにやってきて、この貧しいパン焼き職人と巡り合ったのよ。ほんとに貧乏で――いつだってこの人は貧乏だったのよ――お金も楽しみもないこの人と結婚した。どうしてかしらね。そして昼も夜も働いてこの手で彼のために仕事を軌道に乗せて、十二年たった今になってやっと何とかやっていけるようになった。だけどリーブは身体が丈夫じゃないの。目も手術の必要がある。他にもいろいろある。こんなこと言うとあれだけど、この人にもしものことがあったら、あたしはひとりでどうしたらいいの？　どこに行けばいいの？　いったいどこ？　あたしが文無しだったら、いったい誰があたしの面倒を見てくれるの？」

リーブは今まで何度も聞かされてきたこの話に耳を傾けながら、パンをかじった。

ベシーが話し終わると、リーブはパンの耳を放り捨てた。コボツキーは話の終わり頃には、耳に手を押し当てていた。

涙を流しながらもベシーは頭をあげ、訝るように臭いをかぎ始めた。突然叫びをあげて奥に走っていくと、大きな声を出してオーブンの扉をぐいっとあけた。煙が彼女の方に立ちのぼった。天板のパンはみな黒い煉瓦と化していた。炭の固まりだ。

コボツキーとリーブは抱擁し、過ぎ去った青春を惜しんだ。接吻し、そうして永遠に別れた。

魔法の樽

昔々というほど昔のことではない。ニューヨークのアップタウンの、粗末と言ってもいいくらいの小さな部屋に、それでも本だけはたくさん積み上げて、リオ・フィンクルという学生が住んでイェシーヴァ大学（ニューヨークにある正統派ユダヤ教の大学）でラビ（ユダヤ教の指導者）になるための勉強をしていた。フィンクルは六年間の課程を終えて、六月に正式にラビに任命されるはずだったが、ラビというのは結婚していた方が信者もついてくる、とある人に助言されたのだった。結婚するような相手は今のところいない。そこでフィンクルは二日ほど頭を悩ませてから、「フォーワード紙」に二行広告を載せていたピニー・ソルツマンという結婚仲介業者に来てもらうことにした。

フィンクルの住む下宿屋は灰色の石の建物で、その四階の暗い廊下に、ある晩、その業者は現れた。手には使いこんですり切れた、留め具つきの黒い鞄を持っている。長くこの仕事を手がけてきたソルツマンは、痩せてはいたが風格があった。古い帽子をかぶり、身の丈には短い、きつそうなコートを着ていた。魚が好物でそれとわかるくらい匂いが漂っている。歯が何本かないが、印象は悪くなかった。愛想がよく、目つきの哀しさの方が何とも不釣り合いに見える。声も、唇も、顎髭《あごひげ》も、骨張った指も精気に満ちている。ただ、ふと息をついた拍子に、穏やかな青い目からは深い悲しみがのぞくのだった。こういう交渉を業者とするのはリオとしては気が重かったのだが、ソルツマンのそんな様子のおかげでかえって気分が楽になった。

リオはすぐにソルツマンに依頼の背景を説明した。晩婚だった両親以外に、彼には身よりはない。この六年間というもの、ほぼ勉強だけに打ちこんできたので、当然ながら社交の暇もなかったし、若い女性の知り合いもできなかった。だから、あれこれと苦労するくらいなら――下手にじたばたして恥をかくよりは――その道の専門家の意見を聞いた方がいいと思ったのだ、と。さらに付け加えてリオは、結婚斡旋《あっせん》という仕事は昔からあるもので尊敬もされており、ユダヤ人の社会でも大いに推奨されている、人間にとって必要な事をうまく進めるのに役立つうえ、楽しみの部分が阻害されることもないのだ、というようなことも言った。しかも彼の両親の結婚も、斡旋してもらったものなのである。その結婚は金儲けにつながるというものではなかったけれど――というのも、どちらの家にもたいした財産はなかったから――少なくとも長きにわたって互いに身を捧げたという点ではうまくいっていた。そんな話をされてソルツマンは驚き、困ったなと思った。どことなくリオの言い草に、言い訳めいたものを感じたからである。しかし、そのうちに自分の仕事が立派で誇らしいものだという思いが強くなってきた。こんな風に感じるのは何年かぶりだった。心から、フィンクルの言うとおりだと思えてきた。

ふたりは具体的な話に入った。リオはソルツマンを、部屋の中でもただひとつ片付いた一角に導いた。テーブルが窓の前にあって、外には灯りに輝く街が見渡せる。リオはソルツマンのわきに座りつつもその顔を正面から見つめ続け、喉に感じるいがらっぽさを意志の力で押さえこんだ。ソルツマンは熱心な手つきで鞄を開け、古びた数枚のカードを束ねるゆるい輪ゴムを外した。それをソルツマンがめくる様子や音は、リオには文字通り辛いものであったが、あえて見ないふりをして窓の外にじっと視線をやっていた。まだ二月ではあったけれど、冬はもう終わりつつある。そんな季節の推移に気づくのはリオにとっては久しぶりのことだった。白い満月が、動物の群れと見まごうような雲の中を高々と動いていく。月は大きな雲の雌鶏を貫き、まるで自分で自分を産み落とした卵のようにそこからこぼれてくる、その様子をリオは半ば口をあけて眺めていた。ソルツマンは今かけたばかりの眼鏡越しにカードの情報に読みふけるふりをしていたが、ときどきこの若者の気品のある顔立ちにこっそり目をやっては、いかにも学問をする者らしい長いいかめしい鼻や、学識をかさねて重たげな茶色の目、繊細かつ厳格な唇、ほとんど落ちくぼんでさえ見える独特の浅黒い頬などに惚れ惚れと見入っていた。本棚を埋め尽くす書物を眺め渡すと、ソルツマンはやわらかい満足気な溜め息をついた。

リオはカードに目をとめた。ソルツマンが手に持って広げているのは六枚だった。

「それだけですか？」リオはがっかりして言った。

「事務所にいけばどれだけたくさんあるか、あなたにはわからんでしょうな」ソルツマンが答えた。「引き出しはもうどの段も一杯、今は樽に入れてます。でも、これからラビになろうっていう人の相手、誰でもいいというわけにはいきませんでしょう」

リオはこれを聞くと顔を赤らめ、ソルツマンにあんな履歴書を送って自分のことをいろいろ説明したのを悔やんだ。自分は何を求めているのか、何が譲れない線なのかをはっきり伝えた方がいいと思ったのだが、よけいなことまで結婚斡旋人に言ってしまった。

リオはおずおずと尋ねた。「候補になりそうな人の写真はありますか?」

「まずは家族のこと。それから持参金がいくらか。それから結婚後の見通し」ソルツマンはそう答え、きつそうなコートのボタンを外して椅子に腰をおろした。「写真はそのあとですよ、ラビ」

「フィンクルと呼んでください。私はまだラビじゃない」

ソルツマンはわかったと言ったが、かわりにリオのことを先生《ドクター》と呼び、ちょっとすきをみせると、すぐまたラビと言ったりした。

ソルツマンは鼈甲《べっこう》の眼鏡をかけ直すと、咳払いをして一番上のカードの内容を、熱意をこめて読み始めた。

「ソフィー・P。二十四歳。未亡人となって一年。子供なし。教育は高校と短大。父は八千ドルを保証。卸《おろし》売業は順調。不動産もあり。母方は教師が何人か、俳優もひとり。二番街では名家で有名」

リオは驚いて顔をあげた。「未亡人ですか?」

「未亡人だからといって、価値がさがるわけではありませんよ、ラビ。ご主人との結婚生活はたぶん四ヵ月ぐらい。身体が弱い人だったのです。ふさわしい相手ではなかったのです」

「未亡人との結婚なんて、露ほども考えてませんでした」

「あなたはわかってないのです。未亡人というのは、とくにこの人のように若くて健康な人であれば、結婚相手としては最高です。一生、こちらに感謝してくれる。もし私が今結婚するなら、未亡人を選ぶでしょうね。ほんとに」

リオはしばらく考えてから、頭を横に振った。

ソルツマンは肩をすくめたが、その失望はわかるかわからないかくらいに、かすかに表されただけだった。彼はカードを木のテーブルに伏せておき、次のものを読み上げた。

「リリー・H。高校教師。正規教員。代用教員ではない。貯金あり。ドッジ（米国の自動車ブランド）の新車あり。パリに一年在住。父は歯科医で繁盛、三十五年目。専門職の相手を希望。すっかりアメリカ社会に溶けこんだ一家。すばらしい条件」

「この人には会ったことあるのです」ソルツマンが言った。「あなたも是非会って欲しい。すごく美人です。頭もいい。一日かけて本やら演劇やらの話をしてもつきないのです。世の中のこともよくわかっている子です」

「年はいくつとおっしゃいましたっけ?」

「年?」ソルツマンは眉をあげながら言った。「三十二歳ですけど」

少し間をおいてからリオが言った。「それは少し行き過ぎてますね」

ソルツマンは笑い声をあげた。「あなた、いくつですか、ラビ?」

「二十七歳です」

「二十七歳と三十二歳で、いったいどれだけちがうという? うちの妻も私より七歳上です。それで私が困ったことがあったか? 何もないですよ。ロスチャイルド家(ヨーロッパ最大のユダヤ系銀行家の一族)の娘が結婚したいと言ってきたら、年上すぎるからと言って断りますか?」

「うん、断りますね」リオはあっさりと言った。

ソルツマンは、リオが「うん」にこめた拒絶の気持ちを振り払うように言った。

「五年なんて何ほどのものでもないのですよ。一週間も一緒に暮らしたら、年なんかわからなくなる。保証します。五歳上とはどういうことか。長く生きてきた分、物事がよくわかっているということです。この人はね、ほんとに良い子だ。無駄に年齢を重ねたわけじゃない。一年一年が、彼女の価値を高めてきた」

「高校ではどんな科目を教えてるんですか？」

「外国語です。この人がフランス語をしゃべるの聞いたらね、音楽が奏でられているかと思うほど。この仕事についてもう二十五年になるけど、この人は心からお薦めできる。ほんとです、ラビ。まちがいない」

「次のカードはどんな人ですか？」リオが遮るように言った。

ソルツマンはしぶしぶ三枚目のカードをめくった。

「ルース・K。十九歳。特待生。これと思う相手なら、一万三千ドルの持参金を出すと父親言ってる。お医者です。胃腸病の専門家で、名医。義理の兄弟が衣料品の会社を持ってる。すばらしい一族です」

ソルツマンはまるでトランプのカードを読むかのようだった。

「十九歳と言いました？」リオは興味を示した。

「ぴったり十九歳です」

「魅力的ですか？」リオは顔を赤らめていた。「きれい？」

ソルツマンは指先にキスをしてみせた。「すばらしくかわいい美人です。ぜったい保証します。父親と今晩さっそく連絡をとってみましょう。どれくらい素敵か、すぐわかりますよ」

しかし、リオは思い切れないでいた。「ほんとにそんなに若いんですか?」

「それは大丈夫。父親が出生証明書を見せてくれますよ」

「ほんとに何も問題ないんですか?」リオはしつこく訊いた。

「問題があるなんて、いつ言いましたか?」

「そんな年齢のアメリカ人の女の子が、どうして結婚を斡旋してもらわなきゃならないのか、わからないいんですよ」

ソルツマンの顔に笑みがひろがった。

「あなただってそうでしょ? 彼女が来たのも同じ理由だ」

リオは頬を紅潮させた。「僕の場合は、時間がないから」

ちょっと言葉がまずかったとソルツマンは思い、慌てて説明し直した。「依頼してきたのは父親の方です。本人ではない。娘には最高の相手をと思って、あちこち探してるのです。私が良い男性を見つけたら、父親を通して紹介し、話を進めることになってる。この方が、経験のない若い娘が自分で相手を探すよりもうまくいくのです。

おずと訊いた。

それくらいはわかると思いますが」

「でも、こんなに若いんだから、恋愛をしたいと思ってませんかね？」リオはおずおずと訊いた。

ソルツマンは笑い出しそうになったが何とかこらえ、声を落として言った。「恋愛というのは、ふさわしい相手がいてこそのものです。恋愛だけを求めるわけにはいかない」

リオは乾いた唇を開けかけたが、何も言わなかった。ソルツマンが次のカードを覗いたのを目にとめ、すかさず訊いた。「身体は丈夫なんですか？」

「健康そのものです」ソルツマンはややどぎまぎしていた。「まあね、右足が少し不自由ですけどね。十二歳のときに交通事故に遭っているから。でも頭はいいし、美人だから誰もそんなことは気にとめない」

リオはゆっくりと腰を上げ、窓のところに行った。何とも言えない嫌な気分だった。仲介業者など頼まなければよかったと後悔した。そうして頭を横に振った。

「どうして？」ソルツマンは声の調子をあげて訊いた。

「胃腸病の専門家なんて嫌ですね」

「どうして父親の仕事など気にする？　結婚したら、父親関係ないでしょう？　別に毎週金曜の晩に父親が来るわけでないでしょう？」

こういう会話をすること自体に嫌気がさして、リオはもう帰ってくれ、と言った。ソルツマンは重たい憂鬱そうな目で去っていった。

斡旋業者がいなくなってとにかくほっとはしたものの、翌日もリオは気分が重かった。ソルツマンが自分にふさわしい相手を紹介してくれなかったせいである。ソルツマンが扱うような女性たちには、自分は興味がないのだ。でも、それではソルツマンよりももっと格上の別の業者にあたろうかと考え始めると――そんなことはないと否定したくなるし、両親のことも尊敬しているにもかかわらず――ほんとうのところは、結婚相手を紹介してもらうことに自分は抵抗があるのではないかという気がしてきた。リオはそんな考えをすぐに振り払ったものの、気持ちは乱れていた。その日は一日迷走状態だった。大事な約束はすっぽかすし、洗濯物を出すのは忘れるし、ブロードウェイで入った喫茶店では支払いを忘れ、あとで芝居のチケットを握りしめたまま駆け戻る羽目になったりした。友人と連れだって歩く下宿の女主人と表で会って、向こうが「フィンクルさん、こんばんは」と丁重に声をかけてきたのに誰のことかわからない、などということさえあった。しかし、夜になるとようやく本に読みふけることができる程度の落ち着きを取り戻し、悩みを忘れて安らぎを得た。

ドアをノックする音がしたのは、ちょうどそのときだった。どうぞとも言わないうちに縁結び屋のソルツマンが部屋にいた。土気色の顔には生気がなく、見るからに枯渇し、立ったまま息絶えてしまいそうな様子だった。それでも彼は、ちょっと筋肉を動かして、ことさらな笑顔をつくってみせた。

「はい、こんばんは。来てよかったのですよね？」

リオは頷いた。またこの男かと思ったが、追い払うつもりもなかった。

笑顔のまま、ソルツマンは鞄をテーブルに置いた。「ラビ、いい知らせがあるのですよ」

「ラビと呼ぶなと言ったでしょ。僕はまだ学生だ」

「もう心配いりません。第一級のお相手がいました」

「その話はもういいですよ」リオは関心がないふうを装った。

「みんな踊りださんばかりに祝福してくれますよ」

「ねえ、ソルツマンさん、やめてください」

「だけど、まずは腹ごしらえです」ソルツマンは弱々しく言った。留め具を外すと、革の鞄に油のしみこんだ紙袋が入っていた。ソルツマンはそこから、何かのタネの入った硬いロールパンと、小さな白身魚の燻製とを取り出した。手早く魚の皮を剝《は》いでしまうと、猛然と食べ始めた。「一日、大忙しですよ」とつぶやく。

リオは彼の食べる様子を見つめていた。

「トマトのスライスでもありますか？」ソルツマンが遠慮がちに尋ねた。

「ありません」

ソルツマンは目をつぶって、また食べた。すべて終わるとパンくずをきれいに拾い集め、魚の食べかすと一緒に紙袋にまとめた。それから眼鏡越しに部屋を眺め渡し、本を積み上げげた合間に、一口コンロがあるのを見つけた。ソルツマンは帽子を持ち上げながら申し訳なさそうに「お茶を一杯いただけますかね、ラビ」と言った。

リオははっとして、立ち上がってお茶を入れた。レモン一切れに角砂糖ふたつを添えて出すと、ソルツマンは嬉しそうな顔をした。

お茶を飲んでしまうと、ソルツマンは元気を取り戻し、顔色もよくなった。

「ラビ、どうです」人懐こい口調だった。「昨日紹介した三人のこと、よく考えていただけたか?」

「考えることなんか、なかったから」

「どうしてです?」

「どの人も僕には合いません」

「どうだったら合うと言うんですか?」

うまく説明できそうにないので、リオはその問いには答えないでいた。ソルツマンは畳みかけるように、リオの返答も待たずに言った。「昨日お話しした女性で、ほら、この子は覚えてます? 高校で教員をしてるという」

「三十二歳の?」

するとどういうわけかソルツマンは、笑みを浮かべて顔を輝かせた。「二十九歳なのですよ」

リオはその顔に鋭い視線を送った。「三十二歳から若返った、と?」

「間違いだったのです」ソルツマンは言い切った。「今日、父親の歯科医と話してきた。自分の金庫まで行って、出生証明書見せてくれました。この間の八月に二十九歳になったところ。学校の休みに山に行って、お祝いのパーティしたそうです。父親とはじめて話をしたとき、私が年齢ひかえるの忘れた。でも考えてみると、三十二歳とは未亡人の方です」

「昨日の未亡人？　二十四歳って言いませんでした？」

「別の未亡人です。私のせいではないでしょう？　世の中が未亡人だらけだからといって」

「とにかくどの人にも興味ありませんよ。そもそも学校の先生は嫌だ」

ソルツマンは握りしめた手を胸の前に持ってきた。天井に目をやりながら、信心深そうに言う。「ユダヤ文化を共有するみなさん、高校の先生が嫌だときた。いったいどうしたらいいのでしょう。じゃ、いったい何だったらいいと言うか？」

リオは頭に血がのぼりかけたが、堪えた。

「どうしろと言う？」ソルツマンは続けた。「あなたはこの素晴らしい女性が駄目と言う。四つの言語を操り、銀行には一万ドルの貯金。お父さんはさらに一万二千ドルを用意すると言っている。新しい車も、素晴らしい洋服も持っている。あらゆる話題に通じている。並ぶもののないほどの家庭と子供たちをあなたにこしらえてくれる。まるでこの世の楽園ではないですか？」

「そんなに素晴らしい女性なら、十年前に結婚しててもおかしくないじゃないですか?」

「なぜ結婚してないか?」ソルツマンは含みをこめて笑った。「――なぜか? それはね、彼女がこだわるからですよ。それが理由です。最良の相手を求めている」

リオは黙っていた。我ながら、ソルツマンのペースに引き込まれている自分が滑稽だと思えた。とはいえソルツマンがリリー・Hへの興味をかき立てたのは間違いない。本気で彼女と連絡をとろうかと思い始めてもいた。自分の提供した情報にリオが熱心な反応を示すのを見て、ソルツマンの方は合意が間近だと確信していた。

土曜の午後遅めの時間に、リオはソルツマンのことを考えながらも、リリー・ハーショーンとリバーサイド・ドライブ通り沿いを歩いていた。足早に、しゃきっと歩を進める。ことさら目立つ黒いフェルト帽は、今朝、震える思いとともに、クローゼットの棚で埃をかぶっていた箱から取り出したものだ。厚手の一張羅の黒コートには丁寧にブラシをかけておいた。遠い親戚からもらったステッキもあったが、さすがにやりすぎだと思いやめておいた。小柄なリリーは顔立ちはまあまあで、春らしい装いを身にまとっている。どんなことにも関心を持ち、物知りだった。その話しぶりからは、思ったりよりもしっかりした女性であることがリオにもわかった。ここでもソルツマンは正しかった。そのソルツマンがすぐそのあたりにいるような気がしてリオは落ち着かなかった。道沿いの街路樹の上の方に隠れているのではないか。手鏡を光らせて女性に合図を送っているのではないか。あるいは獣の足を持ったギリシャ神話の半獣神《パン》よろしく、踊りながら彼らの歩みを密かに導き、祝婚の調べを葦笛で奏でているのでは。行く手に野花の蕾や、紫色の葡萄を撒き散らし、ふたりの結合の果実を象徴させているのでは。むろんそんな果実はまだどこにもないのだが。

リリーはこんなことを言ってリオをびっくりさせた。「どうもソルツマンさんのことが気になってしまって。変わった人だと思いません？」

どう応じていいのかわからず、リオはただ頷いておいた。

リリーは頬を赤らめながらも、思いをどんどん言葉にした。「少なくともあたしは、こうして間をとりもってもらって、とてもありがたいと思ってます。あなたはそうじゃないですか？」

リオは礼儀正しく「ええ、私もありがたいと思ってます」と答えた。

「あのね」リリーは小さく笑いながら言ったのだが、これがまた品があるというか、少なくとも下品には見えない。「あたしたちがこんなふうに出会ったの、嫌ですか?」

リリーの率直な物言いは、リオには不快なものとは思えなかった。ふたりの関係を正確に見据えようとしているのだ。こんなふうに物事をきちんとさせようとするからには、それなりの人生経験もあったのだろうし、勇気だって必要だ。何か過去にあったからこそ、はじめからこんなことを言うのだ。

自分は構わないとリオは言った。ソルツマンの仕事は、昔から行われていたわけだし、立派なものだ——成就すればとても意味がある。なかなかうまくはいかないけれど、と彼はつけ加えた。

リリーは溜め息をつきながら相づちを打った。ふたりはしばらく歩き、長い沈黙があったが、やがて彼女が言った。甲高く笑っている。「少し立ち入ったことを訊いてもいいかしら? はっきり言って、すごくおもしろいことだと思うんです」リオは肩をすくめてみせたが、リリーは照れくさそうに続けた。「ラビの道に進もうとしたのはなぜですか? 突然、強い霊感が沸き起こったんですか?」

しばらく間をおいてからリオはゆっくりと言った。「前から法には関心があったんですよ（ラビはユダヤ教の律法学者でもある）」

「至高の存在が法には現れていると？」

リオは頷いてから、話題を変えた。「ハーションさんは、パリに住んだことがあるということですけど？」

「あら、ソルツマンさんが言ったんですか、ラビ？」リオはたじろいだが、リリーは続けた。「ずっと前のことで、もうほとんど覚えていません。姉の結婚式があって戻らなければならなかったんです」

それでもリリーは話題を変えようとしなかった。「いったい、いつから」声がわずかに震えている。「神への思いがそんなに強くなったんですか？」

リオは呆然とリリーを見つめた。それから、彼女が語っているのはリオのことなどではなく、まるきり別人なのだということがわかった。神秘家で、熱情に満ちた預言者とでも言うべき人物像。彼女向けにソルツマンがでっちあげたものだ。どこを探してもいないような、架空の人間だ。リオは怒りと失望とで身体を震わせた。あのぺてん師はこの女性にまがい物をつかませたのだ。こちらにしたのと同じように。リオだって、二十九歳の若い女性が来るものとばかり思っていたら、現れたのは緊張と不安とを顔に浮かべた、三十五過ぎのどんどん老けていく女。すぐごめん蒙りたいところだったのに、ここまでずっと我慢していただけだ。

「違うんです」リオは重い口調で言った。「僕はそんなご立派な宗教家なんかじゃない」次に言う言葉をさぐりながらも、恥ずかしさと恐怖とがこみ上げてくる。「こういうことです」声がうわずっていた。「僕が神の道に進もうと思ったのは、神を愛していたからではなく、愛していなかったからなんです」

たいへん苦い告白だった。まさかこんなこととは自分でも予想しておらず、ショックだった。

リリーはうなだれた。リオには頭のはるか上を、たくさんのパンがカモみたいに飛び交うのが見えた。昨日の夜、興奮のあまり眠れなくて数えてみた、翼を生やしたパン――天使――と似ていないこともない。まだしもの救いは、そのとき雪が降ってきたことだった。これだってソルツマンの仕業かもしれなかったが。

ソルツマンが許せなかった。こんど現れたら、ただちに部屋から追い出してやる、とリオは思った。しかし、その晩、ソルツマンは来なかった。怒りが収まってみるとリオは、何とも言えない絶望感に陥った。はじめはリリーに期待を裏切られたせいだと思ったが、まもなくはっきりしてきたのは、自分でも自分が何をしたいのかわからずにソルツマンに紹介を頼んだということだった。そうなのだ――何とも言えない虚無感が六本の手を伸ばして彼を捕まえた――自分が業者に結婚相手の斡旋を依頼したのは、自分にそれをする能力がなかったからだ。リオがこの怖ろしい実情を突きつけられるきっかけとなったのは、リリー・ハーショーンと会って話をしたことだった。リリーがあれこれとうるさく訊いてきたおかげで――彼女に対してというよりは自分自身に対し――自分にとって神とはほんとうは何なのかということがわかった。そしてそこから発してたいへんな衝撃とともにわかったのは、自分の両親以外にレオは、誰も愛したことがないということだった。あるいは逆なのかもしれない。自分が神にしかるべき愛を向けることができないのは、人を愛したことがなかったからなのだ。自分の全人生がむき出しになったような気分だった。自分とはどのような人間であるかが、やっとわかった――自分は人に愛されたこともなければ、人を愛したこともないのだ。うすうす勘づいていたこの苦い真実がこうして暴かれるとリオは錯乱状態寸前となり、必死の思いで自分を抑えるしかなかった。リオは手で顔を覆い、泣いた。

その次の週はほんとうにひどかった。食べ物が喉を通らず、体重が減った。顎髭はくすみ、ぼさぼさだった。授業にも参加せず、本もほとんど開かなかった。本気でイェシーヴァ大学を中退することも考えた。この何年か勉強してきたことが無に帰するのは何とも辛かったし――まるで本から破り取られたページのように、街中に撒き散らされるのだ――また、そんなことを両親に告げたら、さぞがっかりするだろうとも思ったけれど。しかし、リオは今まで自分がいったいどんな人間なのかも知らずに生きてきたのだ。『モーセの五書』にも注釈書にもそんなことは書いてなかった――汝自身の責務なり、ということだ。どこを読めばいいのかわからないし、この荒涼とした孤独の中、頼れる人もいなかった。リリーのことは何度も考えたけれど、結局、階段を下りていって彼女に電話をかけるというところまではいかなかった。リオは苛々と怒りっぽくなり、とくにいろいろ個人的な事情を詮索してくる下宿の女主人に対する態度は横柄になった。その一方で、あまりにひどかったと思うや、階段で彼女を待ち伏せてさんざん謝りまくり、彼女の方が嫌になって逃げていくなどということにもなった。ただ、そんな目に遭っているうちにリオは、やっぱり自分はユダヤ人なのだ、ユダヤ人というのは苦しい人生を歩むものなのだ、というような慰めを得たりもした。

しかし、この長く辛い一週間が終わりに近づくと、彼は少しずつ落ち着きを取り戻し、人生の目的も再び見えてきた。予定通りやるのだ。彼自身は未熟だったが、それと理想とは別物だ。結婚相手の件は、また探すのかと思うだけで不安と胸焼けに苦しめられたが、自分のことがよくわかってきたのだから、前よりはうまくいくはずだった。こんどは自分も愛するのだ。そうすれば自然と花嫁も現れる。この神聖な計画に、あんなソルツマンみたいな人間はいらない。

まさにその晩のことだった。結婚仲介業者が、がりがりに痩せた顔に憑かれたような眼で戻ってきた。しかも、そんな様子にもかかわらず、まだかまだかという顔つきをしている。まるでリリー・ハーショーンのそばにひかえて丸々一週間、決してかかってこない電話が鳴るのを待っていたという様子である。

何気なく咳払いをしてから、ソルツマンは単刀直入に話を切り出した。「どうでしたか、彼女は？」

リオの中で怒りが沸き起こり、文句を言わずにはいられなかった。「どうして嘘をついたんですか？」

ソルツマンのただでさえ蒼白い顔が、真っ白になった。雪でもかぶったようだった。

「二十九歳だと言ったじゃないですか？」リオは強い口調で言った。

「だから言ったでしょう――」

「少なくとも三十五歳だ。ど、ど、どうしたって三十五はいってる」

「そうとは限りませんですよ。父親が言うには――」

「もういい。何よりひどいのは、彼女に嘘をついていたことだ」

「どんな嘘をついた？　教えてください」

「あなたは、僕に関しての正しくない情報を彼女に伝えた。あなたは僕を実際以上に見えるよう取り繕い、その結果、僕はかえってみじめに見える羽目になったんです。彼女が思い浮かべていたのはまったくの別人。この世のものとは思えないような驚異のラビだったんです」

「私が言ったのは、あなたが信仰に生きる人だということ」

「あんたが実際に何を言ったかはだいたいわかる」

ソルツマンは溜め息をついた。「私のまずいところなのです」ソルツマンは認めた。「妻は、私、営業の仕事合わないと言います。でも、すてきな人がふたりいて、この人たちが結婚したらすばらしいだろうなと思うと、つい嬉しくなってしゃべりすぎてしまう」そう言って弱々しく笑う。「だからソルツマンという男は貧乏ですよ」

リオの怒りは収まった。「まあ、ソルツマンさん、残念ながら、それだけですよ」

ソルツマンは物欲しげな視線で彼を見据えた。

「結婚相手はもうお探しではないのですか？」

「探してますよ」リオが答えた。「だけど、やり方を変えることにしました。もうお見合いはいいのです。はっきり言って、結婚に至るにはその前に愛が必要だと思うようになりました。つまり結婚する相手とは、まず愛し合いたいのです」

「愛？」ソルツマンがおどろいて言った。少し間をおいてから、彼はこう返した。「私たちにとっては、愛というのは私たちの生き方から生まれるものです。女性たちに向ける愛とは違う。ゲットー（かつてイタリアなどで、ユダヤ人たちが強制的に住まわされた居住区）では――」

「わかってる、わかってますよ」リオは言った。「そんなことはしょっちゅう考えてきた。自分にもそう言いきかせてきた。愛というのは生きて信仰を深める中でこそ生まれるものであり、それ自体が目的となってはいけないのだ、と。だけど、自分は何が欲しいのかをはっきりさせ、その欲求を満たす必要があるのです。今の私には」

ソルツマンは肩をすくめたが、答えた。「いいですか、ラビ、あなた愛が欲しいというなら、その望みだって私はかなえてあげることできる。私のお客さんには、あまりにきれいで一度見たらたちまち愛さずにはおられない人いる」

リオは苦笑した。「わかってないですね」

しかしソルツマンは急いで鞄をあけると、マニラ封筒を取り出した。

「写真です」ソルツマンはそう言うと、すばやく封筒をテーブルに置いた。

リオはソルツマンの後ろ姿に向けて、そんな写真はいらないと言ったが、まるで風に乗ったみたいにソルツマンは消えてしまった。

三月になった。リオはふだんの生活に戻っていた。まだ今までの自分とは違うような感じは残るけれど――どうもやる気がでないのだ――もっと積極的に人と交わろうとは思っていた。もちろんそのためには他の何かを犠牲にしなければならない。でも、切り詰めるのはリオの得意とするところだった。もう切り詰めるべき余分な部分がないとなれば、全体をしぼって効率をよくすればいい。ソルツマンの置いていった写真はずっとテーブルに置かれたままで、埃をかぶっていた。ときおり勉強の最中や、一服して茶を飲んでいるときなどにそのマニラ封筒に目がとまったが、決して開けることはなかった。

こうして日はすぎ、異性とも何が起きるわけでもなかった。彼のような立場の人間には難しいのだ。ある朝、リオは階段をのぼって部屋まで来ると、窓から街を見渡した。天気が良い日だったのに、彼の視界は暗かった。しばらく足早に道を行く人々を眺めてから、沈鬱な思いで自分の小さな部屋に視線を戻した。テーブルの上には例の封筒がある。突然、彼はその包みをものすごい勢いで引き裂いた。三十分ほど、興奮状態のままテーブルのわきに立って、彼はソルツマンの置いていった写真に見入った。やがて、深い溜め息をついてからそれらを下に置く。六人いた。顔立ちはいろいろ。だが、しばらく見ていると、すべての顔がリリー・ハーショーンに見えてくるのだった。みな、美しい盛りの年頃は過ぎている。みな、きらびやかな笑みを浮かべながらも、物欲し気だった。本当に魅力的な個性を持った女性はひとりもいない。必死に呼びかけたのに、人生は足早に彼女たちを通り過ぎてしまったのだ。まさに魚の匂いのする鞄に入れられていた写真にふさわしい。ところが、しばらくしてリオが写真を封筒に戻そうとすると、そこにもう一枚の写真があった。二十五セントで撮影できる自動式の簡易写真《スナップショット》だった。リオはそれをじっと見つめてから、低い唸り声をあげた。

強く何かを感じさせる顔だった。どこがいいのか、すぐにはわからなかった。春の花のごとき若さを感じさせる。でも老いも——身体の芯までくたびれ果てたような、疲弊感がある。目のせいだった。忘れられない親しみやすさがある一方で、決して越えられない壁がある。この人とはたしかにどこかで会ったことがある気がしたのだが、どこでだかがわからない。今にも名前を思い出せそうなのだが、どうしてもわからない。まるで彼女が直筆で書いた名前を見たことがあるような気さえする。でも、そんなはずはない。それなら思い出せるはず。はっきり言えるのは、彼女が人並み外れた美人というわけではないことだ。違う。もちろんそれなりにきれいな顔立ちではあったが。彼の気持ちをとらえたのは、もっと別の何かだ。部分だけ見れば、あの写真の女たちの方がましというところさえある。しかし、この女性は直接彼の心をとらえたのだ。彼女はある人生を歩んだ。いや歩みたいと思った。単に歩めればと思っただけでなく、そうならなかった自分の人生を悔いてもいた。そして何かとても辛い思いをした。それはこの拒むような目に、また彼女を包み彼女の中から輝き出る光、内に宿した光によく表れていた。まだ可能性がひらけているのがわかる。これは彼女に固有のものだ。彼女が欲しい、とリオは思った。あまりに強く見つめたせいで、頭が痛くなり目を細めざるを得なくなった。それからまるで心の中を覆っていた靄《もや》がはじけ飛んだかのように、女のことが怖ろしいと彼は思った。そうして、よくわからないのだが、悪を感じたように思った。彼は身震いし、やさしくつぶやいた、皆かくあり、と。リオは小さなポットで茶を入れ、砂糖を入れずにすすりながら気持ちを落ち着けようとした。でも、飲み終わる前に、あらためてその顔を胸の高鳴りとともにじっくり見つめ、とてもいい顔だと思った。リオ・フィンクルのための顔だ。このような女性こそが、自分のことをわかってくれるのだし、自分の探し求めているものを一緒に探してくれる。彼女はひょっとすると、彼のことを愛してくれさえするのだ。どうして彼女が、ソルツマンの樽の中で不要品扱いされていたのかわからなかったが、自分がこの人にすぐ会いにいかねばならないことだけははっきりしていた。

リオは階段を駆け下りてブロンクス地域の電話帳をつかみ、ソルツマンの自宅の住所を探した。電話帳には載っていない。事務所もない。マンハッタン地域の電話帳にもない。ただ、リオは「フォーワード紙」の個人消息欄にソルツマンによる広告が出ていたのを見て、その住所を紙切れに写したのを覚えていた。彼は部屋に駆け戻ると、メモの類をひっくり返してみたが、見つからない。苛立たしかった。まさに居て欲しいというときに限って、あの結婚斡旋人はどこにもいないのだ。そのとき、たまたま財布の中を確かめてみたのが幸運だった。カードが見つかり、そこに彼の名前とブロンクスの住所とがあった。電話番号はなかったが、考えてみると、もともとソルツマンとは手紙でやり取りをしていたのだ。リオはコートを着ると、スカルキャップ（聖職者がかぶる縁なし帽）の上から帽子をかぶり、地下鉄の駅に急いだ。ブロンクスの外れのその住所にたどり着くまでの間、彼は電車のシートに今にも立ち上がらんばかりの姿勢で浅く腰かけていた。一度ならず、写真を取り出して女性の顔を確認したい誘惑に駆られたが、何とか抑え、コートのポケットに写真を入れたままにした。こうして間近に彼女をとどめておくだけで十分だった。電車が目的地に着いたとき、彼は扉の前で待ち構え、扉が開くや駆け出して行った。広告にあったソルツマンの番地はすぐにわかった。

目当てのビルは地下鉄から一ブロックと離れていないところにあったが、オフィスビルという様子でもないし、ましてやロフトのあるような建物でもない、仕事場を間借りできるような倉庫でもなかった。たいへん古い共同住宅なのだ。ソルツマンの名前が呼び鈴の下の変色した紙切れに鉛筆で書かれているのを見つけ、暗い階段を三階分ほど上ってその部屋まで行った。ノックをすると、痩せて喘息気味の白髪の女性が、フェルトのスリッパを履いて出てきた。

「はい？」女はうつろに言った。こちらの言うことが耳に入っているのかどうか。この人にも絶対会ったことがあるような気がしたが、もちろんそんなのは幻想だ。

「ソルツマンさんはこちらですか？　ピニー・ソルツマンさん」とリオ。「結婚の斡旋をしている」

女はしばらく彼のことをまじまじと見つめていた。「はいはい」

リオは居心地が悪かった。「今、いらっしゃいます？」

「いいえ」彼女の口は開いていたが、出てきた言葉はそれだけだった。

「急ぎの用なんです。事務所がどちらだか教えていただけますか？」

「空中です」女は上を指した。

「事務所はないと？」リオが訊いた。

「靴下の中です」

リオはアパートを覗きこんだ。陽はあたらず、薄暗かった。大きな部屋を半ばまで引いたカーテンで仕切り、カーテンの向こうに、バネのたわんだ金属製のベッドが見える。部屋のこちら側には傾《かし》いだ椅子と古い書き物机、脚が三つのテーブル、それに調理器具やもろもろの台所用品を載せた棚があった。しかし、ソルツマンも例の魔法の樽も、影も形もない。魔法の樽など想像だけの作りごとだったのだ。魚フライの匂いに、リオは思わず脱力して膝をつきそうになった。

「あの人はどこにいるんです？」リオは強く言った。「あなたのご主人に会いたいんです」

やっと彼女が答えた。「わかるわけないでしょう？　何か思いつくと、すぐどこかへ消えちまうんですから。お帰り。あの人の方から伺うでしょうよ」

「リオ・フィンクルが来たと言ってください」

彼女はうんともすんとも言わなかった。

リオは落胆して階段を下りていった。

ところが家に戻ってみると、ソルツマンがぜいぜいと息を切らしながら、入り口に立っていた。

リオは驚き、はじけんばかりに喜んだ。「どうして僕より先に来られたんです？」

「急いだのですよ」

「どうぞ」

ふたりは中に入った。リオは茶を入れ、鰯《いわし》のサンドイッチをソルツマンに出してやった。茶を飲みながらリオは写真の入った背後の封筒に手を伸ばし、ソルツマンに渡した。

ソルツマンはコップを置くと期待をこめて言った。「誰か、お心にかなう人がおりましたか?」

「この中にはいません」

斡旋人は顔をそむけた。

「僕がいいと思ったのは、この人です」リオはその写真を差し出した。

ソルツマンは眼鏡をかけると、震える手で写真を取り上げた。顔が青ざめていた。唸り声を出す。

「どうしたんです?」リオが訊いた。

「すいません。間違いです、この写真。あなた用のじゃない」

ソルツマンは慌てて封筒を鞄に突っ込んだ。写真の方はポケットに押しこみ、階段を駆け下りる。

リオはしばし呆然としていたが、それからソルツマンの後を追い、玄関のところで追いついた。女主人が甲高い悲鳴をあげたが、ふたりともそんなことには構わなかった。

「その写真を返してください、ソルツマンさん」

「駄目です」彼の目に浮かんだ苦悩は、おぞましいほどだった。

「じゃ、誰なのか教えてください」

「それを教えることはできません。すいませんが」

ソルツマンは立ち去ろうとしたが、リオは我を忘れて彼のきつい上着を掴み、その身体を激しく揺すぶった。

「やめてください」ソルツマンは困ったように言った。「お願いですから、やめてください」

リオは、はっとして手を離した。「誰なんです？」彼は嘆願していた。「どうしても知りたいんです」

「この人はあなたには向かないです。この人は手に負えない——とんでもない女です。ラビの花嫁になるような人ではありません」

「手に負えないというのは、どういうことですか？」

「まるでケダモノのような。まるで犬のような。この人にとってお金がないことは、罪にも等しかったのです。だから、私にとって彼女は死んだも同然なのです」

「いったいどういうことですか?」

「この人のこと、あなたには紹介できません」ソルツマンは声をあげた。

「どうしてそんなに取り乱しているんですか?」

「どうして、ときた」ソルツマンが言った。涙を流していた。「これは私の子です。私のステラ。この子は地獄に堕ちる」


リオはベッドに駆け戻り、布団をかぶった。布団の中で、自分の人生を振り返った。まもなく眠りに落ちたが、眠りの中で彼女のことを忘れるというわけにはいかなかった。目が覚めると、激しく胸を叩いた。彼女のことを忘れさせて欲しいと神に祈ったが、効き目はなかった。何日も苦しみつづけ、何とか彼女のことを想うのをやめようとした。しかし、ほんとうに忘れてしまうのも嫌で、そうはならないようにした。それから、彼女を高潔さそのものへと祭りあげ、自分は神に仕立てあげた。そうした考えにリオはうんざりしたかと思うと昂揚し、切りがなかった。

ブロードウェイのカフェテリアでばったりソルツマンに会うまでは、リオは自分がもう心を決めているということもおそらくわかっていなかった。ソルツマンは奥の方の席にひとりで座り、骨に残った魚の身に喰らいついていた。その姿はやつれ、今にも消えてしまいそうに影が薄かった。

ソルツマンは、はじめに顔をあげたときはリオに気づかないふうだった。リオの顎髭は鋭く生え、目つきには何かを悟ったような重々しさがあった。

「ソルツマンさん」リオが言った。「僕の心にやっと愛が芽生えたんですよ」

「写真で愛するなんてできるわけないでしょう?」結婚斡旋人は嘲《あざけ》るように言った。

「ありえますよ」

「彼女のこと好きになれるなら、誰だって好きになれる。新しい候補が何人かいます。ちょうど写真を送ってきた。ひとりはお人形みたいにかわいい」

「彼女じゃなきゃだめなんです」リオはつぶやくように言った。

「馬鹿なこと言わないでください、先生。あの子のことお忘れください」

「会わせてください、ソルツマンさん」リオは低姿勢だった。「何かお役に立てると思う」

ソルツマンが食べる手をとめた。これで決まりだとリオは思った。こみ上げてくるものがあった。

しかし、カフェテリアを出るときには、リオは苦い疑いの気持ちに苛《さいな》まれていた。すべては、はじめからソルツマンの仕組んだことだったのではないか、と。

待ち合わせ場所を知らせる手紙がリオのところに届き、ある春の晩、街灯の下に、彼女は立っていた。彼は菫《すみれ》と薔薇の蕾の花束を手にしていた。ステラは街灯のわきでタバコを吸っていた。白い洋服に赤い靴という身なりは彼の予想通り。ただ、妄想が膨らむと赤い服に、白いのは靴だけという想像もしたが。彼女はぎこちなく、不安げだった。遠くから見ただけでも彼女の目は――父親とそっくりのその目は――すがるような純真さをたたえていた。その姿に、彼は自分自身の救済を見た。ヴァイオリンと灯をともした蠟燭とが空を舞う。リオは花束を差し出して走っていった。

すぐそこの物陰では、ソルツマンが壁に身をもたせ、死者のための祈りを捧げていた。

解説

阿部公彦

マラマッドと「弱さ」

『魔法の樽』(一九五八)は、『ナチュラル』(一九五二)、『アシスタント』(一九五七)について刊行されたバーナード・マラマッドの最初の短編集である。マラマッドはこの作品で全米図書賞を受賞し、作家として脚光を浴びることになった。日本でも人気の高い作品で、一九七〇年前後には相次いで三種類の翻訳が刊行され(邦高忠二訳『魔法の樽』荒地出版社、一九六八/繁尾久訳『魔法のたる』角川文庫、一九七〇/加島祥造訳『マラマッド短篇集』新潮文庫、一九七一)、つい数年前にも、柴田元幸氏によるマラマッド選集『喋る馬』(スイッチパブリシング、二〇〇九)にこの短編集からいくつかの短編作品が訳出されている。すでに名だたる名訳者による既訳があるわけだが、古典を収録することで定評のある岩波文庫赤版のラインナップに、今、マラマッドが加わるのは意味のあることだと思う。

マラマッドの短編には小説作法のエッセンスが詰まっている。とくに『魔法の樽』の短編群は、その冒頭のちょっと癖のある第一センテンスでこちらを物語の中に連れこむ強烈な「引き」と、ほとんど寓話的と言ってもいいほど様式化された展開部への「つなぎ」とで息もつかせぬほど。さらには読者の期待感(もしくは心配感)を右肩上がりで盛り上げる切迫的なステップアップ／エスカレーションの感覚が、追い詰められた主人公の心理と連動しながら、一度読み始めたらやめられない狂おしい「病みつき」めいた体験を生み出す。もちろん、その一方で、「そこを突くか!」というような抜け目ない視点や細部の遊びもふんだんに盛り込まれ、寸分の隙もないような文章に、ときおり、ふっと立ち止まるような瞬間が作り出される。じっくりと読む甲斐のあるそうした描写があればこそ、マラマッド的世界の独特な居心地はつくられるのである。

しかし、マラマッドの読みどころは、そうした通常の意味での小説的「うまさ」に収まるものではない。柴田元幸氏は文学史的な観点から、マラマッドの果たした功績を三つの特徴にまとめているので参考にしてみよう(『喋る馬』「あとがき」)。一つめの特色は、どちらかというと個人の自己実現に重きを置くアメリカ的風土に、他人のために苦しむ「義の人」の文学を持ち込んだこと。二つめは貧乏と美との合体した「貧乏叙情」を生んだこと。そして三つめがイーディッシュ訛りの移民たちによる「訥弁の雄弁」を実現したことである。

柴田氏のあげるこれら三つの特徴は、私たちの多くがマラマッドの作品を読んだときに持つ直感的な印象をうまく説明してくれると思う。そこに通底してあるのは、「弱さ」への感受性だろう。加島祥造氏がマラマッドの作風を評して「奇妙に人の心に滲《にじ》みこむ」と言っているように(『マラマッド短篇集』「あとがき」)、私たちはマラマッドの作品を読んで奮い立ったり、「よし、明日から生き方を変えよう！」などと気持ちを新たにしたりするわけではない。むしろ、逆だ。「うん、そうだ……」と頷いたり、「やっぱりダメか」とうなだれたり、あるいは言葉をなくしてとにかく黙る。マラマッドの文学は決して周囲に精気をまき散らすたぐいのものではないのである。それどころか、惨めで、卑屈で、ずるくて、悲しくて、薄暗くて、陰気で、どこにも至らない、何もできない、ただただ苦しい、それがマラマッドの作品なのである。

しかし、それでも私たちがマラマッドを読みたいと思うのは、まさにそうした体験を私たちが求めているからである。ふだん自分の心を覆っているものをどかし、そのやわらかい部分を久しぶりに見つめたり、動かしてみたり、そっと手を伸ばしてさすってみたりしたい。マラマッド的な「弱さ」の自覚はそうした試みにぴったりなのである。加島氏が「奇妙に人の心に滲みこむ」とマラマッドを形容したのは、私たちがほとんど無意識のうちに隠し持っている格好の悪い、惨めで哀しい領域に、驚くほどの精妙さでこの作家が踏みこんでいくからだ。マラマッドはそうやって私たちを、自分の背面に隠れた薄暗い路地のようなところへ導いてくれる。

作家への道

バーナード・マラマッドは一九一四年、ロシア系ユダヤ人の両親の元にニューヨーク・ブルックリンで生まれた。年代からもわかるようにマラマッドの両親は、帝政ロシア期のユダヤ人迫害を逃れてアメリカにやってきたのである。ブルックリンと言えば、今でこそブティックやレストランの並ぶ「お洒落な街」であり、有名作家が居を構えたり小説の舞台にしたりしたこともあって、文学や芸術の香りが強く漂うという印象もあるかもしれない。マンハッタンを訪れる観光客がブルックリンまで足を伸ばすということも多い。しかし、つい最近までそこは貧しい住人の多い、危険な場所でもあった。ましてやマラマッドの両親が移住してきた二〇世紀はじめのブルックリンは、迫害の地から命からがら逃げてきたような移民も多くいた地域で、それだけに日本的な意味とはまた別の人情や情念の渦巻く場所でもあった。本文庫の表紙カバーの写真は一九一五年に撮影されたもので、まさにこの場所に、一九二四年、マラマッドの両親が雑貨屋(grocery store)を開いたことが知られているのだが、この風景を眺めるだけでも何となく当時の雰囲気が思いおこされるかもしれない。

ニューヨークに移住したユダヤ人の多くは、子供たちの教育には熱心だった。マラマッドは両親の店を手伝いながら高校に通い、卒業後、一時的に教員見習いとして働いたが、その後ニューヨーク市立大で英文学を勉強し、コロンビア大の修士課程に進んでトマス・ハーディの研究で修士号を取得している(修士論文のタイトルは「米国の雑誌におけるトマス・ハーディの詩人としての評判」(Philip Davis. *Bernard Malamud: A Writer's Life* (Oxford: Oxford University Press, 2007), p. 48)。貧しい家庭に生まれつつも、学校では成績優秀で利発な子供だったマラマッドは、奨学金の助けも借り、苦学しながら学歴を得ていく。そこには持ち前の勤勉さも大きく役立っていた。

しかし、苦学をへて立身出世を果たすというコースは、昔ながらの移民の理想を体現していたばかりではない。彼の経歴は、その後多くのアメリカ作家がたどる道の先鞭をつけたと言ってもいい、きわめて新しいものでもあった。少年時代のマラマッドは映画を愛し、小説を読み、ストーリーテリングの楽しさを知っていた。そうした物語への興味の延長線でもあったのだろう、大学では英文学を専攻。これは English と呼ばれるコースで、日本でときに誤って訳されるように「英語」とか「英語学」という意味ではなくあくまで「文学」が中心である。マラマッドは英米問わずさまざまな作品を読み込んでいた。アーネスト・ヘミングウェイ、ヘンリー・アダムズ、マシュー・アーノルド、T・S・エリオット。ある時期はフロイトに夢中になっていたことも知られている(Janna Malamud Smith. *My Father Is a Book* (New York: Mariner Books, 2006), pp. 27–64)。『魔法の樽』を読んでまず誰もが頭に浮かべるのは「ヨブ記」をはじめとする旧約聖書の世界だろうし、さらにその作品構成からジェイムズ・ジョイスの『ダブリン市民たち』やシャーウッド・アンダソンの『ワインズバーグ・オハイオ』といった作品を思い浮かべる人もいるかもしれないが、マラマッドの文学的批評的素養はそうした圏域をはるかにこえ、広い範囲に及んでいたのである。

もちろん作家を志しつつ文学の勉強をつづけていたマラマッドに、すぐ安定した職があったわけではなかった。学校の教員だけでなく、ときには水道屋の助手のアルバイトまでしながら彼は収入を確保する(Smith, p. 74)。しかし、当時はアメリカでも大学の大衆化が進んでおり、日本の「英文科」に相当するEnglishという専攻課程もあちこちの大学でできつつあった。Englishで学位を得ていたマラマッドはそんな潮流に乗り、一九四九年、オレゴン州立大で教員としての職を得る。学位といっても博士号ではなく修士号しか取得しなかったため、文学ではなくもっぱら作文などの授業しか担当させてもらえなかったようだが、こうして大学に職を得たことはマラマッドにとっては大きな意味を持った。教員として働くことで生計を立てつつ、その傍ら何とか時間をつくって創作活動を続け、徐々に作家としての地歩を固めることができたからである。そして『アシスタント』や『魔法の樽』で名声を確立すると、一九六一年にベニントン・コレッジ(バーモント州)に移籍、ここでは創作科に所属する。現在、アメリカの作家の多くが何らかの形で大学の創作科や英文科などとかかわりを持っており、創作科出身の作家の数も増えている。アメリカでは、小説家の執筆活動とアカデミズムとの間には切っても切れない縁ができつつあると言っても過言ではないだろう。マラマッドというと、貧しい移民の生活を独特な情緒とともに神秘的なタッチで描いたということで、どこか超俗的な作家というイメージを持ちがちだが、彼のキャリアそのものには無頼派や芸術派とは一線を画するような、きわめて現代的な側面があると言える。

こだわりの作家

マラマッドは多作な作家ではない。長編小説としては一九八四年に映画化されて話題になったデビュー作『ナチュラル』(一九五二)から『アシスタント』(一九五七)、『フィクサー』(一九六六)などぜんぶで八篇、短編集としては『魔法の樽』(一九五八)、『白痴が先』(一九六三)、『レンブラントの帽子』(一九七三)の三冊があるのみである(なお、『フィデルマンの絵』(一九六九)は、『魔法の樽』所収の「「ほら、鍵だ」」など既刊行の短編に、短編集未収録のものも含めた一連の「フィデルマンもの」を集めた作品である)。これは若い頃から創作を志し活動期間も比較的長かった作家としては、ややおとなしいラインナップと言わざるを得ないだろう。その理由としては、大学教員の職についていて、フルタイムの執筆活動を行っていたわけではなかったこともあるが、何よりも彼の執筆ぶりに職人的な細部へのこだわりがあって、文章の推敲に多大の時間とエネルギーを要したということがあげられる。精妙につくりこまれた作品の文章を読めば想像がつくかもしれないが――そしてときには「夢にみた彼女」「借金」「はじめの七年」といった作品に描かれる職人的な人物たちにもその投影が見られるかもしれないが――彼は、原稿を書いては直し、また読み直すということを倦むことなくつづけることのできる作家だった。オレゴン州立大の彼の研究室からは、原稿を自分で音読しながらチェックする作家の声が、扉の外まで漏れ聞こえてきたとも言われている(Smith, p. 133)。

そうしたこだわりはふだんの生活ぶりにもよくあらわれていた。彼が第二次大戦で兵役を免除されたのは、母親を養っていたということもあるが、当時患っていた胃潰瘍も理由であったとされる。そのこともあったのだろう、マラマッドは食事や日々の習慣に神経質なほど注意を払っていた。後に妻となるアンに宛てた一九四三年の手紙には以下のような「日課」が示されていた。

就寝十一時半。起床八時十五分。洗面。朝食。「タイムズ紙」を読む。十時までには執筆を開始し十二時三十分まで継続。それから髭を剃り、昼食、一時間の読書。二時三十分までには執筆再開。五時に執筆終了。シャワーなど浴び、五時四十分まで読書か音楽鑑賞。着替えて夜学での授業の準備。十時二十分帰宅、ミルクを飲み、読書、洗面、就寝。(Davis, p. 61)

就寝前のミルクは、「胃」をいたわるためなのだろう。この日課はオレゴン州立大で常勤職を得る以前のもののようだが、オレゴン大に就職するや、彼はさっそくあらたな日課を作った。

執筆を行う日はマラマッドは七時三十分に起床、十分間体操をして洗面、朝食、九時には机に向かう。研究室で一時に昼食、もしくは二時まで家に戻っていることも。それから執筆を再開し四時、もしくは四時半まで継続——これは主に午前中に書いた一枚分か、あるいは(せいぜい)二枚分の原稿を直す作業だった。(Davis, p. 94)

このような日常のスケジュール化が胃弱をコントロールするためのものなのか、あるいは日課へのこだわりにあらわれた神経質さゆえに胃弱が生じたのかは、漱石の例など考え合わせてもなかなか興味深いところだろう。胃との付き合い方には、いかに書くか、いかに生きるかといったこととも根本のところでつながる、個人の性格が露出しているように思えるからである。

「食」の意味

本書に収録された作品でも、あちこちで奇妙なほど「食」へのこだわりが示されている。たとえば「魔法の樽」であやしげな結婚仲介業者ソルツマンが、主人公リオ・フィンクルとの面談の際、「まずは腹ごしらえ」とばかりに突然鞄から魚を取り出して食べ始める場面はとりわけ印象的だ。

「だけど、まずは腹ごしらえです」ソルツマンは弱々しく言った。留め具を外すと、革の鞄に油のしみこんだ紙袋が入っていた。ソルツマンはそこから、何かのタネの入った硬いロールパンと、小さな白身魚の燻製とを取り出した。手早く魚の皮を剝《は》いでしまうと、猛然と食べ始めた。「一日、大忙しですよ」とつぶやく。

リオは彼の食べる様子を見つめていた。

「トマトのスライスでもありますか?」ソルツマンが遠慮がちに尋ねた。

「ありません」　(三六一頁)

人の家にあがりこんで勝手に「腹ごしらえ」するソルツマンには、とぼけた図々しさが読める。面食らったフィンクルの戸惑いやイライラもおもしろい。ここでは知的で教養のある「頭の人」としてのフィンクルに対し、教養もなくきちんと英語もしゃべれない貧しいソルツマンの匂い立つような身体性や生理が対比されていると言えるだろう。貧しいソルツマンはあくまで飢えや疲労や老いといった「体の事情」に縛られた人なのである(そういえば、花嫁候補の父親に歯医者や胃腸病の専門医が出てくるのも、意味ありげだ)。しかし、頭でっかちのフィンクルにとっても、「体の事情」は紛れもない現実にほかならない。彼はただそれを正視することを避けてきただけだ。ソルツマンの「食」がそうした部分をつきつけてくるからこそ、フィンクルはよけいに苛立つのである。

「死を悼む人々」でも、部屋から追い出されそうになる主人公のユダヤ人ケスラーが、家主のグルーバーに「部屋が臭い」と文句を言われて「これは夕飯に料理したキャベツの臭いですよ」と抵抗するあたりなど、ちょっとした台詞にすぎないのに、「体の事情」としての「食」があざやかに浮かび上がる。後にケスラーがそれまで疎遠だった近所のイタリア人に救われ、温かいパスタを出してもらう場面などでこういう一節が効いてくるのである。

しかし、食は「体の事情」を示すだけではない。ソルツマンのような人物が食べ物を持ち歩いて極力出費を抑えようとしている様には、貧しさゆえの息苦しさ、惨めさ、ストレスなどが見て取れるだけでなく、同時にどこか儀式めかした食との付き合いが感じられる。食べる行為が、プライベートな宗教儀式のような、ほとんど呪術的な意味合いさえおびて見えるのである。本来、律法学者《ラビ》として祭儀を執り行うはずのフィンクルを、ソルツマンはむしろ自分の土俵に連れ込むようにして得体の知れない影響力を発揮しはじめるのだが、その鍵となるのが「食」なのかもしれない。

「夢にみた彼女」のオルガもまた、儀式めいた「食」を通して影響力を発揮する人物である。若くて美しい女性との出会いに胸をときめかせていたミトカは、待ち合わせ場所にいたオルガの容姿がまったく期待はずれであることに失望するが、オルガにとってはそんなことは織りこみ済み。彼女はさっそくミトカを自分の領域に引き込もうとする。そして、そこでも鍵になるのが「食」なのである。ミトカを導いて呑み屋に入ったオルガは、店員がいやな顔をするのにもかまわず、おもむろに買い物袋から食料を取り出す。

「あなたはまったくあたしが予想したとおりよ。こんなに痩せてるとは思わなかったけど。びっくりしたわ」

オルガは買い物袋に手を入れ、いくつかの包みを取り出し、包装をはがした。パン、ソーセージ、ニシン、イタリアのチーズ、ソフトサラミ、ピクルス、それに大きな骨付きのターキー。

「ときどきね、こういうささやかなご馳走で贅沢するの。どうぞ、ミトカ」

これじゃ、下宿の女将と同じだ。ミトカがうろうろし始めたところをみはからって、どこかからお母さん役が現れ面倒を見てくれるなんて。とはいえ彼は食べ

た。何かすることを与えてくれただけ、ありがたかった。（七一頁）

ソルツマンのようなあやしさはないとはいえ、酒場に入って持ちこんだ食べ物を広げるオルガの「食」にもまた、周囲の目を気にしないふてぶてしさと、儀式めいた様式性とがある。そこに母子関係が示唆されているのも興味深い。

総じて『魔法の樽』の「食」には、食べるという行為の、楽しくも華やかでもない、くすんでいて、醜くさえあるような部分がたいへんよく出ている。貧しくて、格好悪くて、でもどこか懐かしいような、生きることをあきらめていないしぶとさを体現するのが『魔法の樽』の「食」なのである。そうした描き方には、生きることに苦しむ人物たちをその「どん詰まり」においてとらえつつも、そこに苦しさや弱さだけでなく、情念や、しぶとさや、さらには神秘的な力まで盛り込もうとする作家の姿勢がよくあらわれている。だからこそ、インテリめかした人物たちは食べることにむしろ脅威のようなものを感じ、抑圧を試みたりするのである。

「どん詰まり」の描き方は、マラマッドの宗教との付き合い方をも反映しているだろう。本書の短編には、必ずしも日本人にはなじみがなさそうなユダヤ教的な象徴や教義への言及がときおり見られるが（「「ほら、鍵だ」」の「鍵」は何だろう？　などと考えたくもなる。「天使レヴィン」では信者たちの議論に相当なスペースをとっている）、私たちは意外とそれを作品理解への障害とは感じないはずである。というのも、そうした宗教的なものへの言及が、必ずしも抽象的な概念や理念を提示するためだけになされているわけではないからである。ちょうど新約聖書の中でイエスが食べ物の比喩を用いることで、生活者としての信者の理解を助けようとするのと同じで、マラマッドの象徴は抽象性から具体性の中におりてくるための装置として機能している。そこに、あまり好ましくはない臭いをぷんぷんと放つような、それゆえに人間の生理的な部分をむき出しにするような食べ物が登場しがちなのもそのためなのである。

食の背後にあるのは、あるいは食欲ならぬ性欲の問題かもしれない。マラマッドの女性関係についてはスミスやデイヴィスの評伝にも言及があるが、一見、ロマンティックな可能性をほのめかすかのような物語（「魔法の樽」「湖の令嬢」「どうか憐れみを」「夢にみた彼女」など）の展開の先に、いつも苦い現実との出会いが待っているのは、マラマッドの性愛的なものに対するアンビヴァレントな感情を示すだろう。ただ、マラマッドはそうした性愛の挫折をグロテスクな形で突きつけることもしない。むしろ、あくまで象徴的な言葉や仕草を通した仄めかしのレベルにとどめている。と同時に、たとえばソルツマンががつがつと携行した食べ物をむさぼる様子には、堕落したという彼の娘ステラも共有しているのかもしれない、何か獣じみたものも垣間見える。作品中、そうした獣的なものがバラ色の肯定性とともに描かれることはあまりないが、マラマッドが視野の端でその存在をとらえていたことはたしかだろう。

作品の背景

本書のもうひとつの特色としてあげられるのは、場所の問題である。ニューヨークの下町で物語が展開する作品に加えて、イタリアを舞台とする「湖の令嬢」、「「ほら、鍵だ」」、「最後のモヒカン族」などでも、舞台設定は小説の構成や情緒と深く結びついている。ハドソン川沿いのリバーサイド・ドライブのようなデートコース、ほとんどの住人がアフリカ系であるハーレムのような特殊な地域、あるいは「「ほら、鍵だ」」で住む部屋をもとめるカール・シュナイダーや「最後のモヒカン族」で鞄を盗まれたフィデルマンなどがさまようローマの高級住宅街や貧民街など、特定の地域が大いに読者の想像力をかき立てるのに寄与している。

イタリアものについて言えば、『ローマの休日』(一九五三)のような映画にローマの観光名所が多く登場したことにもあらわれているように、戦後の経済復興の中でアメリカ人の間には観光ブームが起きつつあった。妻がイタリア系アメリカ人(しかもカトリック)というマラマッドの個人的な事情ももちろん無視することはできないだろうが、エキゾティックな憧れの地としてのイタリアを作品の舞台に設定することの意味は作家にも十分意識されていただろう。それはひるがえって、圧倒的多数のアメリカ人にとっての〝内なる外国〟としてのニューヨークを、一種のエキゾティックな場所として演出しようとする姿勢にも通底するものである。

デビュー作の『ナチュラル』に大衆受けを狙ったつくりが見て取れることからもわかるように、マラマッドは文章にとことんこだわる職人気質をそなえる一方で、売れないことの惨めさにも敏感な作家だった。つかの間の売れっ子作家の心理を描いた「夢にみた彼女」のような作品にもそれはよくあらわれている。マラマッドが決して超俗的な作家ではない、神秘主義者でも仙人でも宗教家でもない、ということはあらためて強調しておいていい。そのうえでの「どん詰まり」や「弱さ」の描写なのである。だから作品の結末部にしばしば漂うメルヘンやファンタジーの香りにも、一筋縄ではいかない複雑な味がからむ。「魔法の樽」結末の、すべてをひっくり返すかのようなソルツマンの祈りにしても単なる皮肉やブラックジョークには読めないだろうし、あんなに救いのない世界を描いた「牢獄」には、涙を落として焼いたパンが大ヒットするなどというエピソードがさりげなく挿入されている。「どうか憐れみを」はストーリーの全体が「あの世」の出来事とも読めるし、もちろん、きわめつけはファンタジーがこの世に降りてきてリアリズム小説のふりをしているかのような「天使レヴィン」である。マラマッド作品のとくに結末部のファンタジックなものへの傾斜の示すものが、マラマッドのやさしさなのか、救済の希求なのか、あるいは文章芸術家としてのこだわりなのか、大いに考えてみたいところである。

ここでは詳しく触れることができないが、マラマッドの育った家庭は問題を抱えていた(Smith, pp. 86–92)。母親は統合失調症を発症し、自殺未遂の末、早くに亡くなっている。弟のエルンストもおそらく同じ病気を患っており、学校でも適応できず、何もせずに家にいる時期が長かった。優秀な子供として育ったマラマッドは、小さい頃から家では雑貨屋の手伝いをしたり、弟の面倒を見たりしていた。『魔法の樽』にも明らかに両親の雑貨屋をモデルとしていたことのわかる「牢獄」のような作品だけでなく、より深い家庭の事情を盛り込んでいるとおぼしきものがある。「ある夏の読書」でカッタンザーラさんの妻が窓の外をぼうっと見つめつづけている様には、窓から通行人をながめて過ごしたというマラマッドの母親の姿が投影されたのかもしれないし、主人公の引きこもりめいた振る舞いには弟の姿が重ねあわされていたとも読める。家族の病気を背負って生きていく人物たちは、「借金」「天使レヴィン」「どうか憐れみを」などあちこちに登場する。私小説ということではないが、『魔法の樽』の作品の多くには、作家の自伝的な要素がはっきりとにじみ出しているのである。そういう作品にメルヘンやファンタジーの仕掛けが組み込まれているというあたりが、いっそう読者の興味をかき立てるのかもしれない。

登場人物の言葉

『魔法の樽』に既訳が多く存在することはすでに冒頭でも触れたとおりだが、おそらくこれまでのどの訳者も苦心せざるを得なかったのは、会話部分の訳し方だろう。先にあげた柴田氏の指摘にもあったが、マラマッドは英語の微妙な訛りをとらえるすぐれた「耳」を持った作家だった。『魔法の樽』の作品でも、しばしば流暢で知的な英語をしゃべる人物と、イーディッシュ訛りなど、通常の文法からは少し外れた英語をしゃべる人物とが対比的に描き出され、それが物語構造の上でも意味を持っている。いかにもいかがわしい人物の持つ何とも言えない味わいを描き出すのはマラマッドの得意とするところだが、その味わいを生み出しているのは何より言葉なのである。正統的でないブロークンな英語の台詞だから響いてくるユーモア、情念、知恵、神秘……。マラマッドはそうしたものを実にうまく表現するのである。

しかし、正直言ってこれは翻訳者泣かせだ。原著の英語のブロークンぶりと、日本語としての読みやすさとを天秤にかけ、判断するしかない。「魔法の樽」のソルツマンの台詞などには、いかがわしさゆえの魔術性や預言者性が巧妙に盛り込まれていると私は考えているので、「ふつうの日本語」からはちょっとずれたものとして訳出しようとした。他方、ほとんど〝訛り〟を出さずに訳したところもある。そのいちいちの判断が正しいかどうかについては読者のご批判を覚悟しているが、訥弁ゆえの雄弁という構造は、マラマッドの作品全般に秘められた価値観にもつながるとも思うので、読みにくさの効用という点には是非、気をとめていただければ幸いである。

テクストについて。現在マラマッドの短編集の定番となっているのは、『全短編』(Bernard Malamud. *The Complete Stories* (New York: Farrar, Straus and Giroux))である。本書でも、結末部に異同のある「牢獄」を除いては、基本的にこの『全短編』が底本としている一九五八年版の『魔法の樽』に従った。

『フランク・オコナー短編集』につづき、今回も文庫編集部の清水愛理さんに大いにお世話になった。こちらの作業の遅さに付き合ってくださりつつ、細部にも容赦ない鋭い目をひらかせてくださったことにあらためて感謝したい。今回も、さすが、とこちらが思うような指摘がいくつもあった。翻訳に際して既存の訳のお世話になったのは言うまでもない。あやしいところは既訳を参照し、これまでの訳よりも不正確になるという恥ずかしいことにならないように気をつけたつもりだが、もし問題があればすべて訳者の責任である。

魔法《まほう》の樽《たる》 他十二篇　マラマッド作

2013年10月16日　第1刷発行
2023年 7 月27日　第3刷発行

訳　者　阿部公彦《あべまさひこ》

発行者　坂本政謙

発行所　株式会社 岩波書店
〒101-8002 東京都千代田区一ツ橋2-5-5

案内 03-5210-4000　営業部 03-5210-4111
文庫編集部 03-5210-4051
https://www.iwanami.co.jp/

印刷・三秀舎　カバー・精興社　製本・松岳社

ISBN 978-4-00-323401-3　　Printed in Japan

読書子に寄す

――岩波文庫発刊に際して――

岩波茂雄

真理は万人によって求められることを自ら欲し、芸術は万人によって愛されることを自ら望む。かつては民を愚昧ならしめるために学芸が最も狭き堂宇に閉鎖されたことがあった。今や知識と美とを特権階級の独占より奪い返すことはつねに進取的なる民衆の切実なる要求である。岩波文庫はこの要求に応じそれに励まされて生まれた。それは生命ある不朽の書を少数者の書斎と研究室とより解放して街頭にくまなく立たしめ民衆に伍せしめるであろう。近時大量生産予約出版の流行を見る。その広告宣伝の狂態はしばらくおくも、後代にのこすと誇称する全集がその編集に万全の用意をなしたるか。千古の典籍の翻訳企図に敬虔の態度を欠かざりしか。さらに分売を許さず読者を繫縛して数十冊を強うるがごとき、はたしてその揚言する学芸解放のゆえんなりや。吾人は天下の名士の声に和してこれを推挙するに躊躇するものである。このときにあたって、岩波書店は自己の責務のいよいよ重大なるを思い、従来の方針の徹底を期するため、すでに十数年以前より志して来た計画を慎重審議この際断然実行することにした。吾人は範をかのレクラム文庫にとり、古今東西にわたって文芸・哲学・社会科学・自然科学等種類のいかんを問わず、いやしくも万人の必読すべき真に古典的価値ある書をきわめて簡易なる形式において逐次刊行し、あらゆる人間に須要なる生活向上の資料、生活批判の原理を提供せんと欲する。この文庫は予約出版の方法を排したるがゆえに、読者は自己の欲する時に自己の欲する書物を各個に自由に選択することができる。携帯に便にして価格の低きを最主とするがゆえに、外観を顧みざるも内容に至っては厳選最も力を尽くし、従来の岩波出版物の特色をますます発揮せしめようとする。この計画たるや世間の一時の投機的なるものと異なり、永遠の事業として吾人は微力を傾倒し、あらゆる犠牲を忍んで今後永久に継続発展せしめ、もって文庫の使命を遺憾なく果たさしめることを期する。芸術を愛し知識を求むる士の自ら進んでこの挙に参加し、希望と忠言とを寄せられることは吾人の熱望するところである。その性質上経済的には最も困難多きこの事業にあえて当たらんとする吾人の志を諒として、その達成のため世の読書子とのうるわしき共同を期待する。

昭和二年七月

《イギリス文学》〔赤〕

- ユートピア　トマス・モア　平井正穂訳
- 完訳カンタベリー物語 全三冊　チョーサー　桝井迪夫訳
- ヴェニスの商人　シェイクスピア　中野好夫訳
- 十二夜　シェイクスピア　小津次郎訳
- ハムレット　シェイクスピア　野島秀勝訳
- オセロウ　シェイクスピア　菅泰男訳
- リア王　シェイクスピア　野島秀勝訳
- マクベス　シェイクスピア　木下順二訳
- ソネット集　シェイクスピア　高松雄一訳
- ロミオとジューリエット　シェイクスピア　平井正穂訳
- リチャード三世　シェイクスピア　木下順二訳
- 対訳シェイクスピア詩集 —イギリス詩人選(1)　柴田稔彦編
- から騒ぎ　シェイクスピア　喜志哲雄訳
- 言論・出版の自由 他一篇 —アレオパジティカ　ミルトン　原田純訳
- 失楽園 全二冊　ミルトン　平井正穂訳
- ロビンソン・クルーソー 全二冊　デフォー　平井正穂訳
- 奴婢訓 他一篇　スウィフト　深町弘三訳
- ガリヴァー旅行記　スウィフト　平井正穂訳
- ジョウゼフ・アンドルーズ 全二冊　フィールディング　朱牟田夏雄訳
- トリストラム・シャンディ 全三冊　ロレンス・スターン　朱牟田夏雄訳
- ウェイクフィールドの牧師 —むだばなし　ゴールドスミス　小野寺健訳
- 幸福の探求 —アビシニアの王子ラセラスの物語　サミュエル・ジョンソン　朱牟田夏雄訳
- 対訳ブレイク詩集 —イギリス詩人選(4)　松島正一編
- 対訳ワーズワス詩集 —イギリス詩人選(3)　山内久明編
- 湖の麗人　スコット　入江直祐訳
- キプリング短篇集　橋本槙矩編訳
- 高慢と偏見 全二冊　ジェーン・オースティン　富田彬訳
- ジェイン・オースティンの手紙　新井潤美編訳
- マンスフィールド・パーク 全二冊　ジェイン・オースティン　新井潤美・宮丸裕二訳
- シェイクスピア物語 全二冊　チャールズ・ラム、メアリー・ラム　安藤貞雄訳
- デイヴィッド・コパフィールド 全五冊　ディケンズ　石塚裕子訳
- 炉辺のこほろぎ　ディケンズ　本多顕彰訳
- ボズのスケッチ 短篇小説篇 全二冊　ディケンズ　藤岡啓介訳
- アメリカ紀行 全二冊　ディケンズ　伊藤弘之・下笠徳次・隈元貞広訳
- イタリアのおもかげ　ディケンズ　伊藤弘之・下笠徳次・隈元貞広訳
- 大いなる遺産 全二冊　ディケンズ　石塚裕子訳
- 荒涼館 全四冊　ディケンズ　佐々木徹訳
- 鎖を解かれたプロメテウス　シェリー　石川重俊訳
- ジェイン・エア 全二冊　シャーロット・ブロンテ　河島弘美訳
- 嵐が丘 全二冊　エミリー・ブロンテ　河島弘美訳
- アルプス登攀記 全二冊　ウィンパー　浦松佐美太郎訳
- アンデス登攀記 全二冊　ウィンパー　大貫良夫訳
- ハーディ テス 全二冊　井上宗次・石田英二訳
- 緑の木蔭 和蘭派田園画　トマス・ハーディ　阿部知二訳
- ジーキル博士とハイド氏　スティーヴンスン　海保眞夫訳
- 南海千一夜物語　スティーヴンスン　中村徳三郎訳
- 若い人々のために 他十一篇　スティーヴンスン　岩田良吉訳
- 怪談 —不思議なことの物語と研究　ラフカディオ・ハーン　平井呈一訳
- ドリアン・グレイの肖像　オスカー・ワイルド　富士川義之訳
- サロメ　ワイルド　福田恆存訳

嘘から出た誠　ワイルド　岸本一郎訳
童話集 幸福な王子 他八篇　オスカー・ワイルド　富士川義之訳
分らぬもんですよ　バァナード・ショウ　市川又彦訳
ヘンリ・ライクロフトの私記　ギッシング　平井正穂訳
南イタリア周遊記　ギッシング　小池滋訳
闇の奥　コンラッド　中野好夫訳
密偵　コンラッド　土岐恒二訳
対訳 イエイツ詩集　高松雄一編
月と六ペンス　モーム　行方昭夫訳
人間の絆 全三冊　モーム　行方昭夫訳
サミング・アップ　モーム　行方昭夫訳
モーム短篇選 全二冊　行方昭夫編訳
アシェンデン —英国情報部員のファイル　モーム　中島賢二　岡田久雄訳
お菓子とビール　モーム　行方昭夫訳
ダブリンの市民　ジョイス　結城英雄訳
荒地　T・S・エリオット　岩崎宗治訳
悪口学校　シェリダン　菅泰男訳

オーウェル評論集　小野寺健編訳
パリ・ロンドン放浪記　ジョージ・オーウェル　小野寺健訳
動物農場 —おとぎばなし　ジョージ・オーウェル　川端康雄訳
対訳 キーツ詩集 —イギリス詩人選(10)　宮崎雄行編
キーツ詩集　中村健二訳
阿片常用者の告白　ド・クインシー　野島秀勝訳
オルノーコ 美しい浮気女　アフラ・ベイン　土井治訳
イギリス名詩選　平井正穂編
タイム・マシン 他九篇　H・G・ウエルズ　橋本槇矩訳
解放された世界　H・G・ウェルズ　浜野輝訳
大転落　イヴリン・ウォー　富山太佳夫訳
回想のブライズヘッド 全二冊　イーヴリン・ウォー　小野寺健訳
愛されたもの　イーヴリン・ウォー　中村健二　出淵博訳
対訳 ジョン・ダン詩集 —イギリス詩人選(2)　湯浅信之編
フォースター評論集　小野寺健編訳
白衣の女 全三冊　ウィルキー・コリンズ　中島賢二訳
アイルランド短篇選　橋本槇矩編訳

対訳 ブラウニング詩集 —イギリス詩人選(6)　富士川義之編
灯台へ　ヴァージニア・ウルフ　御輿哲也訳
船出 全二冊　ヴァージニア・ウルフ　川西進訳
フランク・オコナー短篇集　阿部公彦訳
たいした問題じゃないが —イギリス・コラム傑作選　行方昭夫編訳
薔薇《ばら》ルネサンス恋愛ソネット集　岩崎宗治編訳
文学とは何か —現代批評理論への招待 全二冊　テリー・イーグルトン　大橋洋一訳
D・G・ロセッティ作品集　南條竹則　松村伸一編訳
真夜中の子供たち 全二冊　サルマン・ラシュディ　寺門泰彦訳

《アメリカ文学》〔赤〕

- ギリシア・ローマ神話 付インド・北欧神話 ブルフィンチ 野上弥生子訳
- 中世騎士物語 ブルフィンチ 野上弥生子訳
- フランクリン自伝 松本慎一 西川正身訳
- フランクリンの手紙 蕗沢忠枝編訳
- スケッチ・ブック 全二冊 アーヴィング 齊藤昇訳
- アルハンブラ物語 全二冊 アーヴィング 平沼孝之訳
- ウォルター・スコット邸訪問記 アーヴィング 齊藤昇訳
- エマソン論文集 全二冊 酒本雅之訳
- 完訳 緋文字 ホーソーン 八木敏雄訳
- 哀詩 エヴァンジェリン ロングフェロー 斎藤悦子訳
- 黒猫・モルグ街の殺人事件 他五篇 ポオ 中野好夫訳
- 対訳 ポー詩集 ―アメリカ詩人選(1) 加島祥造編
- ユリイカ ポオ 八木敏雄訳
- ポオ評論集 八木敏雄編訳
- 森の生活（ウォールデン） 全二冊 ソロー 飯田実訳
- 市民の反抗 他五篇 H・D・ソロー 飯田実訳
- 白鯨 全三冊 メルヴィル 八木敏雄訳
- ビリー・バッド メルヴィル 坂下昇訳
- ホイットマン自選日記 全二冊 杉木喬訳
- 対訳 ホイットマン詩集 ―アメリカ詩人選(2) 木島始編
- 対訳 ディキンソン詩集 ―アメリカ詩人選(3) 亀井俊介編
- 不思議な少年 マーク・トウェイン 中野好夫訳
- 王子と乞食 マーク・トウェーン 村岡花子訳
- 人間とは何か マーク・トウェイン 中野好夫訳
- ハックルベリー・フィンの冒険 全二冊 マーク・トウェイン 西田実訳
- いのちの半ばに ビアス 西川正身訳
- 新編 悪魔の辞典 ビアス 西川正身編訳
- ねじの回転 デイジー・ミラー ヘンリー・ジェイムズ 行方昭夫訳
- あしながおじさん ジーン・ウェブスター 遠藤寿子訳
- 荒野の呼び声 ジャック・ロンドン 海保眞夫訳
- ノリス 死の谷《マクティーグ》 全二冊 石田英二 井上宗次訳
- 響きと怒り 全二冊 フォークナー 平石貴樹 新納卓也訳
- アブサロム、アブサロム！ 全二冊 フォークナー 藤平育子訳
- 八月の光 全二冊 フォークナー 諏訪部浩一訳
- 武器よさらば 全二冊 ヘミングウェイ 谷口陸男訳
- オー・ヘンリー傑作選 大津栄一郎訳
- 黒人のたましい W・E・B・デュボイス 木島始 鮫島重俊 黄寅秀訳
- フィッツジェラルド短篇集 佐伯泰樹編訳
- アメリカ名詩選 亀井俊介 川本皓嗣編
- 青白い炎 ナボコフ 富士川義之訳
- 風と共に去りぬ 全六冊 マーガレット・ミッチェル 荒このみ訳
- 対訳 フロスト詩集 ―アメリカ詩人選(4) 川本皓嗣編
- とんがりモミの木の郷 他五篇 セアラ・オーン・ジュエット 河島弘美訳

《ドイツ文学》〔赤〕

ニーベルンゲンの歌 全二冊 相良守峯訳
若きウェルテルの悩み ゲーテ 竹山道雄訳
ヴィルヘルム・マイスターの修業時代 全三冊 ゲーテ 山崎章甫訳
イタリア紀行 全三冊 ゲーテ 相良守峯訳
ファウスト 全二冊 ゲーテ 相良守峯訳
ゲーテとの対話 全三冊 エッカーマン 山下肇訳
スペインの太子 ドン・カルロス シルレル 佐藤通次訳
改訳 オルレアンの少女 シルレル 佐藤通次訳
ヒュペーリオン —希臘の世捨人 ヘルデルリーン 渡辺格司訳
青い花 ノヴァーリス 青山隆夫訳
夜の讃歌・サイスの弟子たち 他一篇 ノヴァーリス 今泉文子訳
完訳 グリム童話集 全五冊 金田鬼一訳
黄金の壺 ホフマン 神品芳夫訳
ホフマン短篇集 池内紀編訳
O侯爵夫人 他六篇 クライスト 相良守峯訳
影をなくした男 シャミッソー 池内紀訳

流刑の神々・精霊物語 ハイネ 小沢俊夫訳
冬物語 —ドイツ ハイネ 井汲越次訳
芸術と革命 他四篇 ワーグナア 北村義男訳
ブリギッタ・森の泉 他一篇 シュティフター 宇多五郎 高安国世訳
みずうみ 他四篇 シュトルム 関泰祐訳
村のロメオとユリア ケラー 草間平作訳
沈鐘 ハウプトマン 阿部六郎訳
地霊・パンドラの箱 ルル二部作 F・ヴェデキント 岩淵達治訳
春のめざめ F・ヴェデキント 酒寄進一訳
花・死人に口なし 他七篇 シュニッツラー 番匠谷英一 山本有三訳
ゲオルゲ詩集 手塚富雄訳
リルケ詩集 高安国世訳
ドゥイノの悲歌 リルケ 手塚富雄訳
ブッデンブローク家の人びと 全三冊 トーマス・マン 望月市恵訳
トオマス・マン短篇集 実吉捷郎訳
魔の山 全二冊 トーマス・マン 関泰祐 望月市恵訳
トニオ・クレエゲル トオマス・マン 実吉捷郎訳

ヴェニスに死す トオマス・マン 実吉捷郎訳
車輪の下 ヘルマン・ヘッセ 実吉捷郎訳
青春はうるわし 他三篇 ヘッセ 関泰祐訳
漂泊の魂 クヌルプ ヘルマン・ヘッセ 相良守峯訳
デミアン ヘルマン・ヘッセ 実吉捷郎訳
シッダルタ ヘッセ 手塚富雄訳
ルーマニア日記 カロッサ 高橋健二訳
幼年時代 カロッサ 斎藤栄治訳
指導と信従 カロッサ 国松孝二訳
ジョゼフ・フーシェ —ある政治的人間の肖像 シュテファン・ツワイク 高橋禎二 秋山英夫訳
変身・断食芸人 カフカ 山下肇 山下萬里訳
審判 カフカ 辻瑆訳
カフカ短篇集 池内紀編訳
カフカ寓話集 池内紀編訳
三文オペラ ブレヒト 岩淵達治訳
ドイツ炉辺ばなし集 —カレンダーゲシヒテン ヘーベル 木下康光編訳
悪童物語 ルウドヰヒ・トオマ 実吉捷郎訳

岩波文庫の最新刊

三木 清著
構想力の論理 第一

パトスとロゴスの統一を試みるも未完に終わった、三木清の主著。〈第一〉には、「神話」「制度」「技術」を収録。注解＝藤田正勝。（全二冊）

〔青一四九-二〕 定価一〇七八円

ジュリアン・グリーン作／石井洋二郎訳
モイラ

極度に潔癖で信仰深い赤毛の美少年ジョゼフが、運命の少女モイラに魅入られ……。一九二〇年のヴァージニアを舞台に、端正な文章で綴られたグリーンの代表作。

〔赤N五二〇-一〕 定価一二七六円

バジョット著／遠山隆淑訳
イギリス国制論（下）

イギリスの議会政治の動きを分析した古典的名著。下巻では、政権交代や議院内閣制の成立条件について考察を進めていく。第二版の序文を収録。（全二冊）

〔白一二二-三〕 定価一一五五円

大泉黒石著
俺の自叙伝

ロシア人を父に持ち、虚言の作家と貶められた大正期のコスモポリタン作家、大泉黒石。その生誕からデビューまでの数奇な半生を綴った代表作。解説＝四方田犬彦。

〔緑二二九-一〕 定価一一五五円

……今月の重版再開……

川合康三選訳
李商隠詩選

定価一一〇〇円 〔赤四二-一〕

鈴木範久編
新渡戸稲造論集

定価一一五五円 〔青一一八-二〕